Le Siècle.

ADRIEN PAUL.

?

NOUVELLE.

THÉRÉSA

PARIS
BUREAUX DU SIÈCLE
RUE DU CROISSANT, 16.

Adrien Paul.

NOUVELLE

To be or not to be.
Être ou ne pas être.
SHAKESPEARE.

C'était l'année dernière.

Il était près de sept heures du soir ; la lune découpait bizarrement le faîte des maisons, et descendait en fantasques silhouettes sur le pavé sec et retentissant de la rue des Réservoirs, à Versailles. La lumière des cafés apparaissait humide et terne à travers les carreaux damasquinés de glace. Dans la perspective de cette immense chaussée qui mène à la statue équestre de Louis XIV, on ne voyait çà et là que quelques piétons isolés, enveloppés jusqu'au menton, trottinant de leur plus vite et soufflant dans leurs doigts. Tout était morne, sombre et désert.

Une voiture, attelée de deux beaux chevaux isabelle, venait de s'arrêter à la porte du théâtre. La voiture était bleu de roi, large, et de cette simplicité majestueuse qui dénote autre chose encore que la richesse ; les harnais parfaitement noirs, la modeste exiguïté du blason, qui se cachait pour ainsi dire sur les panneaux, les genouillères qui abritaient les souples jarrets de l'attelage pur sang, la cravate blanche, les guêtres brunes et la longue redingote à pèlerine du valet de pied ; le siége du cocher, vaste, sans dossier, et recouvert d'une gaîne de taffetas gommé, tout en un mot décelait une de ces aristocraties séculaires qui n'ont pas encore sacrifié le beau au joli, le noble au coquet, le diamant au strass, et dont le luxe de franc aloi ne ressemble pas plus au papillottage de la mode que la basilique de Notre-Dame de Paris ne ressemble au boudoir de Notre-Dame de Lorette.

Une femme descendit de cet équipage princier en étouffant un sanglot. Était-elle jeune et belle ? c'est ce qu'il est difficile de dire tout de suite, car, indépendamment du voile qui interceptait ses traits, elle avait en quelque sorte enfoui son visage dans les peluches d'un manchon.

Un monsieur qui l'accompagnait, et auquel par courtoisie nous accordons cinquante ans, jeta son manteau au valet de pied, et, tout de noir habillé, comme le page de Malbrouck, il s'empara presque brutalement du bras de la dame, et l'entraîna vers les premières.

On jouait ce soir-là la *Dame blanche*, un vieil opéra de Boïeldieu, beaucoup plus nouveau que bien d'autres qui ne datent que d'hier.

— Mathilde, disait le monsieur de cinquante ans à sa jeune compagne, votre conduite est incompréhensible... Toujours des pleurs, des crispations, et pourquoi ?

— Ce sont les nerfs, monsieur, je n'y puis rien faire.

— Depuis deux ans que nous sommes mariés, Mathilde, je vous ai souvent vue atteinte de ce mal, mais jamais à ce point. Vous preniez du repos, et, au bout de quelques heures, cela se passait. Maintenant c'est une maladie chronique et dont les ravages augmentent chaque jour. Vos joues sont fiévreuses... C'est de la folie que d'avoir voulu venir au spectacle.

— J'ai pensé que cela me distrairait.

En disant cela, la pauvre femme fut prise d'un grelottement convulsif qui l'obligea à respirer un flacon de sels.

— Cela est ridicule ! fit le monsieur ; lorsque l'on est organisée de la sorte, on reste chez soi, et l'on ne vient pas pleurnicher en plein théâtre, pour se faire remarquer de tout le monde.

— Je sens que cela se dissipe, reprit-elle,

Le monsieur grommela quelque peu, puis se tut.

La figure de sa jeune compagne était d'un ovale parfait et encadrée de nattes brunes ; ses grands yeux noirs avaient un éclat maladif ; aux deux coins de sa petite bouche, le liseré pourpre de ses lèvres se relevait, en prêtant à toute sa physionomie une expression, non pas de moquerie, mais de pitié sardonique dont elle seule paraissait l'objet. Cette femme semblait ne faire qu'assister aux douleurs qu'elle ressentait ; elle se regardait souffrir et prenait commisération d'elle-même comme si c'eût été d'une autre. Quant à l'ironie dédaigneuse, elle paraissait prendre sa source dans la persuasion intime d'un grand courage moral, et aussi dans le calme d'une conscience qui se dit : Demain, si je le voulais, je serais guérie.

Du reste, les perfections de Mathilde n'étaient pas de celles qui frappent le vulgaire ; les menus détails de sa personne étaient d'un fini si pur, qu'il fallait un artiste pour les estimer à leur valeur : ses épaules, sa tête, son col, tout cela se détachait avec une vigueur pleine de grâce et de souplesse ; les phalanges de ses doigts de nacre étaient accusées par de souriantes fossettes, et son buste avait une ampleur franche et cependant délicate ; tous ses mouvemens étaient empreints d'une onctueuse langueur qui jetait ceux qui la contemplaient dans de muettes extases ; enfin on devinait à la voir que la placi-

dité de sa vie habituelle ne pouvait suffire aux tendresses de son âme. Elle dépérissait faute d'émotions.

Au bout d'un quart d'heure de silence, le monsieur reprit :

— On reçoit chez madame *** ; voulez-vous que nous y allions ?

— Je suis souffrante ; il faudrait causer, rire, jouer... j'aime mieux rester ici.

— En ce cas, j'irai seul, dit le mari en se levant.

— Quoi ! vous me laissez ?

— Je serai de retour avant la fin du spectacle.

— Monsieur, reprit la femme avec prière, restez, je vous en prie.

— Que je reste pour assister à l'insurrection de vos nerfs ? cela n'est-il pas bien amusant !... D'ailleurs, j'ai affaire.

— Eh bien ! je vous accompagnerai.

Mathilde n'avait pas achevé de prononcer ces paroles que déjà le monsieur avait disparu. En vain elle se leva pour le suivre, en vain elle plongea du regard dans le couloir pour le rappeler : force lui fut de rentrer seule dans sa loge.

— Mon Dieu ! dit-elle, je suis sûre qu'*il* va venir.

Quelques secondes s'étaient à peine écoulées qu'on frappa discrètement à la porte de sa loge.

— Non ! non ! murmura-t-elle presque mentalement, je ne le veux pas... Cela ne se peut... je serai forte...

On frappa une seconde fois.

Sa respiration devint haletante et saccadée ; sa poitrine bondissait à tout rompre.

La clef de l'ouvreuse venait de grincer dans la serrure. Un jeune homme entra.

— Sortez, monsieur, sortez ! dit Mathilde, sur les traits de laquelle vint rayonner un sublime effort d'énergie.

— Que je sorte ! reprit le jeune homme ; toujours ce mot, toujours des dédains, toujours de la dureté ! Vous n'êtes donc femme que par la beauté, non par le cœur !

A ce reproche, elle leva ses yeux vers le ciel, comme pour le prendre à témoin du contraire ; une goutte de diamant tremblait à la pointe de ses cils. Puis, croyant sans doute avoir puisé une force suffisante dans cet appel à Dieu, elle se retourna, bienveillante et calme, du moins en apparence, vers celui qui venait de s'introduire auprès d'elle.

— René, dit-elle d'une voix douce et suppliante, voulez-vous me perdre ? N'est-ce pas assez de mes nuits sans repos, de mon bonheur flétri, de ma sécurité perdue, de ma destinée que je maudis malgré moi ?... N'est-ce pas assez de tant de larmes qui creusent mes joues, en même temps que ma tombe ?... Après le désespoir de mon cœur, vous faut-il encore les remords de ma conscience ? — Le jeune homme se mit à genoux, abaissa sa tête sur les mains de Mathilde, et y laissa sans doute tomber une larme brûlante, car celle-ci reprit : — René, ne pleurez pas ainsi... vous me tuerez !

— Un mot d'amour ! un seul ! un mot de vous que je puisse enchâsser dans ma mémoire, que je puisse me répéter en secret ! un mot qui me soutienne dans mon exil !

— Et si je vous dis ce mot, René, me promettez-vous de ne plus chercher à me voir ?

— Je le promets !

Ce qu'il y a de sublime dans l'amour honnête et vrai, c'est qu'il marche aveuglément dans sa vertu, côtoyant les abîmes, bravant les tempêtes, comme si le moindre vertige ne pouvait pas l'y précipiter.

— Et, continua Mathilde, vous ne viendrez plus, toutes les nuits, escalader mon balcon, et cela pour y déposer un bouquet de violettes et de pensées, comme vous le faites depuis trois semaines ?

— Je ne viendrai plus... mais ce mot... ! dites-moi ce mot !...

— Et vous ne me poursuivrez plus partout, n'est-ce pas, ni à Paris, au bal, dans le monde ?

— Non, mais ce mot, ce mot !

— Vous ne m'exposerez plus à trembler devant mon mari et à rougir devant ma conscience ? Vous aurez pitié de ma faiblesse ? Vous serez fort pour moi ?

— Oui, oui, mais ce mot !

— Eh bien ! René, je vous...

En ce moment on ouvrit la loge voisine. C'était le mari. Il appuya son oreille contre la cloison, et se mit en devoir d'écouter.

On en était au second acte de la *Dame blanche*. Je ne sais quel Georges Brown de pacotille chantait la cavatine : *Viens, gentille dame !* Les quinquets de la rampe et du lustre étaient baissés ; le silence et l'obscurité régnaient dans la salle, en sorte que, si doucement qu'elles fussent murmurées, l'écouteur dut ne pas perdre une seule des paroles de ces deux amans qui se juraient de s'oublier comme on jure de s'aimer toujours.

L'opéra qui se chantait sur la scène et le drame intime qui se jouait dans la salle allèrent ainsi de front pendant quelque temps. Si ce mari n'était pas sourd, il fallait qu'il fût de marbre ; s'il n'était pas de marbre, il fallait qu'il fût de fer.

Un peu avant la fin du dernier acte, la loge de Mathilde s'ouvrit et se referma doucement ; puis, désertant enfin son poste d'espion, le mari, — Othello ou Georges Dandin, nous ne savons encore quel nom lui donner, — alla rejoindre Desdémone dans le premier cas, ou Angélique dans le second.

A moins que ce ne fût une troisième variété entre le Maure de Shakespeare et le paysan de Molière : moyennant quoi ces noms d'Othello et de Desdémone, de Georges Dandin et d'Angélique ne seraient là que pour témoigner un peu de l'érudition classique de l'auteur.

— Madame, demanda le patient d'un ton si effroyablement calme que le frisson vous en eût parcouru de la tête aux pieds, vous convient-il que nous partions ?

La jeune femme le regarda avec anxiété, comme pour déchiffrer la tempête qu'il y avait sous cette sérénité apparente.

— La voiture est-elle arrivée ? répondit-elle.

— Je vais le savoir, reprit-il.

Il sortit de nouveau.

A peine avait-il eu le temps de franchir quelques marches que René se précipita par la porte entre-bâillée.

— Mathilde, dit-il, il faut que je vous revoie une dernière fois...

— Jamais, monsieur !

— Il le faut !

— De grâce, René...

— Je vous attendrai après-demain, à deux heures, à Ville-d'Avray, à la grille du parc de Saint-Cloud.

— Je n'irai pas.

— Si vous n'y venez pas, je retournerai à votre balcon, non plus pour y laisser un bouquet, mais pour m'y tuer de désespoir. A après-demain donc, à deux heures !

Et il disparut.

Le mari vint prendre sa femme, et le couple, envié par les humbles badauds qui se figurent que le bonheur ne va pas à pied, disparut dans son carrosse armorié.

— Je serais allée à ce rendez-vous, pense une lectrice.

— Fi donc ! pense une autre.

— On ne peut pas savoir, se dit une troisième.

Le surlendemain était un dimanche.

En toute autre saison, cette grille du parc de Saint-Cloud, à Ville-d'Avray, endroit charmant du reste, eût été fort mal choisie ; car il n'est pas de courtaud parisien, pas de lorette en disponibilité, ni de fleuriste, ni d'étudiant, ni de canotier, ni de canotière, qui ne viennent fort souvent, le dimanche surtout, s'y prélasser sur l'herbe, et y gesticuler, à l'abri des municipaux, cette danse désormais nationale à laquelle il semble que les rigueurs des articles 224 et 330 du code pénal n'ont fait qu'ajouter un nouveau charme pour les exécutans. A dater d'Ève et de la pomme, il en a toujours été ainsi.

Ce jour-là, il n'y avait rien à craindre de semblable : les champs étaient déserts, le ciel était brumeux, et les arbres, festonnés de givre, apparaissaient de loin comme de vastes réseaux de guipure.

D'ailleurs il y avait encore cela de bon dans le choix de ce lieu que, situé sur la route aristocratique de Paris à Versailles, il devenait possible, le cas échéant, d'attribuer une rencontre, si préméditée qu'elle fût, à cet endosseur universel de toutes les supercheries qu'on appelle le hasard.

Comme on le pense bien, René n'avait pas manqué au rendez-vous. Deux chevaux promenés en laisse par un *tigre* de la plus petite espèce, lequel avait des bottes à revers qui lui montaient jusqu'au menton, semblaient témoigner que le jeune homme était aussi un homme de *race*, comme on dit.

Le jeune homme se promenait en long et en large, d'un pas saccadé ; parfois il s'arrêtait brusquement et prêtait l'oreille au moindre bruit, ou bien cherchait des yeux dans l'espace s'il ne verrait rien venir. Ma sœur Anne eût été d'un grand secours à sa perplexité.

Enfin, à deux heures dix minutes, un cabriolet s'arrêta devant le restaurant *de la grille*.

— Je savais bien qu'elle viendrait ! se dit la première de mes lectrices en frappant l'une contre l'autre ses petites mains blanches.

— Il n'y a plus de vertu ! murmure la seconde avec indignation.

— Il sera beaucoup pardonné à celles qui ont beaucoup aimé, se dit la troisième en poussant un profond soupir, comme si elle regrettait de ne pas avoir assez l'occasion d'être pardonnée.

O futilité des conjectures humaines !

Un valet de pied descendit du cabriolet une lettre à la main, et demanda monsieur le vicomte de B...

— C'est moi, dit René, dont une pâleur instantanée envahit les traits.

— Madame la marquise, dit le valet, m'a chargé de remettre cette lettre à monsieur le vicomte.

— Pourquoi n'est-elle pas cachetée ? demanda le jeune homme.

— Elle est telle que madame la marquise me l'a donnée.

René la déplia lentement, parcourut des yeux les quelques mots qu'elle contenait, et, reprenant peu à peu de l'empire sur lui-même, ainsi qu'il convient à un homme du monde placé en face d'un laquais,

— C'est bien, reprit-il.

— Il n'y a pas de réponse ?

— Il n'y en a pas.

Le domestique salua et remonta en voiture.

Alors seulement monsieur de B... s'abandonna, nous n'osons dire à son désespoir, nous dirons simplement à son dépit, jusqu'à plus ample informé ; puis, tout à coup, prenant une de ces déterminations soudaines qui surgissent parfois chez les plus irrésolus, il se leva, sauta en selle, dit à son groom : « Attends-moi, » et s'élança à fond de train dans la direction qu'avait prise le cabriolet.

Au bout de quelques instans, voiture et cavalier revinrent au grand trot.

Monsieur de B... et le domestique s'installèrent sous une charmille, et le colloque suivant s'établit entre eux :

— Il est décidé que madame la marquise part dans deux jours ?

— Oui, monsieur.

— Avec le marquis ?

— Avec monsieur le marquis.

— Savez-vous à quel propos ce départ subit a été résolu ?

— Ce fut hier à dîner. Monsieur le docteur T... avait été invité ; au dessert, la conversation fut amenée sur la santé de madame ; le docteur conseilla le changement d'air, les distractions, les eaux...

— La marquise avait-elle vu le docteur dans la matinée ?

— Oui, monsieur ; en revenant de Saint-Louis, où depuis un mois elle va régulièrement entendre la messe tous les matins, madame la marquise a fait mander le docteur, et c'est elle-même qui, après une conférence d'une heure, l'a retenu à dîner.

— La maladie est un prétexte, pensa René ; c'est tout bonnement un complot dont la Faculté se fait complice. —Puis tout haut : — Et le marquis n'a mis aucune opposition à ce voyage précipité ?

— Il en a au contraire paru charmé. Seulement madame voulait partir aujourd'hui, mais monsieur a exigé un délai de quarante-huit heures.

— Et devez-vous les accompagner ?

— Oui, monsieur.

A cet endroit de leur conversation, René plongea son regard le plus scrutateur dans les yeux du valet, et sans autre préambule il reprit :

— Combien gagnez-vous par an chez le marquis ?

— Mille francs, sans les profits.

— Voulez-vous doubler en quelques jours une année de vos gages ?

— Monsieur veut plaisanter...

— Voulez-vous gagner en quelques jours une année de vos gages ? répéta monsieur de B... en frappant impatiemment du pied.

— C'est selon, monsieur... et que faudrait-il faire pour cela ?

— Mon Dieu ! presque rien. Ne pas vous apercevoir que je suivrai le marquis et la marquise pendant le voyage qu'ils vont entreprendre ; être à mes ordres à chaque appel que je vous ferai ; me servir, en un mot, selon les circonstances et les ordres que je vous donnerai.

— Mais c'est une trahison que monsieur le vicomte me demande là ! reprit le valet en prenant un air à la Frontin des plus impudens ; et en vérité deux années de gages...

— Ai-je dit deux années ?

— Je me disais aussi : Monsieur le vicomte ne peut pas avoir dit deux années. On n'estime pas à un prix aussi modique une conscience qui se respecte... D'ailleurs mon maître, si j'allais de ce pas lui dévoiler les projets de monsieur le vicomte, me payerait à coup sûr plus cher pour avoir fait mon devoir que monsieur le vicomte ne m'offre pour y manquer... et il me semble que trois mille francs...

— Va pour trois mille francs, maraud, reprit le jeune homme ; mais retiens qu'à la première syllabe indiscrète qui sortira de ta bouche, je te broyerai sous les sabots de mon cheval... Il passera pour avoir pris le mors aux dents, et moi j'en serai quitte pour une amende.

Quel aplanisseur de difficultés que l'argent !

Il y avait encore un peu d'Œil-de-bœuf dans le sang de ce vicomte, et c'était bien une grande race en effet.

Le valet fit quelques pas pour se retirer ; puis, revenant tout à coup,

— Parbleu ! dit-il, j'allais oublier que j'ai également une lettre de monsieur le marquis, que je suis chargé de remettre à l'hôtel de monsieur, et, puisque j'ai l'honneur de rencontrer monsieur le vicomte ici même...

— Une lettre pour *moi* ? Que peut-il me vouloir ? dit le vicomte en décachetant la missive ; je ne le connais pas, il ne m'a jamais vu...

— Pardon, mais avant-hier soir il m'a ordonné de vous suivre, à la sortie du spectacle, et de savoir qui vous étiez... J'étais de planton à la porte de la loge de madame la marquise, lorsque...

— Que vois-je !... un cartel... demain, à six heures du matin, à la pièce d'eau des Suisses... l'épée... deux soldats de la garnison pour témoins...

— Voilà nos plans déroutés, dit le valet... et mes années de gages...

— Nullement, — reprit le vicomte après un instant de réflexion.

— Je ne comprends pas...

— Il est inutile que vous compreniez, ajouta le jeune

homme. Souvenez-vous seulement de nos conventions.

Un instant après il disparaissait au triple galop.

Le lendemain matin, à six heures, le marquis et le vicomte se rencontrèrent à l'endroit désigné. De blond qu'il était habituellement, René s'était fait brun : son visage s'encadrait d'épais favoris d'ébène, et ses sourcils étaient peints en noir comme ses cheveux.

Deux carabiniers les assistaient, droits comme des *i*, se caressant gravement la moustache et ne sachant rien du duel, si ce n'est qu'on se battait.

A la troisième passe, le poignet du vicomte s'enferra volontairement dans l'épée de son adversaire; il laissa tomber son arme.

— Monsieur le marquis est-il satisfait? demanda-t-il.

— Dans la position où je viens de vous mettre, monsieur, et que je n'eusse pas choisie, si cela avait dépendu de moi, reprit froidement le marquis, l'honneur m'interdit d'en exiger davantage.

Puis, se saluant, ils tirèrent chacun de son côté.

René avait compris que sa rencontre avec le mari de Mathilde ne pouvait avoir d'autre issue que la mise hors de combat de l'un des champions. Blesser le marquis au corps après l'avoir si grièvement blessé au cœur, n'eût pas été généreux. Il s'était donc d'autant plus facilement résigné à subir une égratignure que Mathilde aurait naturellement eu horreur du meurtrier de son époux, tandis que, sa sensibilité aidant, elle s'intéresserait nécessairement à la victime.

Le jour suivant, le marquis, sa femme et Joseph (c'était le nom du valet) couraient la poste sur la route d'Allemagne, suivis, à une honnête distance de quelques heures, du vicomte, dont les favoris noirs avaient disparu et dont les cheveux et les sourcils étaient revenus au blond, ainsi qu'ils en avaient la germanique habitude.

Aux yeux du marquis, il ne devait pas être son adversaire de la veille; aux yeux de la jeune femme, qui ne devait pas tarder à s'apercevoir de la poursuite obstinée dont elle était l'objet, ce serait toujours le tendre et beau René, rendu plus séduisant encore par le prisme d'une extravagance nouvelle.

Pâle et silencieuse, mais fière et presque heureuse de la victoire que sa raison venait de remporter sur son cœur, elle était alors loin de se douter du péril qui galopait après elle.

De son côté, le marquis était enchanté d'avoir arraché sa femme aux séductions du vicomte.

Quant à Joseph, il supputait, en se frottant les mains, ce qu'il fallait de temps pour faire fortune à une conscience telle que la sienne.

II

Le voyage se fit sans incident remarquable jusqu'à Nancy, où l'on se reposa trois jours.

Bien que chaque tour de roue semblât l'éloigner de l'abîme, Mathilde se sentait emporter non pas précisément avec regret, mais avec un sentiment de mélancolie fort excusable : on ne peut fuir que le péril; quant au doux et cruel souvenir de ce péril, hélas! il vous suivrait jusqu'au bout du monde.

Or, Mathilde aimait René, et voilà où nous trouvons que son sacrifice était héroïque et rare. Et quand nous disons rare, ce n'est pas que nous prétendions que les femmes ont en général le parti pris de faillir, qu'elles trouvent d'âpres saveurs à mordre dans le fruit défendu; mon Dieu, non! mais ce qu'elles aiment surtout, les femmes, — dont nous disons tant de mal et dont nous pensons tant de bien, — c'est le danger, et cela parce qu'elles se croient assez fortes pour le braver. Nous avons, nous, sans compter la guerre, mille façons d'utiliser notre vaillance; elles n'en ont qu'une. Leur terrain est un boudoir; leurs armes offensives et défensives se bornent à l'artillerie du regard, aux évolutions de l'éventail, à la tactique des réticences et des demi-mots. Étonnez-vous donc que, jouant toujours avec le feu, elles s'y brûlent parfois!

Et comment n'en serait-il pas ainsi? Les femmes naissent avec toutes les théories de l'amour infusés, et elles les pratiquent presque aussitôt; de sorte que, à dix-huit ans, la fille la mieux élevée, la plus pure, la plus confiante en sa mère (nous admettons des exceptions), a déjà eu Dieu sait combien d'amours! D'abord, amour de petit mari à petite femme, dont les parens même se plaisent à exciter les enfantines naïvetés; puis amour de signes et de regards à travers les géraniums et les camellias de la croisée avec le voisin d'en face; amour de maître de dessin ou de piano; amour d'*inconnus* à l'église et aux promenades; et enfin amours des myriades de danseurs de chaque hiver, pâles, bruns, grands, petits, niais ou spirituels, tels que le hasard les a présentés; amours innocens, mais qui cependant finissent par altérer leur candeur, et faire de l'intrigue un besoin de toute la vie.

Il y a en chimie certaines préparations, une solution d'alcool, par exemple, ou de l'acide sulfurique étendu d'eau, qui permettent à la peau, et même à la langue, de subir impunément le contact d'un fer rouge; les pompiers ont des vêtemens métalliques doublés d'amiante qui les isolent de la flamme; mais il n'est encore sorti des cornues de la chimie ni sel, ni carbonate, ni oxyde qui préserve des atteintes corrosives de l'amour.

Que fait donc la chimie?

Jusqu'ici la seule chose à faire, c'est de fuir : remède difficile, opération douloureuse, à laquelle on n'a pas encore appliqué l'inhalation de l'éther, et que la vertu ne songe à employer que lorsqu'elle est bien malade. Voilà pourquoi nous admirons si fort la vertu de la marquise de l'avoir employé avant d'en être à l'agonie.

Quant au marquis, il ressentait quelques légères attaques de goutte, ce qui ne contribuait que fort peu à embellir le tête-à-tête.

Seul dans sa chaise de poste, René s'ennuyait et songeait pendant ce voyage.

A quoi songeait-il?

Hâtons-nous de le dire ici, pour les personnes qui se seraient laissé prendre à ses démonstrations passionnées, à ses sermens du premier chapitre, et enfin à sa résolution de suivre Mathilde : René avait ce que l'on appelle dans le monde *du goût* pour la marquise, mais il était tout à fait incapable de jamais devenir le Pétrarque, le Dante, le Tasse d'une Laure, d'une Béatrix, d'une Éléonore quelconque.

Sa passion avait commencé par être un pari; puis, les obstacles aidant, elle était devenue une question d'amour-propre.

Voici en quelles circonstances :

René déjeunait avec quelques amis. Je pourrais ajouter que c'était au café de Paris; mais, n'aimant pas les phrases toutes faites, je ne l'ajoute pas. On parlait naturellement de turf et d'intrigues, de chevaux et de lorettes, de *Léporello*, qui s'était dérobé aux dernières courses de la Marche; de la petite baronne de ***, qui, elle aussi, s'était dérobée à toutes les recherches de son époux; de ceci, de cela, et de mille autres choses encore.

— Moi, disait René en tirant sa montre, j'ai le cœur inoccupé pour le moment, mais je serai amoureux avant trois heures... Il n'est que deux heures et demie.

— Et de qui?

— Je l'ignore.

— Comment, tu l'ignores!

— Absolument. Mais je suis décidé à adorer la première jolie femme qui passera devant nous sur le boulevard pourvue d'un chapeau rose et d'une ombrelle blanche.

— Et si elle a un amant?

— Je le supplanterai.

— Si elle a un mari?

— Raison de plus.

— Si elle aime ce mari?

— Vous faites là de l'hypothèse.

— Si elle est vieille ou laide?

— Une femme vieille ou laide ne porte pas de chapeau rose.

Un pari assez considérable s'était engagé à la suite de cette folle bravade.

Hélas! Mathilde avait, ce jour-là, une ombrelle blanche, un chapeau rose, et sa mauvaise étoile l'avait fait passer sur le boulevard un instant après. A quoi tient la vertu!

Dès lors René avait commencé un siége dans toutes les formes prescrites non par Polybe et le chevalier de Folard, mais par Ovide et Gentil-Bernard. Il s'était mis à tracer autour de cette charmante femme des lignes de circonvallation, à établir des tranchées et des chemins couverts, à faire jouer la sape et la mine : se faisant présenter dans les salons qu'elle fréquentait, accompagnant au piano les romances qu'elle chantait, la suivant aux promenades, faisant, au bois, caracoler son cheval à la portière de sa voiture; toujours à deux pas d'elle au spectacle; se cachant à demi derrière des piliers d'église, et gâtant ses prières par de profanes préoccupations; faisant épier ses pas pour lui apparaître partout, comme son ombre; la contemplant avec des poses d'extase et de saule pleureur; et voilà pourquoi nous avons vu Mathilde, au début de cette histoire, livrer son cœur pur et sans alliage en échange de la fausse monnaie du vicomte.

Ici toutes les lectrices sont unanimes pour s'écrier : « Oh! les hommes! »

Et nous sommes trop de leur avis pour ne pas accepter comme justes toutes les foudres contenues dans cette exclamation si simple et si bénigne en apparence.

C'est absolument comme lorsque nous disons : « Oh! les femmes! »

La réplique vaut la demande.

Mais revenons.

A Saverne, où la route ressemble assez bien à une montagne russe, la voiture du marquis versa; et, ce qui prouve qu'il y a véritablement des gens qui ne sont pas heureux, ce fut précisément du côté où le podagre époux dormait sur toutes ses oreilles; il en résulta une luxation du genou, laquelle, combinée avec la goutte, nécessita une halte forcée dans le village. Peut-être est-ce une ville, Saverne; auquel cas nous lui faisons des excuses.

D'ailleurs la chaise avait subi quelques avaries, et il lui fallait un charron, de même qu'il fallait un chirurgien au marquis.

Mathilde s'était mollement penchée sur son époux, comme un lis sur sa tige, et elle en avait été quitte pour la peur.

Quant à Baptiste, il avait eu le temps de sauter de son siége, et, là où un autre se serait tué, il n'avait pas reçu une égratignure. La race des Frontins est comme celle des chats.

La marquise s'arrêtant, René trouva naturellement que Saverne était un endroit délicieux, et s'y arrêta comme elle.

Les voilà donc dans une auberge de l'Alsace, qu'il ne faut pas confondre avec un hôtel de la rue de Rivoli. Figurez-vous une grande salle de quelque cinquante à soixante pieds carrés, dont les fenêtres, à petits carreaux, ont des baies si profondes que chacune d'elles équivaut, comme grandeur, à un salon parisien. Les murs, d'une épaisseur féodale, sont blanchis à la chaux; au milieu est une grande table de chêne à pieds tors, sur laquelle pourraient tenir les « seize beufz roustis, les troys génisses, » les soixante et troys chevreaulx moissonniers, les unze-» vingt perdrys, les quatre cents chappons de Loudunois » et Cornouailles, les six cents gualinottes, les sept-vingt » faisans, les dix et huit bêtes faulves, plus les six pèle-» rins accomodés en salade, » que Gargantua, un soir qu'il n'avait pas faim, mangea pour son souper. Dans le fond, un bahut de chêne, comme la table, noirci par le temps, et surmonté d'un dressoir sur lequel chatoie comme de l'argent une lourde et copieuse vaisselle d'étain; des chaises en basane d'un noir éraillé et à clous de cuivre; de grands chandeliers de bois assez semblables, pour la hauteur et la forme, à nos candélabres de maître-autel; au lieu de parquet ciré, de larges dalles retentissantes, saupoudrées d'un sable fin curieusement façonné en arabesques par le balai des servantes. Les poules se logent un peu partout, et même il n'est pas rare de rencontrer sur l'escalier des jambons vivans. L'hôtesse est une grosse petite femme qui roule plutôt qu'elle ne marche; vous la reconnaissez à ses pendeloques d'or, à sa croix à la Jeannette et à ses amples cottes à ramages.

Vous demandez un doigt de vin de Bordeaux, un blanc de volaille, et quelque chose de sauté au madère ou aux champignons; au lieu de cela, Maritorne ou Gros-Jean vous sert une éclanche de mouton, un quartier de bœuf, un gallon de vin d'Orléans et une meule de pain cuit depuis quinze jours.

Comme vous êtes une grande dame, habituée à toutes les recherches et à toutes les élégances de la vie, vous déclarez que vous ne toucherez pas à *ces horreurs*, vous ouvrez votre bonbonnière, et vous soupez cénobitiquement d'un verre d'eau et de quelques pastilles de chocolat.

Vous demandez votre appartement, et l'on vous conduit dans une halle dont les portes bâillent à tous les vents, dont les chaises sont banales, les meubles vermoulus, les fenêtres mal closes, les planchers disjoints, et dont le lit à baldaquin vous apparaît comme un catafalque au fond d'une sinistre alcôve. Il y a de plus un judas au plafond, les serrures sont équivoques, et les araignées ont établi çà et là d'importantes filatures.

Il vous revient aussitôt à la mémoire des légendes de trappes, d'oubliettes, de passages secrets et d'égorgemens; et comme vous êtes toujours la même grande dame que ci-dessus, vous déclarez, en respirant des sels, que vous aimez mieux coucher dans votre berline.

Ajoutez à cela un mari podagre, un ver dans le cœur, le ciel gris, la campagne dépouillée, une mare sous les fenêtres, l'enclume du voisin le maréchal, des concerts de canards, des roulades d'ivrognes, des mélodies de charretiers qui jurent, et vous aurez une idée assez exacte de la position où se trouvait la marquise.

L'égoïste vicomte n'était pas fâché de cet accident, dans lequel il entrevoyait vaguement une issue triomphante au rôle négatif qu'il jouait depuis deux jours. Il savait qu'une fille d'Ève qui s'ennuie est capable de prêter l'oreille aux plus médiocres distractions. Dans le monde, une femme se distrait, le matin à sa toilette, en agitant la grave question de savoir la robe qu'elle mettra, en se mirant dans les pierreries de son écrin, en étudiant dans sa psyché les sourires qu'elle aura à dépenser tout à l'heure; de deux à cinq heures, elle se distrait dans son boudoir à savourer le parfum des bouquets et le miel des louanges qu'on lui apporte; le soir, elle se distrait au bal, à l'Opéra ou aux Italiens. On comprend qu'un galant ait fort à faire de lutter contre tout cela.

Bien au contraire, dans sa position actuelle, Mathilde aurait considéré comme une bonne fortune la présence d'un carlin; combien, à plus forte raison, ne serait-elle pas charmée de voir surgir, au milieu de sa solitude et de sa tristesse, un gentilhomme de belle venue, dont la douce voix s'était déjà insinuée dans son cœur, comme le serpent de la Bible, et qui ne demandait qu'un doux aveu en échange d'un amour sans bornes, d'un respect profond et d'un dévouement sans égal. — Les gens habiles ne demandent jamais rien, ce qui est souvent le meilleur moyen de tout obtenir.

René avait fait ces calculs; aussi, Baptiste étant venu prendre ses ordres, il fut résolu qu'à la première occasion favorable il ferait son apparition.

Un soir donc que le marquis reposait, il se présenta inopinément chez Mathilde.

Toutes les femmes ont déjà deviné que, en ce moment-là, la marquise lisait Lamartine. En effet, que voulez-vous que lise le soir une âme en peine, si ce n'est Lamartine?

En entendant ouvrir et refermer la porte, elle se retourna et poussa un cri; non pas un de ces cris aigus qui déchirent l'espace et que le larynx des faibles femmes semble avoir seul en partage, mais un de ces cris voilés, enveloppés d'ouate, et qui ont tous les avantages de l'effroi sans en avoir les inconvéniens.

On comprend que Lamartine avait dû s'échapper des mains défaillantes de Mathilde et glisser à terre.

Le vicomte était resté à l'entrée de l'appartement, les mains superposées sur sa poitrine comme pour en comprimer les battemens; il avait eu soin d'être pâle et de donner à sa chevelure et à sa cravate ce quelque chose de poétique et d'effaré qui ne sied pas mal aux hommes dont la prétention est de mourir d'amour. Les lèvres grelottaient un peu, et il parodiait assez bien la pose d'un criminel qui va écouter sa sentence.

—Vous ici, monsieur!—s'écria Mathilde. Puis, voyant la piteuse mine du coupable, elle ajouta plus doucement, comme pour sucrer sa colère: — Ah! René! me poursuivre ainsi!

— Que voulez-vous, Mathilde! ma destinée est de graviter autour de vous, et je suis ma destinée.

— Hélas! pourquoi m'aimez-vous?

— Il n'y a pas plus de raison pour l'amour que pour le parfum des fleurs, Mathilde; dites à la rose de ne pas embaumer, elle ne vous obéira pas.

La réponse était prétentieuse au point de vue littéraire, mais adroite au point de vue séducteur.

Ce disant, il fit mine d'étancher au coin de sa paupière une larme absente; et, s'agenouillant aux pieds de la marquise, il prit ses mains, qu'il couvrit de baisers.

Mathilde fit un léger effort pour la retirer, ce qui obligea René à la serrer davantage.

— Ah! c'est mal! bien mal!—Puis tout à coup rappelée à elle même par le sentiment du devoir, dégrisée un instant de cette fascination que le vicomte exerçait sur elle, elle se leva en sursaut et reprit: — Mais vous vous acharnez à ma perte, monsieur! Mais mon mari est là dans cette chambre! Mais quand on aime véritablement une femme, on sauvegarde son honneur, on ménage sa réputation, on écoute ses prières, on est sensible à ses larmes! Savez-vous bien que je devrais appeler? Et puis d'ailleurs je ne vous aime pas, moi, monsieur! Je ne veux pas vous aimer!... Mon Dieu! que je suis malheureuse! — Demandez aux femmes un éclair de vaillance, mais non pas le courage qui dure. L'irritation de Mathilde s'éteignit en un clin d'œil, comme elle s'était allumée. — Et vous-même vous ne m'aimez pas, reprit-elle; sans cela, vous auriez pitié de mes tortures.

— Si c'est aimer que de n'avoir plus d'yeux que pour une seule femme, plus d'oreilles que pour elle; de voir ses traits devant soi le jour et la nuit, de n'entendre, quand d'autres parlent, que sa voix pénétrante; de ne se souvenir de rien que des paroles qu'on l'a entendue prononcer, d'avoir tout fait pour bannir son image de son esprit, et de la retrouver toujours là, douce, gracieuse et belle; de suivre, à l'aventure et comme un insensé, toutes les femmes dont la tournure ressemble à la sienne; d'éprouver des tressaillemens indéfinissables, de former des projets impossibles, d'user sa vie en insomnies qui brûlent ou en rêves qui tuent, si tout cela est aimer, Mathilde, nul n'est plus profondément atteint que moi de ce mal que je hais et que je bénis tour à tour.—La marquise ne riposta rien à cette étourdissante mousqueterie de paroles; mais il y eut comme un voile de langueur qui descendit sur ses yeux; sa poitrine se souleva par petites vagues, comme la mer ondoyante par un temps calme; et il se trouva que, par un mouvement nerveux, sa main se riva plus étroitement à celle du vicomte. — Est-ce ma faute, reprit ce dernier en exhibant ses notes de poitrine les plus caressantes et les plus flûtées, est-ce ma faute si je n'ai plus d'autre ciel que le bleu de vos yeux? Repoussez ma tendresse, je le veux bien, mais au moins plaignez-moi!... Ne comprenez-vous pas que je porte en mon âme un deuil qui s'étend sur toutes choses, que mon présent est désert, mon avenir désenchanté... Voyez mes traits ravagés par la souffrance...

René se portait à ravir, il avait l'estomac le plus docile du monde, il florissait à faire envie aux chanoines du *Lutrin*, et le chagrin n'avait jamais eu de prise sur son insouciance; ce qui n'empêcha pas la marquise d'écarter de ses deux mains les boucles blondes du séducteur, et, par je ne sais quel mirage, de lire sur son front la vérité de son mensonge.

— Pauvre René! fit-elle.

— Je suis bien jeune encore, Mathilde, et déjà la verte saison des espérances est passée pour moi.

— Vous m'oublierez, reprit la marquise.

— Jamais!... Ah! que l'on voit bien que vous ne me connaissez pas!

Elle ne le connaissait pas, en effet.

— Il n'y a que nous qui n'oublions pas, mon ami.

— Au fait, peut-être avez-vous raison, reprit René d'un air sombre; si la tombe est l'oubli de toutes choses, je vous oublierai.

— Que dites-vous, juste ciel!

— Rien... et quand je songe qu'il y avait quelque chose là! (Il mit l'index sur son front.) quand je songe que stimulé par votre amour, j'aurais pu faire de grandes choses, qu'il n'est pas de lauriers que je n'eusse conquis, à la condition de pouvoir le mettre à vos pieds!

— Noble cœur! dit Mathilde.

— Et que ce même amour, qui partagé m'aurait ouvert des horizons sans bornes, me prive au contraire à jamais de tout repos, de toute sérénité, de toute aptitude!

Depuis la nymphe Égérie et Agnès Sorel, qui furent, à ce qu'on prétend, les inspiratrices de Numa Pompilius et de Charles VII, toutes les femmes se laissent volontiers prendre à l'appât de galvaniser une nullité quelconque et d'en faire un grand homme. C'est le défaut de la cuirasse des plus vertueuses.

Insensiblement René s'était assis aux pieds de Mathilde; il y avait dans leur double regard qui se croisait un mystérieux échange de rayons sympathiques et d'effluves enivrantes; par je ne sais quelles lois de l'attraction non définies jusqu'ici René se haussait vers Mathilde, Mathilde se penchait vers René; les cheveux de la jeune femme pleuraient en longues grappes parfumées sur les joues du jeune homme; de leur souffle à la fois moite et brûlant se dégageait quelque chose comme des étincelles électriques; la raison s'en allait, lorsqu'un violent coup de sonnette partit de la chambre voisine.

Ce fut la goutte d'eau froide dans le breuvage en ébullition qui va déborder.

La marquise se leva comme sous l'impulsion d'un ressort.

— Mon mari!... Ah! partez, monsieur, partez! oubliez cet instant de délire, et que je ne vous revoie jamais!

— Je pars, Mathilde, reprit le vicomte, mais je vous reverrai... Quant à oublier ce seul rayon de joie céleste qui ait jamais inondé mon âme, autant demander à l'aveugle, dont les yeux se sont ouverts une fois, par miracle, aux splendeurs de la lumière, de ne pas se les rappeler.

René sortit. Telle était son émotion, qu'il s'empressa d'allumer un panatellas à la première étincelle qu'il rencontra sur la route.

III

La chaise remise en état, le genou du marquis en convalescence et sa goutte endormie, le trio voyageur partit de Saverne pour Strasbourg, et de Strasbourg pour Baden.

Partout René trouvait le moyen de faire un pas de plus dans son œuvre de séduction. Il apparaissait soudain, et s'éclipsait de même, sans que, au milieu des joies délirantes qui chantaient en elle, la marquise se demandât même le mot de cette énigme.

Les femmes qui aiment ne s'étonnent de rien; vous leur apporteriez le soleil monté en épingle et entouré de deux rangs d'étoiles, qu'elles trouveraient la chose toute simple et fort naturelle.

Quant à leurs entrevues, c'était toujours ce thème inépuisable dont les variations sont les mêmes depuis six mille ans, qu'Isaac chantait à Rébecca, Thésée à Ariane, Antoine à Cléopâtre, Werther à Charlotte, Roméo à Juliette, Tibulle à Lydie, dans toutes les langues, à toutes les époques, dans toutes les contrées, et qui paraît monotone à ceux-là seuls qui ne sont pas dans l'orchestre.

C'était du reste un morceau que le vicomte exécutait très agréablement, vu sa grande habitude, bien qu'il prétendît le déchiffrer pour la première fois.

A Baden, la marquise avait retrouvé une de ses tantes, la baronne de C..., femme du meilleur monde, pleine d'indulgence, de perspicacité et de bon sens, une de ces bonnes douairières, devenues rares, qui savent sourire encore à la jeunesse, se ressouviennent des roses autrefois effeuillées, des imprudences commises, des périls courus, et mettent volontiers leur vieille diplomatie au service de l'inexpérience.

Ce chaperon permettait naturellement au marquis d'avoir la goutte tout à son aise, sans priver pour cela sa femme des distractions du bel âge. Il en résultait que Mathilde pouvait assister quelquefois aux bals et aux concerts que monsieur Bénazet donnait à la maison de Conversation.

Ces jours-là, René allait continuer dans le tourbillon du monde, au milieu des enivremens de la danse et de la musique, l'entretien furtif de la veille. Les intervalles étaient comblés par des lettres incendiaires qui ne devaient pas permettre à cette pauvre femme aux abois de ressaisir sa raison dans les abîmes de son cœur.

Avouez, ô lectrices, que ce pauvre vieux marquis, qui avait la goutte, et cette pauvre jeune femme, qui avait l'amour, couraient de bien grands dangers! Que de fleurs sur le gouffre! Comme René savait enduire d'un miel attrayant les bords de la coupe empoisonnée! Comme il savait faire chatoyer le faux diamant de sa parole! Plus d'une fois déjà René avait cru que le moment de sonner l'hallali était venu; mais toujours la tendre gazelle, effarouchée, lui échappait par un bond dans l'espace. Il en résultait que ses amis, qu'il tenait jour par jour au courant des événemens du siége, commençaient à rire un peu du bout de leurs moustaches en croc et à trouver que les choses traînaient en longueur.

Le vicomte se préparait donc à faire donner sa réserve et à livrer contre le cœur de Mathilde un assaut décisif. Mathilde elle-même, qui avait comme le vague instinct de sa défaite prochaine, était fort accablée, lorsque sa tante entra chez elle un matin, la malice sur les lèvres, ses boucles grises franchement arborées sur ses vieilles joues qu'aucun fard ne flétrissait, alerte encore pour son âge et mystérieuse comme une mère qui va gronder son enfant, mais dont la poche est toutefois bourrée de bonbons pour cicatriser les blessures qu'elle va faire.

— La marquise, en ce moment-là, lisait-elle encore Lamartine? me demande une curieuse.

— Non, madame; depuis quelque temps Mathilde ne lisait plus que dans son cœur, où elle avait découvert d'admirables poëmes inédits, comme il n'est donné qu'à Dieu et à l'amour d'en écrire.

— Çà, ma chère belle, dit la baronne en prenant à deux mains le front de sa nièce, qu'elle couvrit de baisers, vous ne riez plus que du bout des lèvres, vous ne mangez plus que du bout des dents, vous ne dansez plus que du bout des jambes! il doit y avoir quelque chose là-dessous, et je veux en avoir le cœur net.

Mathilde devint rouge comme une cerise, et ses regards baissés se réfugièrent à la pointe de ses brodequins.

— De l'amour, n'est-ce pas?

— Ma tante!

— Eh! mon Dieu, ma nièce, nous y avons été prise tout comme une autre. Il y a longtemps, par exemple! A cette époque, il portait un arc et un carquois; aujourd'hui, il ne porte qu'une canne et un paletot. Voilà toute la différence. — Mathilde, ne sachant plus comment cacher son trouble, courut se blottir dans les bras de la baronne. — Pauvre égarée! reprit madame de C..., la vie vous était un supplice, n'est-ce pas? Ces instincts de tendresse qui couvent dans le cœur de toute femme se remuaient dans le vide; les félicités d'amour-propre, les joies de parure, les splendeurs du monde, tout cela vous effleurait sans vous toucher; il manquait un but à tout cela, il manquait une étoile à votre ciel.

— C'est bien cela! murmura la jeune femme.

— Puis, un beau jour, cette étoile s'est levée, et votre vie s'est rassérénée tout à coup; vous avez découvert en toutes choses des charmes jusqu'alors inconnus; vous êtes devenue meilleure, plus douce, plus égale, plus empressée, plus charitable, et, dans l'ingénuité de votre âme, vous vous êtes dit que l'amour qui faisait éclore de si belles moissons ne pouvait être bien coupable.

— Ah! que vous lisez bien en moi, madame!

— Je me ressouviens, ma fille, voilà tout... Et maintenant que j'ai remonté le courant de mes années pour me refaire un instant jeune, belle, enthousiaste et crédule comme vous êtes aujourd'hui, si je vous disais par quels chemins arides on revient du bonheur!

— Pourquoi revenir du bonheur? demanda Mathilde; on doit y être si bien!

— Parce que d'inflexibles lois nous en chassent, mon enfant. Jugez alors de ce que c'est, quand les remords se joignent aux désenchantemens, quand les souvenirs sont escortés de honte et que, comme si ce n'était pas assez d'être délaissée, on se trouve encore avilie!...

— Mais je l'aimerai toujours, moi, madame.

— Vous, c'est possible, et encore! mais lui?

— Ah! si vous le connaissiez!

— Oui, je sais cela, il n'est pas comme les autres? demanda la baronne, avec un imperceptible sourire.

— C'est le plus noble des hommes.

— Il y a toujours un moment où le premier paltoquet venu, pourvu que nous l'aimions, est le plus noble des hommes. Ah! si vous saviez, Mathilde, que de fois, en ce monde, les affections se relayent faute de pouvoir fournir la course entière! Il n'y a que les commencemens d'amour qui soient véritablement célestes, mon enfant.

— Oh! ne dites pas cela!

— Nous ne régnons que pendant un jour, pendant un seul. Les hommes se font alors adorables de dévouement et de sollicitude; ils sont tout heureux de niaiseries charmantes; ils n'échangeraient pas contre l'écrin d'une sultane les fleurs flétries de notre bouquet de bal; ils attendent patiemment, pendant des heures entières, qu'une porte s'ouvre, pour voir passer dans la lumière notre blanche et chère apparition; il suffit d'un mot glissé tout bas, d'un regard jeté à quelque rival, pour les faire pâlir, pour les livrer à d'affreuses perplexités; ils vivent à nos pieds...

— Comme René, pensa la marquise.

La baronne continua:

— C'est ainsi, c'est en se montrant bons, tendres, nobles, généreux, qu'ils se font aimer de nous; ils nous enivrent, ils nous rendent folles, ils nous perdent; puis, quand arrive la satiété, quand ils ont découronné notre front, quand nous ne sommes plus des reines à leurs yeux blasés, ils cherchent dans notre passé s'il n'est pas quelque souillure dont ils puissent arguer pour légitimer leur trahison. Malheur alors si nous nous sommes ôtées à un autre pour nous donner à eux! Ils nous le reprochent avec un joyeux dédain, comme s'ils n'étaient pas les complices de notre abaissement! Peut-être cependant nous sommes-nous bien repentie, avons-nous bien pleuré. Mais qu'importe! Ceux qui n'aiment plus ne croient ni aux larmes ni aux repentirs. D'ailleurs, on est si fort contre ceux qui ont failli! On nous tient par notre honte, comme un esclave par sa chaîne. Si nous nous plaignons trop haut, on nous enfonce froidement un souvenir dans le cœur, et alors il faut bien que nous baissions les yeux et que nous nous taisions. Voilà comme on revient de ce que l'on avait cru être le bonheur, ma fille, et comment s'évanouit ce que l'on avait pensé être éternel.

— Mais vous me parlez là de misérables lâches, madame, et non pas d'hommes d'honneur!

— Hélas! mon enfant, je vous parle de la fleur du monde comme il faut. Ces mêmes hommes sont ordinairement forts et vaillans; ils abordent l'ennemi en riant, le saluent et le prient courtoisement de tirer le premier; ils gardent le secret d'un ami; ils se battraient pour un seul de nos cheveux, ils iraient ramasser notre gant dans la loge d'un tigre, ils ne souffriraient pas que nous fussions compromises par un autre que par eux... mais ce n'est pas leur faute si la mode est d'être perfide en amour et de se parer des dépouilles opimes de notre vertu, comme le font les sauvages des chevelures qu'ils ont coupées.

— Oh! je me vengerais! fit Mathilde.

— Et de quoi vous vengeriez-vous, pauvre chère?... de ce que les passions ne sont pas éternelles? Et puis, continua la baronne, ne sommes-nous pas aussi coupables de ne plus inspirer l'amour qu'ils le sont, eux, de ne plus l'éprouver? Après nous être ornées de perfections idéales pour les assujettir, ne retombons-nous pas bientôt dans le prosaïsme et la réalité? Ce sont d'abord toutes les grâces d'une nature aérienne; nous ne les recevons qu'au milieu de parfums et de fleurs; notre voix caresse, notre bouche sourit, notre douceur enchante, nos regards fascinent; nous écartons de nous tout ce qu'il y a de terrestre et de matériel dans l'existence; nous ne nous hasardons qu'aux confitures; nous mangeons le riz grain à grain; nous sommes tout abeille et tout papillon. Les hommes nous prennent alors pour des anges, parce que nous en avons un instant usurpé les ailes d'or, et c'est seulement quand nous descendons des nuages, quand nous redevenons de simples mortelles, que leur passion s'étiole. — Comme son amour était encore dans toute sa fleur, comme il planait bien haut dans le ciel, et qu'il n'est, d'ailleurs, pas de femme qui ne croie volontiers à une exception pour elle seule, Mathilde hochait la tête d'un air de doute et se repliait glorieusement dans la sécurité de son cœur. Voyez quel chemin rapide avait fait cet affreux vicomte! — Ainsi, poursuivit la baronne, la grande affaire des femmes, leur unique chance d'être heureuses dans le présent et honorées dans l'avenir, c'est de rencontrer l'amour dans le devoir.

— Et quand on ne l'a pas rencontré? reprit la marquise; quand on a été sacrifiée à la vénalité, à l'ambition ou à ce qu'on appelle si dérisoirement les convenances? quand on a servi d'appoint à une dot, et que, toute frémissante de jeunesse et d'illusions, on a été ensevelie dans un mariage impossible comme dans une tombe prématurée?

— Il y en a qui en meurent, ma fille; d'autres s'abîment en Dieu; beaucoup se perdent.

— Ah! que ne puis-je mourir!

— Allons, il faut être raisonnable; ne faisons pas de l'Héloïse, mon enfant, c'est du plus mauvais goût... Quelque beau ténébreux, sans doute, qui vient faire la roue aux eaux pour y pêcher une héritière ou une martingale! On ne s'amuse guère ici; la saison commence à peine, votre mari a la goutte, vous êtes nerveuse... il vous fallait un hochet, un passe-temps... Dans six semaines vous n'y penserez plus, et ce sera quelque autre avaleur de vertus, bien fait, bien gourmé, bien cravaté, bien ganté, bien coiffé, qui aura remplacé celui-ci... Eh! mon Dieu! je ne suis pas une trappiste, moi; faites-leur patte de velours, à ces dons Juans qui ne doutent de rien, apprenez-leur à rapporter et à se tenir gentiment sur leurs deux pattes, classez-les entre votre perruche et votre sapajou; en un mot, amusez-vous d'eux, ma belle, mais ne les aimez pas.

— Est-ce que l'on aime deux fois? demanda Mathilde en arrêtant sur la baronne des yeux étonnés.

— Si l'on aime deux fois?...—s'écria celle-ci. Mais voyant qu'il y avait tant de conviction dans l'accent de la jeune femme, tant de foi naïve dans son regard, elle eut comme un remords de déraciner cette tige vivace qui naissait à peine; elle n'acheva pas sa pensée. Puis l'étreignant une dernière fois,—Faites que Dieu vous accompagne, ma fille, et souvenez-vous que la veille tue bien des lendemains.

Le raisonnement n'a pas de prise sur l'amour; il s'efface aussitôt, comme la moiteur du souffle sur l'acier; mais, en revanche, de même qu'il a suffi d'un rien pour le faire naître, il suffit souvent d'un coup d'épingle pour le tuer.

Ici ce n'était pas un coup d'épingle, mais un véritable coup de massue...

Ce jour-là, nous l'avons dit, le vicomte avait résolu de faire donner ses réserves et d'emporter la place. Il l'avait annoncé, le matin même, à ses amis, les lions de la ménagerie parisienne, par une épître qui se terminait en ces termes, dans le goût de Bossuet :

« La vertu de Mathilde se meurt, la vertu de Mathilde » est morte. Moi qui n'ai jamais aimé que les femmes aimables, je vous laisse à juger ce que j'ai eu à subir » d'une femme aimante! autant s'atteler à une de ces » passions patriarcales filées sous le manteau de la cheminée maternelle avec une petite fille raide et guindée » dont les regards et les mouvemens sont étiquetés à l'avance, qui ne vous parle que de sa perruche et de sonates, rougit comme une cerise quand on lui serre le » bout du doigt, et vous lance monsieur le maire à la tête » quand vous lui proposez d'aller vous promener sous l'ormeau. J'en ai bâillé vingt fois de l'une à l'autre oreille; » heureusement que cela passait pour des soupirs. Au » diable les grandes dames et les mijaurées! Vivent Mabille et les rats d'Opéra! »

Cette lettre achevée, René en avait écrit une autre à Mathilde. C'était le dernier obus qu'il lançait dans la citadelle assiégée. Seulement, dans la chaleur de l'action et dans l'enivrement de sa victoire prochaine, il transposa les adresses par mégarde, en sorte que celle-ci partit pour Paris et que la première fut portée à la marquise.

Voilà à quelles misérables ficelles sont souvent attachées la chute des empires et la décadence des filles d'Ève!

Lorsqu'elle reçut cette horrible lettre, l'irrésolue Mathilde capitulait avec sa conscience; elle éprouvait cette fascination d'une colombe voyant fondre sur elle un vautour et n'ayant plus ni la force ni même la volonté de se soustraire à ses atteintes.

Quand le vicomte entra, le cachet de la lettre était encore intact; la lettre elle-même reposait dans cette chiffonnière des femmes que l'on appelle le corsage. Mathilde avait voulu s'en ménager la lecture comme on se ménage une friandise ou un bonheur.

Ce dont nous sommes fâché pour certaines personnes, adoratrices ferventes du pressentiment, c'est que le contact de ce vélin déloyal ne lui brûlait pas la poitrine.

René s'était assis, comme de coutume, aux pieds de Mathilde, et venait d'entonner la plus étourdissante symphonie de séductions et de paroles veloutées, de tendresses et de câlineries, d'œillades magnétiques et de sermens, qui jamais ait fait vibrer les fibres d'une femme.

Satan se réjouissait à la pensée de la proie nouvelle destinée à ses grils éternels.

Retiré dans son appartement, le marquis se frictionnait les tibias, à mille lieues de penser qu'il pût y avoir au monde un mal plus redoutable que la goutte.

Le vicomte songeait au relief que cette conquête au clocher allait lui donner dans le monde.

Mathilde se faisait les mille déraisonnemens captieux au moyen desquels les pauvres humains s'étudient à colorer leurs fautes et à les transformer en vertus.

Tout allait au mieux, c'est-à-dire au plus mal.

La marquise se rappela alors, comme pour se griser davantage, que le vicomte lui avait écrit, et, voulant comparer l'homme au style et le style à l'homme, la passion écrite à la passion parlée, la partition à l'orchestration, elle déplia lentement le billet parfumé.

A peine y eut-elle jeté un regard que quelque chose comme une pointe acérée pénétra dans son cœur; ses beaux yeux s'injectèrent de lueurs fantastiques, de sinistres tocsins bourdonnèrent à ses tempes, et le charmant thème d'amour qu'elle s'apprêtait à chanter se glaça tout à coup sur ses lèvres pâlies.

René continuait à chanter le sien avec le plus imperturbable aplomb et dans la sécurité la plus parfaite.

Cependant l'indignation et l'amour-propre froissé, comme ces alcalis qui pompent tout à eux, eurent bientôt fait de reprendre le dessus. Il y avait bien toujours une passion qui grondait en elle, mais cette passion ne s'appelait plus l'amour, elle s'appelait la haine. Une subite éclaircie venait de se faire dans le passé; des incidens qu'elle n'avait pu définir s'expliquaient d'eux-mêmes; les ombres vagues devenaient des formes distinctes; tout se coordonnait, s'illuminait, se transfigurait dans son esprit comme d'un seul coup de baguette.

Puis, par un revirement que nous laissons à la science le soin d'expliquer, la marquise se prit à éclater d'un rire spasmodique qui fit sur la faconde de René l'effet d'une douche d'eau glacée.

Ce rire, dont les gammes fiévreuses recommençaient de plus belle au moment où on croyait qu'elles allaient s'éteindre, était si aigu, si strident, si désopilé, que, réveillé en sursaut, le marquis accourut chez sa femme de toute la lenteur de ses jambes indécises.

Tant s'en fallait que le vicomte fût un lâche; mais nous n'avons guère que le courage du champ de bataille, et sa pensée, en ce moment critique, eût assurément pu se traduire ainsi : « Je demande à m'en aller. »

Les femmes ont au contraire des vaillances d'à-propos, des témérités de salon qui feraient trembler les hommes les plus résolus.

Il est vrai d'ajouter, pour rendre à la situation sa valeur réelle, que le marquis et le vicomte s'étaient rencontrés quelquefois dans les environs de Baden, qu'ils avaient été partners au whist, et qu'il règne aux eaux un certain laisser-aller de relations qui ôtait un peu de son étrangeté à la présence de René chez Mathilde. Inutile d'ajouter que le marquis n'avait pu reconnaître en lui son adversaire blessé des bois de Versailles, car le vicomte, qu'il n'avait jamais vu que sur le terrain de leur duel, était revenu en blond fauve du brun foncé qu'il s'y était donné.

—Vous ici, monsieur le vicomte?—demanda le marquis. Puis, s'adressant à sa femme, — Qu'y a-t il donc, Mathilde, qui puisse exciter à ce point votre hilarité?

— Ah! c'est si plaisant! reprit la jeune femme, dont la voix ne put s'empêcher d'égréner encore quelques bruyans éclats.

René s'était plié en deux pour saluer le marquis, ainsi qu'il appartient à tout braconnier d'amour pris au gîte par un mari. Puis il avait regardé Mathilde; puis, croyant à quelque désastre inopinément survenu dans l'économie de sa chevelure ou dans la régularité de ses traits, il s'était furtivement regardé lui-même dans une glace; puis enfin, ne sachant plus qui ni quoi regarder, il faisait la plus sotte mine que jamais chevalier de la triste figure ait étalée dans un salon.

— En vérité, je ne comprends pas, reprit le marquis.

— Vous allez comprendre, interrompit Mathilde. D'abord, monsieur le vicomte, qui part demain matin pour Paris, est venu pour se mettre à nos ordres et nous demander si nous avions quelques commissions pour la capitale... ce qui est de sa part une attention charmante, n'est-ce pas?

— Certainement, mais jusqu'ici je ne vois pas...

— Attendez donc! Vous vous rappelez que j'ai eu la fantaisie d'acheter une perruche à Saverne, un singe à Strasbourg, et un king's-Charles ici.

— Je me le rappelle parfaitement, chère amie, mais je ne vois pas quelle analogie...

— Eh bien! comme j'exprimais à monsieur l'embarras que me causent ces bêtes en voyage, et le regret que j'aurais cependant à m'en séparer pour toujours, ne voilà-t-il pas qu'il a eu la galanterie de m'offrir de les chaperonner jusqu'à Paris et de les déposer chez moi sains et saufs!

— Ce serait abuser...

— Voyez-vous d'ici monsieur le vicomte voyageant avec une ménagerie comme van Amburg ou Carter!

— Pour vous être agréable, madame, reprit René dans les yeux de qui papillottaient mille girandoles, il n'y a rien que...

— Ma foi! j'ai bien envie d'accepter.

—Vous n'y songez pas, Mathilde, marmotta le marquis.

— Mais puisque monsieur le vicomte me l'a offert!

— Ce n'est pas une raison.

René n'y pouvait plus tenir; son fauteuil lui faisait l'effet d'un buisson d'épines compliquées de fourmis. Il résolut d'en finir, et, se levant pour prendre congé,

— Madame, reprit-il, puisqu'il paraît que je vous l'ai offert, je ne m'en dédis pas.

— Vous êtes un vrai chevalier, reprit la marquise; il ne vous manque que d'avoir vécu du temps d'Amadis et de Galaor. — Et faisant quelques pas pour reconduire le vicomte, car le marquis ne marchait que très difficilement, — Monsieur, ajouta-t-elle en lui faisant une profonde révérence, je vous enverrai demain ces trois intéressantes petites bêtes par mon valet de chambre, que je vous prie de garder de même. Il vous est trop dévoué, je le vois maintenant, pour que je vous prive de ses services. Je me permettrai seulement une recommandation à son égard, ajouta-t-elle en lui montrant sa dernière lettre; quand vous le chargerez de quelque missive, ayez soin de ne pas vous tromper d'adresse.

— En vérité, Mathilde, reprit le marquis lorsqu'ils furent tête à tête, c'est d'une inconvenance...

— Vous trouvez?

— Je ne vous ai jamais vue comme cela.

— C'est que j'ai mes nerfs.

— Alors tout s'explique, reprit le marquis en regagnant clopin-clopant son alcôve.

René n'a pas positivement les instincts féroces; toutefois il a tordu le cou à la perruche, il a jeté le king's-Charles dans le Rhin, en passant à Kelh, et il a empalé le sapajou.

Peut-être, vous et moi, en eussions-nous fait autant.

A sa réapparition au boulevard Italien, ses amis l'assaillirent de ce point d'interrogation que nous avons donné pour titre à cette histoire.

— Ah çà! nous expliqueras-tu quelle diable de lettre tu nous as expédiée dernièrement?

— Une lettre?... Ah! oui... c'était... c'était un échantillon du style incandescent que j'employais avec la marquise.

— Et qui t'a fait triompher, sans doute?

— Mes amis, répondit le vicomte avec cette fatuité modeste qui en dit plus par ses réticences mêmes que n'en dirait le mensonge le plus effronté; mes amis, notre gageure était impossible. Vous devez comprendre qu'en pareil cas, heureux ou malheureux, un galant homme doit toujours payer son pari. Je n'ai pas d'autre réponse à vos questions indiscrètes. Je suis vaincu, je le proclame; mais ce ne serait pas la première fois que le vainqueur payerait l'amende. Passez à la caisse.

FIN DE ?.

Adrien Paul.

THÉRÉSA.

I

OÙ BRAND SE FIGURE NOYER DANS LE VIN DES CHAGRINS QU'IL RETROUVE AU FOND DE SON VERRE.

Cela se passait hier, hélas ! et nous craignons bien que cela ne se passe encore demain et toujours.

Dans une assez maussade maison de la rue Sainte-Avoie, quartier du Temple, à Paris, demeurait un pauvre cordonnier du nom de Brand.

Brand avait toujours été cordonnier, mais il n'avait pas toujours été pauvre; il avait même été un instant sur le chemin fleuri de la fortune; mais là le vertige l'avait pris, et il en était bientôt revenu par toutes sortes de routes effondrées, désertes, mornes, froides, jonchées de regrets et d'épines.

Lorsqu'il lui arrivait de remonter péniblement le courant de ses souvenirs; lorsque, par ces belles journées de soleil qui contrastent parfois si fort avec la tristesse de l'homme, il grattait un peu les callosités qui s'étaient formées sur son cœur, Brand y retrouvait une femme aimée, de chers enfans faisant les diables, le travail, le bien-être, la santé, les joies pures, le doux sommeil des nuits, la riante activité des jours, la conscience nette et la satisfaction de soi-même : humbles mais précieuses richesses que par sa faute il avait perdues une à une, hier celle-ci, aujourd'hui celle-là, comme ces girandoles qui s'éteignent graduellement, à la suite d'une fête, pour ne plus laisser bientôt après elles que l'isolement et l'obscurité.

Alors Brand s'appuyait les coudes sur les genoux, plongeait sa tête dans ses vieilles mains tremblantes, fermait les yeux, et le panorama du passé venait par intuition se dérouler devant lui.

Or, voici ce qu'il voyait : un intérieur net et luisant; des meubles en noyer dans lesquels, à défaut de glace, on pouvait se mirer ; une belle armoire, regorgeant de linge sentant l'iris et blanc comme du lait; sur le buffet, une copieuse vaisselle à ramages, symétriquement rangée, au milieu de laquelle chatoyaient, comme les joyaux d'une couronne, les timbales d'argent de ses enfans ; la cheminée s'égayait au tic-tac d'une jolie pendule, escortée de deux vases dont on aurait été tenté de cueillir et de manger les fruits artificiels, n'eussent été les cylindres de verre qui les sauvegardaient; sous l'alcôve, deux couchettes jumelles bien douces, bien calmes, bien épaisses, que protégeaient une Sainte-Vierge portant l'enfant Jésus, un bénitier toujours limpide et du buis toujours vert.

Aux tièdes brises du matin, aux parfums des caisses de réséda et d'œillets qui faisaient de leur fenêtre un jardin suspendu comme ceux de Babylone, les cheveux noyés dans des flots de soleil levant comme les têtes de Raphaël, Marthe et Thérèse, — sa femme et sa fille, — travaillaient activement à quelque ouvrage de couture, ou se gantaient la main gauche d'un bas à claire-voie dont elles guérissaient les solutions de continuité.

Henri, bel enfant de six ans, boucles blondes et joues roses, assis jusqu'au menton devant la table, dessinait d'informes bonshommes, lesquels faisaient déjà rêver son père et sa mère à la possibilité d'avoir un jour un glorieux artiste dans la famille.

Dans une jolie cage, peinte en vert, jacassait un pinson, avec lequel rivalisaient de trilles et de fugues chromatiques trois autres pinsons non moins gais, mais de plus belle venue, c'est-à-dire deux ouvriers et un apprenti, car Brand ne pouvait suffire seul à chausser tous les pieds de sa clientèle.

Au coin de l'âtre, le museau vers la queue, sommeillait l'excellent Médor, caniche d'esprit s'il en fût, et qui, le cas échéant, s'en allait très bien aux provisions, seul et le cabas aux dents, ni plus ni moins que le premier bipède venu.

Dans les tiroirs se prélassaient, pour les dimanches, de beaux habits amoureusement conservés dans leurs plis primitifs; et de bonnes épargnes s'accumulaient dans plus d'un coin pour faire face aux jours de chômage et de maladie.

Le soir arrivait ainsi rapidement sur les ailes de la sécurité et du travail. De même que les abeilles, qui rentrent dans leurs ruches après le butin de la journée, chaque ouvrier regagnait son nid, où l'attendaient une mère et des petits. Puis, restés seuls, Brand, Marthe, Thérèse et Henri, cette famille bénie du ciel, ce seul cœur en quatre personnes, se réunissaient autour du souper, que trahissaient d'appétissans fumets et d'épaisses bouffées de vapeur.

Ensuite commençaient ces joies sans nom, ces naïvetés charmantes, ces luttes gracieuses, ces caresses adorables où l'enfant qui veut se faire homme se pique à la barbe de l'homme qui veut redevenir enfant, où les dociles genoux de l'heureux père deviennent un fougueux cheval qui se cabre, où les serviettes tordues et nouées se transforment en polichinelles, où les assiettes retournées se métamorphosent en tambours et les couteaux en baguettes, où tout devient un sujet de rire, une excuse au tapage, un motif de baisers à donner ou à recevoir. Puis venaient la prière, les petites mains jointes sur le giron maternel, les demandes de sagesse et de pain quotidien adressées à Dieu dans ce langage si délicieusement indécis de l'enfance; puis la croix formulée sur le front, puis la couverture du petit lit soigneusement bordée. Et l'on n'entendait bientôt plus que le souffle pur et régulier de l'innocence qui s'endort.

Telle avait été la première et la plus heureuse phase de la vie du cordonnier Brand, celle qu'il évoquait le plus volontiers, et qui cependant lui laissait au cœur les plus poignans regrets.

Plus tard, la fortune lui avait, de ses lèvres perfides, envoyé de gracieux sourires, et ce je ne sais quoi qu'on appelle la vogue s'était attaché à lui.

— Brand!... oh! Brand!... parlez-moi de Brand!... Peut-on se faire chausser ailleurs que chez Brand!...

Et tous les pieds aristocratiques et mignons de se vernir chez lui.

Dès lors la rue Sainte-Avoie n'avait plus été tenable, et Brand s'était installé à grand frais au boulevard des Italiens. Le palissandre, le velours, les glaces, les tapis avaient remplacé l'humble mobilier d'autrefois. La bonne Marthe elle-même avait dû se plier aux exigences de sa position nouvelle, et porter des robes de soie que, dans la crainte de les friper, elle retroussait pour s'asseoir.

Brand était devenu quelque chose comme un monsieur, guindé du col, gêné des entournures, et demandant une pipe impossible aux échos dorés de son magasin qui s'en indignaient.

Henri avait été envoyé au collége, où il jouait aux billes et au chevalfondu, dans la douce perspective de défendre un jour la veuve et de protéger l'orphelin.

Thérèse était allée dans un pensionnat à la mode apprendre à broder, à chaudronner du piano, à épeler l'anglais, à amalgamer Alexandre, Scipion et Tamerlan, et à déterminer tant bien que mal la latitude de Chandernagor et des îles Moluques : ce qui devait nécessairement en faire tôt ou tard une femme des plus distinguées. Si bien qu'elle était revenue un jour en déclarant à ses parens qu'elle voulait désormais s'appeler *Thérésa* au lieu de Thérèse.

Trois années s'étaient écoulées de la sorte; les Brand s'acclimataient peu à peu aux séductions du luxe et aux câlineries du bien-être. Marthe commençait à s'asseoir sans trop redouter de gâter ses belles robes. Brand se remuait un peu dans ses cols et dans ses habits. Henri déclinait *rosa*, la rose, d'une façon qui faisait déjà présager un grand orateur. Thérèse gazouillait gentiment de toutes choses *et quibusdam aliis*, à l'instar des perruches et de Pic de la Mirandole, lorsque tout à coup la vogue s'en alla comme elle était venue, — parce que, — c'est-à-dire sans savoir pourquoi ni comment.

La vogue partie, le loyer, les grands frais, les habitudes de bien-être étaient naturellement restés.

Ces diablesses de choses-là restent toujours, même lorsqu'elles devraient s'en aller.

Rien ne dégringole, rien ne s'effondre plus vite qu'une maison de commerce qui a fait son premier pas vers la décadence. On a beau l'étayer d'estacades, la reprendre en sous-œuvre, la recrépir, plâtrer les fissures, lui donner de faux airs de prospérité et de vigueur, rien ne fait. Au lieu d'obvier au malaise, chaque remède l'aggrave; on creuse des abîmes, sous le prétexte de boucher des trous; on fait comme cet idiot si connu qui se cachait dans l'eau de peur d'être mouillé. On éprouve ces indéfinissables frissons que donne le *sirocco* des dettes; le premier billet que l'on n'a pu payer a été cause de bien des défaillances, de bien des insomnies et de bien des larmes; on a compté les jours; on l'a vu venir de loin, comme une trombe, comme une avalanche, comme le flot qui monte et doit vous engloutir; on a parlé d'honneur et de suicide; on s'est résigné aux démarches les plus inouïes, aux suppliques les plus émouvantes, aux refus les plus durs; on a bu toutes les lies, vidé tous les calices d'amertume.... Au second protêt, on a souffert encore, mais déjà moins; au troisième, on a commencé à s'acclimater. Après la demi-douzaine, le papier timbré n'a même plus eu le don d'émouvoir; on a cessé de faire une différence entre lui et le plus inoffensif des papiers; l'huissier lui-même, cet épouvantail des premiers jours, a paru un homme comme tout le monde, *sans trop de griffes ni de cornes*.... Puis on a jeté le manche après la cognée, le bonnet par-dessus les moulins, la maison par la fenêtre, si bien que l'on finit, un beau jour, par faire faillite, sans plus s'en préoccuper que d'un nuage qui crève et après lequel viendra le beau temps.

Seulement le beau temps ne vient pas toujours, et, la preuve, c'est que Brand avait dû reprendre, sans tambours ni fanfares, le chemin de la rue Sainte-Avoie, si bénie jadis, mais où le souvenir du passé allait nécessairement mettre un ver rongeur dans l'avenir.

Il en est de la démolition du bonheur comme de toutes les démolitions : dès que la pioche est parvenue à pratiquer une trouée, le reste a bientôt fait de s'écrouler. Ainsi le choléra était venu en 1849, et Marthe en était morte.

Le coup avait été terrible pour Brand, qui en avait porté le deuil, non pas à son chapeau, en gaze noire et légère, mais dans son cœur. Toutefois ses deux enfans, Thérèse et Henri, lui restaient: ils étaient encore trois pour souffrir, se consoler, et pour aller, chaque dimanche, renouveler les fleurs de la tombe vénérée.

Or, la souffrance est comme tous les fardeaux : elle diminue en se partageant.

Henri et Thérèse avaient nécessairement dû quitter, l'un le collége, l'autre sa pension, et retomber de leur rêves d'azur dans la réalité la plus triste; car c'est être pauvre deux fois que d'avoir été presque riche.

Les enfans sont la joie de la maison, même dans les jours de deuil, et Brand ruiné, Brand veuf, Brand revenu des cimes dorées du boulevard des Italiens vers les steppes arides de la rue Sainte-Avoie, s'était, comme un vrai sage, consolé peu à peu des félicités perdues par la part de bonheur domestique qui lui restait encore.

Mais un jour était venu où il avait fallu songer à l'avenir des enfans et leur tracer un sillon dans la vie; tâche difficile en raison de leur demi-éducation, qui les plaçait dans cette sphère que l'on appelle déclassée, faute d'une désignation plus précise. Leurs mains étaient en effet trop blanches pour les rudes labeurs, et ils n'avaient que la vaine écorce des sciences ou des talens qui font vivre.

Aussi, au lieu de prendre bravement une lime, un équerre ou un rabot, Henri avait déclaré qu'il serait un grand peintre, et s'était fait rapin, persuadé que les premières qualités de l'emploi sont d'avoir un *sombrero* bizarre, un exotique paletot et de farouches cascades de cheveux pleurant sur l'habit.

Quant à Thérèse devenue Thérésa, elle n'avait vu que dans l'état de modiste la possibilité de porter encore de jolies robes et de pimpans petits tabliers de taffetas qui ne jurassent pas trop avec l'humble condition d'ouvrière à laquelle elle était désormais vouée.

Brand, trop faible pour combattre leurs penchans et les diriger d'une main ferme, leur avait laissé la bride sur le cou.

Le frère et la sœur partaient donc le matin pour ne revenir que le soir assez tard; et Brand, pour qui la maison n'était plus qu'un désert où tout lui rappelait les absens, où tout ravivait sa douleur, Brand s'en était allé, peu à peu, rejoindre quelques Allemands, ses compatriotes, des espèces de tonneaux des Danaïdes toujours béants et altérés, dont l'atelier était une taverne où ils avaient contracté la tudesque et fatale habitude de vider leur verre dès qu'il était plein et de le remplir dès qu'il était vide.

Ayant beaucoup à oublier, Brand avait jugé qu'il devait boire beaucoup, et il s'en acquittait avec la ponctualité scrupuleuse d'un enfant de cette bachique ville de Heidelberg, dont le plus glorieux monument est un homérique tonneau.

On comprend que, à ce métier, la misère, la vraie misère, pâle, honteuse, débraillée, n'avait pas été longue à venir. Du petit au grand, tout le mobilier avait fini par y passer. Les bons lits n'étaient plus que d'ignobles grabats; les vêtemens, le linge s'épluchaient en haillons; les timbales d'argent n'étaient plus que des verres fêlés; Brand, faute de pendule, ne pouvait plus demander l'heure qu'au soleil, souvent éteint comme sa raison; les molaires inactives de Médor n'avaient plus de cabas à porter; le pinson, en dépit de sa gaieté proverbiale, était mort de chagrin... et surtout de famine.

En un mot, le malheur avait passé sur cette famille et l'avait dévastée, comme ces monumens dévorés par l'incendie et dont on ne voit plus, çà et là, que quelques tronçons mutilés et noircis.

Et voilà comment, au début de cette histoire, nous trouvons Brand seul, abruti, pauvre, désolé, tombé du Capitole aux gémonies, et buvant comme les sables du désert dans le vain espoir d'oublier. Mais n'oublie pas qui veut!

II

JULIEN.

Quelques mois ont passé sur ces désordres. Le désert s'est fait de plus en plus chez Brand, où il reste à peine les choses de première nécessité. Quand le frère et la sœur rentrent le soir, c'est à peine s'ils trouvent toujours le morceau de pain solitaire, dont il semble que personne ne devrait être privé, tant il mûrit d'épis sous les généreuses ardeurs du soleil.

Il n'est resté à Brand qu'un seul ouvrier que toutes ces misères n'ont pas rebuté, et qui semble s'être voué généreusement à les partager, dans l'espoir de les amoindrir.

Julien, tel est son nom, peut avoir vingt-six ans. C'est un petit homme, fort et trapu, laid, si cela peut se dire d'un digne garçon dont le cœur est de l'or le plus pur et dont le regard reflète le cœur. Son front ne manque pas de noblesse ; ses mains larges, épaisses, carrées, et ridées de crevasses indélébiles, sont celles du travailleur infatigable. De gros souliers ferrés, un pantalon de velours vert-bouteille, un gilet à carreaux d'où pend la clef de cuivre d'une montre d'argent, une veste à petites basques en velours pareil au pantalon, une cravate en rouennerie usée par le frottement de la barbe : tel est le portrait de Julien, lequel n'a rien de commun, comme on le voit, avec celui du Narcisse mythologique si fort épris de sa glorieuse image.

Mais Julien était, en revanche, la probité, le dévouement, la délicatesse, le courage en chair et en os; il avait, avec cela, pour certaines choses, la candeur d'un homme qui déploie son parapluie aux premières gouttes tombées.

Ajoutez qu'il s'était laborieusement acquis une instruction secondaire, qu'il charmait volontiers ses rares loisirs par la lecture de livres utiles, au lieu de les arroser de vin bleu, et que cette anomalie entre l'homme et l'habit, cette science mal léchée, cette richesse sous le boisseau, faisaient de lui comme une sorte de paysan du Danube qu'on ne savait trop par quel bout prendre et comment apprécier.

Lui seul soutenait encore un peu la maison ; il ranimait de son mieux la confiance éteinte; il galvanisait la clientèle découragée, la suppliait, la tourmentait, la circonvenait, et ne la lâchait pas qu'il ne l'eût reconquise.

Il suffisait à tout, achetait les matières premières, travaillait nuit et jour, oubliait de se faire payer son salaire, bien entendu, et faisait si bien que la faim ne s'était pas encore tout à fait assise au foyer de Brand.

Le produit de quelques lopins de terre que Julien venait de vendre au pays y passait peu à peu.

Lui seul faisait aussi que la discorde, ce satellite habituel de la misère, n'avait encore éclaté qu'à demi entre le père et les enfans. Pour nous servir de l'expression de madame Necker, il était entre eux comme cette ouate dans laquelle on emballe les objets fragiles de crainte qu'ils ne se heurtent.

Quant à Brand, toujours entre trois ou quatre vins, il acceptait cette providence sans l'apprécier, sans s'en rendre compte, comme ces enfans qui se figurent que les canards naissent tout rôtis.

Maintenant, quelle cause y avait-il à cette abnégation de Caleb, à ce renoncement personnel, à ce dévouement de caniche qui semblait le river à la famille Brand comme la chaîne au forçat?

Mon Dieu! peu de chose en apparence : deux beaux yeux; c'est-à-dire moins que rien selon les uns, et de quoi bouleverser le monde selon les autres.

Inutile de dire que nous sommes de l'avis des autres.

Julien aimait Thérèse, sans le savoir peut-être, et lorsqu'il l'avait vue sourire, lorsqu'il avait pu réjouir sa chambrette si nue de quelques fleurs discrètement mises dans un humble vase de faïence; lorsqu'il la voyait allant, venant dans le morne atelier, comme un oiseau rose et bleu qui voltige dans un ciel sombre ; lorsqu'il écoutait les chants qu'égrenait sa voix, lorsqu'il humait ce parfum qui grise et que toute femme aimée laisse sur son passage, Julien nageait en plein ciel et se croyait payé de ses sacrifices au centuple.

III

UN MAGASIN DE MODES.

Nous sommes chez telle faiseuse en vogue qu'il plaira au lecteur de choisir : boulevard des Italiens, place de la Bourse, rue de la Paix, n'importe où.

On ne voit, à travers une enfilade de deux ou trois salons, que tapis somptueux, divans de velours, meubles de palissandre, vases du Japon, bronzes élégans, jardinières fleuries, gazes légères, satins chatoyans, rubans chiffonnés comme les minois.

Il y a, çà et là, autant de trumeaux et de psychés que de fraîches jeunes filles pour s'y regarder; si les glaces s'usaient à ce charmant usage, nous ne leur en donnerions pas pour un jour.

Équipages sur équipages arrivent au grand trot et s'arrêtent avec fracas devant le magasin.

Des élégantes de toute race et de tout âge pincent gracieusement du pouce et de l'index les lourdes cascades brodées de leurs nombreux jupons, avancent le bout de leur coquette bottine, et sautent plus ou moins légèrement du marche-pied dans le sanctuaire, pendant que des espaliers de laquais baguenaudent à la porte, sottement empêtrés dans la ridicule envergure de leur redingotte noisette, ce qui dénote surabondamment que M. de Trois-Étoiles a du foin dans ses bottes et que quelques aunes de drap de plus ne font rien à l'affaire.

On taillerait trois habits de pauvre diable dans une seule houppelande de laquais.

Les belles dames, moitié ouate, moitié baleines, ouvrent avec la *faiseuse* en titre et ses aides de camp porte-jupes un de ces graves congrès de toilette dont les décrets iront retentir dans tous les boudoirs de l'Europe. Car n'est-ce pas pour ces privilégiées de la fortune que l'Indienne file le poil souple des chèvres du Thibet, que Tarare tisse ses voiles d'air, que Bruxelles fait courir des navettes du lin le plus pur et le plus délié, et que Visapour dispute aux entrailles de la terre des cailloux qui s'appelleront des diamans?

Autour d'une table de travail chuchotent ou jasent une douzaine de caillettes : ce sont, je suppose, mesdemoiselles Palmyre, Irma, Zoé ou autres, peu importe.

Parmi elles se trouve Thérésa, un peu pâle, attristée sans doute par les amertumes du toit paternel, et à qui le diable a tout l'air de souffler je ne sais quelles pensées mauvaises.

Sa mise est plus que simple, et ses dernières robes, vestiges flétris du passé, commencent à lui faire de tristes adieux.

Thérésa, nous ne l'avons pas encore dit, ce nous semble, est blonde, blanche, svelte et délicate ; elle est élégante, jolie, douée de cette chair soyeuse à la main, caressante au regard, que ni la parole ni le pinceau ne peuvent rendre ; ses mains, à doigts retroussés, sont frappées de fossettes souriantes ; sa voix est d'une douceur pénétrante, ses mouvemens sont gracieux, et rien ne semble devoir lui convenir mieux que de lisser ses bandeaux, de leur faire exhaler des parfums enivrans, de couper ses ongles roses en amande, et de vivre horizontalement dans une douce nonchalance. Il ne lui manque que ce qui crée une seconde fois la femme, les chiffons et les billets doux, toutes choses qui sembleraient nous autoriser à ajouter qu'elle ressemble à une vignette de *keepsake*, comme tout romancier a l'habitude de le dire et comme tout lecteur a le droit de le croire.

Ces jolis défauts de la femme dorlotée, chatte, paresseuse et gourmande, ne cadraient guère, on le voit, avec la rude écorce et les austères qualités de Julien. Aussi est-il superflu de dire que les soupirs et les muettes adorations du pauvre garçon touchaient fort peu Thérésa.

Les passans qui s'arrêtaient pour regarder les modistes sous le prétexte de regarder les modes, la coiffure de madame A., la tournure de mademoiselle B., tout était, pour les jeunes folles, un motif aux œillades furtives, aux rires étouffés, aux remarques satiriques et saugrenues.

— Ah ! disait Irma en voyant un nez se coller au vitrage, voilà le soupirant de Zoé !

— Pas de gants !

— Une cravate de couleur !

— Crotté jusqu'à l'échine !

— Sans bijoux !

— Ni lorgnon !

— Les mains rouges et les ongles noirs !

— L'air bête !

— Et peut-être aussi la chanson !

— Je parie que c'est un clerc d'huissier !

— Ou un garçon coiffeur !

Toutes ces fusées éclatèrent à la fois des quatre coins de la table.

— Vous êtes de vilaines jalouses, reprit Zoé, et voilà toute l'histoire.

— Il y a de quoi !

— C'est peut-être un prince déguisé.

— Te mène-t-il, en grande loge, aux Italiens?

— Certainement.

— Et chez Véfour ?

— Nous y avons dîné hier.

— Il doit te couvrir de diamans, ce garçon ; te noyer dans les dentelles et t'étouffer de cachemires.

— Il n'y paraît guère, en ce cas !

— Je gage que ses nobles parens s'opposent à votre hymen, et qu'il cache ses mains aristocratiques sous ses grandes pattes d'écrevisse, pour se soustraire aux recherches de son gouverneur.

— Sans nul doute.

— Il devrait te conduire chez Gretna-Green, et tout serait dit.

— Qu'est-ce que cela, Gretna-Green?

— C'est un forgeron.

— Je croyais que c'était un village ?

— C'est un forgeron.

— C'est un forgeron qui marie les premiers venus san tambour ni trompette.

— A la bonne heure !

— On descend de chaise de poste... Il doit bien avoir une petite chaise de poste, ton prince déguisé ?

— Ou un chariot?

— Ou une brouette quelconque?

— Il a tout cela, reprit Zoé, moitié sérieuse, moitié riante.

— Serait-ce un carrossier ? demanda Palmyre.

— Donc, poursuivit Irma, vous descendez de voiture à sa porte ; vous vous mettez tout bonnement à genoux dans sa forge ; il vous impose les mains sur la tête en guise de poêle et de bénédiction, et vous dit : « Allez en paix, mes petits amours ! » Vous lui offrez votre estime enrichie de quelques guinées, et c'est absolument comme si le pape y avait passé.

— C'est gentil, cela !... Et où demeure ton monsieur Gretna-Green ?

— Je crois que c'est en Angleterre, ou en Irlande... à moins que ce ne soit en Ecosse.

— Quel numéro ?

— On n'a jamais pu le savoir.

— Allons, Zoé, avec des renseignemens comme ceux-là, il ne te reste plus qu'à partir.

— Fouette, cocher ! riposta Zoé, mais rira bien qui rira la dernière, et nous verrons un peu si mon petit Eugène, le saute-ruisseau, comme vous dites, qui n'a ni lorgnon, ni gants, ni bijoux, mais qui m'aime *pour de vrai*, en tout bien tout honneur, nous verrons un peu s'il ne s'entend pas mieux que tout vos mirliflors à faire d'une pauvre fille une femme heureuse et respectée.

En ce moment entrait l'une des clientes les plus assidues de la maison.

L'essaim diabolique changea de victime et se rua sur elle.

— Ah ! voilà madame B... qui trouve toujours que ses chapeaux lui vont mal, tandis que c'est elle qui ne va jamais à ses chapeaux.

— Est-elle fagotée !

— De fausses dents !

— De fausses nattes !

— De fausses hanches

— Du rouge !

— Du blanc !

— Figurez-vous que, comme j'allais un matin lui porter je ne sais plus quelle coiffure de bal, je l'ai surprise dans son cabinet de toilette. Ah ! ma chère, que de choses j'ai vues là-dedans qui servent à des replâtrages dont vous n'avez pas idée !...

— On raconte qu'un jour, au jardin des Tuileries, son amant...

— Elle a donc un amant ?

— Pourquoi pas?

— Le malheureux !... et n'y être pas condamné ! Tu disais qu'un jour, au jardin des Tuileries...

— Son amant la montrait de loin à un de ses amis, lui demandant de bonne foi ce qu'il en pensait. L'ami la regarda et répondit... devinez...

— Dame !...

— Il répondit qu'il ne se connaissait pas en peinture.

— Et encore était-ce de loin. Ah! s'il l'avait vue de près!

— Sa couturière doit en savoir long sur les charmes dont la nature ne l'a pas douée.

— Bon! il paraît que c'est aujourd'hui la journée aux soupirs... Voilà le banquier de Thérésa qui passe et repasse.

— Ça, un banquier?

— Ou du moins le fils d'un banquier.

— J'aime mieux cela.

— Pas moi; le fils d'un banquier est, en général, bien moins banquier que son père.

En effet, un jeune homme de vingt-huit à trente ans, de façons distinguées, habillé par Richard et monté sur vernis, de ceux qui ont toujours vingt-cinq louis de plaisir et d'oisiveté dans leurs poches, passait et repassait avec obstination devant le magasin.

Thérésa, concentrée en elle-même, parfaitement inattentive aux propos qui se tenaient autour d'elle, même à ceux dont elle était l'objet, suivait ce jeune homme d'un regard dans lequel le doute et l'espoir, la confiance et l'effroi semblaient se combattre.

Un soir, en effet, monsieur Fritz Koffmann l'avait attendue à la sortie du magasin et suivie jusque chez elle, lui débitant de ces choses sucrées, de ces élixirs mellifères, de ces douceurs confites qui s'entonnent par l'oreille et vont griser les gens.

Cependant, ce soir-là, Thérésa avait bravement fermé sa porte sans daigner lui répondre.

Les jours suivans, même poursuite et même déconvenue; Thérésa semblait toujours ne pas écouter, et la porte se refermait toujours vertueusement au nez du séducteur.

Seulement, un œil subtil aurait peut-être reconnu que, de soir en soir, Thérésa marchait un peu moins vite; de même qu'il ne serait pas échappé à une oreille exercée que sa porte se refermait graduellement avec moins de violence.

Fritz ne brusquait rien; il savait que l'on ne doit pas effrayer les nichées d'oiseaux si l'on ne veut pas qu'ils s'envolent; il savait aussi que les garnisons vaincues ne peuvent décemment se rendre qu'après un certain nombre de jours de tranchée ouverte, et à la condition de défiler avec armes et bagages.

Il se contentait donc, selon les préceptes d'Arrien, de Polybe et de Jomini, d'investir peu à peu la place, d'établir ses parallèles et de tracer ses chemins couverts, si bien qu'un beau jour il se trouva marcher à côté de la jeune fille au lieu de marcher derrière elle.

Fritz, cotonné de regards tendres et de manières chattemites, se mit alors à gravir les Alpes du sentiment, modulant aux oreilles charmées de Thérésa ces douces théories de l'amour, lesquelles germent comme à miracle, tant le cœur est bien préparé.

C'étaient des sonates de paroles dans le genre de celles-ci: Qu'il passerait sa vie à ses pieds; qu'il n'aimerait jamais qu'elle; que le doigt de Dieu les avait marqués pour être l'un à l'autre; que, riche, il adoucirait pour elle les rigueurs du sort; qu'elle ne pouvait et ne devait vivre qu'au sein d'une sphère de grâce et d'élégance; que d'aussi jolis doigts devaient avoir horreur de toucher autre chose que des objets doux, moelleux, parfumés; qu'elle était née pour être une femme à la mode, pour méditer chaque jour de nouvelles parures, faire empeser des robes, chiffonner des fichus, chanter, danser, sourire, courir au bois, fraîche et radieuse, briller au théâtre, charmer les regards, attirer les hommages, incendier les cœurs; que sais-je encore!

Vivement émue, comprimant à grand'peine les vagues tumultueuses qui soulevaient son modeste châle, Thérésa, rendons-lui cette justice, n'avait pas d'abord osé regarder le Bertram tentateur qui semblait l'opérer de la cataracte et faire succéder à la nuit sombre de son sort actuel les horizons bleus du premier amour et les arcs-en-ciel du bonheur.

Cependant elle avait fini par risquer un œil, puis un second; à ce point que jeune homme et jeune fille finirent par se trouver bras dessus, bras dessous, sans que nous puissions préciser au juste quel soir, à quelle heure et après combien de jours ce rapprochement s'était opéré.

Nous avons dit que monsieur Fritz Koffmann était un jeune homme de vingt-cinq à trente ans, ayant toujours de jolies petites pièces jaunes au service de ses passions, correct comme s'il sortait d'une boîte, et d'un extérieur qui ne manquait pas de distinction.

Ajoutons qu'il était de ces vieux jeunes hommes d'importation anglaise, lesquels n'ont rien de la séve irréfléchie, des emportemens généreux, des folies naïves de ce bel âge où on dépense la vie comme si elle devait durer mille ans. Il calculait tout, même ses vices, et leur mettait une adroite sourdine pour se maintenir quand même en odeur de vertu.

Il y a aujourd'hui beaucoup de ces jeunes vieillards, que l'on peut en général reconnaître aux signes que voici:

Maintien raide et grave, se tournant tout d'une pièce, toujours frais rasés, pas de moustaches, cravate blanche et favoris en côtelettes. Ces messieurs ne rient jamais, ne dansent jamais, ne s'amusent jamais, choses de mauvais goût; en revanche, ils causent reports, commandites et question d'Orient. On ne leur connaît pas de faiblesses, et ils paraissent nés avec des durillons sur le cœur. Du diable s'ils sont jamais sortis d'un souper légèrement émus, le col un peu lâche, la conscience ouverte, les boutonnières se trompant de boutons et la main prodiguant l'aumône.

Seulement, s'il se commet quelque part une bonne petite horreur, une astucieuse trahison, une perfidie ouatée de mystère; si quelque ami se trouve pris dans un piége artificieux, difficile à définir et que la loi n'atteint pas; si quelque pauvre fille séduite est menée par des routes souterraines au désordre, à l'infamie, à la Seine ou à l'asphyxie, n'allez pas chercher plus loin l'auteur de ces méfaits: c'est à coup sûr un de ces hommes entés sur Tartuffe et doublés d'Escobar.

Le père de Fritz Koffmann était, en effet, banquier, comme l'avaient dit ces demoiselles, mais un de ces banquiers interlopes, de ces escompteurs marrons, de ces Shylocks modernes qui ne vous demandent pas une livre de votre chair parce qu'ils n'en trouveraient pas le placement; mais, à part cela, trafiquant de tout et sachant ourdir une de ces vastes toiles engluées où, la première patte prise, on s'empêtre bientôt jusqu'au cou pour n'en plus sortir.

C'est en de pareilles serres que menaçait de tomber Thérésa.

Précipitant les scènes pour arriver au dénoûment, tour à tour tendre et violent, menaçant la jeune fille, tantôt de se tuer, tantôt de ne plus la revoir, Fritz l'avait graduellement amenée à lui promettre une décision formelle pour le lendemain.

Or, ce lendemain était venu, et voilà pourquoi la pensée distraite de Thérésa semblait possédée de ces suggestions du diable dont nous parlions tout à l'heure.

Pauvre fille! qui oserait ramasser une première pierre pour la lui jeter?

Fritz sertissait si galamment les joyaux de la flatterie! il lui disait de si adorables faussetés! il effeuillait si bien les marguerites du sentiment! car il y a toujours un moment où l'amour effeuille des marguerites, même dans un salon, et alors qu'il n'y a pas de marguerites.

Ainsi, chaque soir, il l'avait enlacée davantage par ces petites causeries douces qui font que l'on avance pas à pas et infailliblement dans un cœur. Puis, caressant avec habileté le penchant inné chez toute femme pour l'idylle, les moutons enrubannés et les bergerades,

— Thérésa, lui avait-il dit la veille, demain décidera de ma vie! Ne prononcez pas légèrement sur le sort d'un homme pour qui vous êtes tout en ce monde... Rappelez-vous qu'il ne peut être question, de vous à moi, d'une de ces liaisons éphémères plus vite fanées qu'un bouquet de bal; vous êtes belle et bien élevée; vous êtes faite pour les hautes régions et non pour les bas-fonds de la société. Aussi la main que je vous tends est-elle celle d'un époux, car il faudra bien que mon père se résigne tôt ou tard à ce que je me marie pour moi-même, et non pour lui. — Et Thérésa, dans un élan de reconnaissance, avait pieusement pressé les mains de cet oiseleur odieux. — Chère amie, poursuivait Fritz, nous irons goûter aux champs l'amour pur, calme et vrai. Là notre bonheur sera si bien enfoui que personne n'y pourra porter atteinte. Quels délices d'aller ensemble aux champs, d'être bien seuls, de s'asseoir sous un arbre au fond de quelque jolie petite allée, non loin d'un ruisseau que fait bouillonner la roue d'un moulin !... Ah ! Thérésa, la vie en plein air ! se sourire en contemplant les cieux, mêler des paroles simples aux chants des oiseaux sous la feuille humide, revenir chez soi à pas lents en écoutant les sons de la cloche de la rustique église, admirer ensemble tel détail du paysage, suivre les méandres d'un insecte, le vol d'une mouche d'or, les caprices d'un nuage !...

Et autres phrases pipées de ce genre, vieilles comme le monde et toujours nouvelles.

Rappelons-nous que Thérésa n'avait plus de mère dans les bras de qui elle pût se jeter en lui disant tout bas, vermeille de pudeur : « J'aime et je suis aimée. » Rappelons-nous que son père n'était plus qu'une outre abrutie, un malheureux mort à tous les sentimens, à tous les devoirs, à toutes les saintetés de la famille ; rappelons-nous que la maison était froide, nue, pauvre, pillée ; que pas une main, pas un appui, pas un obstacle, pas un seul brin d'herbe n'était là pour qu'elle pût s'y accrocher dans sa chute, et qu'il n'est pas donné à tous les courages de se meurtrir aux broussailles du droit chemin, alors qu'il y a là de jolis petits sentiers verts et fleuris qui vous offrent leur ombre et vous jettent leurs parfums.

Au premier coup de huit heures, toute la ruche travailleuse se leva pour se préparer au départ.

Thérésa sentit comme un frisson lui parcourir le cœur. Aussi, pendant que ses compagnes se souriaient dans les glaces en nouant les rubans de leurs chapeaux, hésitant encore, renversa-t-elle son étui sur la table, en faisant avec elle-même le naïf compromis que si le nombre des aiguilles était pair, elle céderait aux instances de Fritz, et que, dans le cas contraire, elle le congédierait.

Malheureusement, ce fut pair.

Il est vrai que pair ou impair... Mais c'est là une chose qui restera toujours dans le doute, et que nous ne pouvons affirmer.

Dès lors son parti fut pris ; elle fit lentement ses petites dispositions, s'ajusta épingle à épingle, fit ses adieux avec plus de tendresse et d'onction que d'habitude, jeta au magasin je ne sais quel regard de mélancolique regret, et, s'en allant résolûment à Fritz, qui l'attendait à quelques pas de là comme le milan prêt à fondre sur une colombe :

— Me voici, lui dit-elle.

Et elle se hissa gentiment sur la pointe de ses brodequins pour apporter son front virginal aux lèvres du suborneur.

Mais grands furent son effroi et sa déconvenue lorsque, au moment où elle allait passer son bras sous celui de Fritz, elle vit devant elle Julien, qui l'entraîna précipitamment en lui disant :

— Venez vite, mademoiselle Thérèse ; votre père est très mal.

— Mon père ! s'écria la jeune fille.

Et elle suivit l'ouvrier, qui la fit monter dans une voiture de place, en donnant au cocher l'adresse de la rue Sainte-Avoie.

Quant à Fritz, il resta un instant la bouche ouverte et les bras arrondis ; puis, comme il craignait avant tout l'esclandre et le bruit ; comme au surplus son élégante et délicate personne n'était guère faite pour disputer une beauté quelconque aux poings vigoureux de Julien, il prit le parti de s'en aller tranquillement, les mains dans les poches, laissant Hélène au pouvoir de Paris.

IV

OR PUR ET CHRYSOCALE.

Soit embarras de répondre aux questions multipliées de la jeune fille, soit crainte de frôler sa robe et de trembler trop fort au contact aimanté de celle qu'il aimait, Julien monta sur le siége sans dire autre chose que :

— Tout à l'heure... quand nous serons arrivés... il sera toujours temps.

Il stimulait les chevaux, gourmandait le cocher, et regardait fréquemment en arrière, comme s'il eût craint d'être poursuivi par le ravisseur auquel il venait à son tour de ravir Thérésa.

La voiture s'arrêta devant l'allée humide et sombre qui conduisait au bouge habité par Brand.

Terrifiée, inquiète, haletante, croyant aux plus graves malheurs, en raison même du silence qu'avait gardé Julien, Thérésa eut bientôt fait de franchir en quelques bonds l'escalier bancal, pendant que l'ouvrier montait, au contraire, d'un pas lent et craintif, comme l'enfant qui redoute une semonce pour avoir fait l'école buissonnière plus que de raison.

Thérésa eut le temps de fouiller du regard tous les coins de la chétive demeure, et de revenir vers le palier avant que Julien eût achevé sa tardive ascension.

— Où donc est mon père ? demanda-t-elle ; je ne vois personne.

— Personne ! répéta le pauvre garçon en jetant autour de lui des regards qu'il voulait rendre ébahis, mais qui ne réussirent qu'à être bêtes.

— Me direz-vous enfin ?...

Jamais vous n'eûtes dans les oreilles les tintemens, dans les mains la sueur nerveuse, dans la tête l'agitation fébrile, dans le corps les tremblemens intérieurs qu'éprouvait le digne et vaillant garçon.

Honteux du service qu'il venait de rendre à la triste égarée, il semblait qu'il fût le coupable et qu'elle était son juge.

— Je ne m'explique pas, balbutia-t-il... à moins que le médecin n'ait jugé prudent de le faire transporter à l'hôpital.

— J'y cours ! reprit Thérésa ; la portière doit savoir.....

Et elle allait sortir, lorsque, cette fois, Julien fit un effort sur lui-même et lui barra résolûment le passage.

— Mademoiselle, reprit-il, je suis un gredin !...

— Vous, Julien ?

— Un imposteur, un trouble-fête, un rien qui vaille, quoi !...

— Vous, notre providence à tous, et à qui nous devons en quelque sorte le pain de chaque jour ?

— Il ne s'agit pas de cela... Battez-moi !... méprisez-moi !... foulez-moi aux pieds !... je le mérite.

— Vous vous calomniez, Julien, j'en suis sûre ; mais ne me laissez pas plus longtemps dans cette incertitude !

Elle lui jetait de ces regards à traverser un mur, particuliers aux femmes qui grillent sur les charbons de l'impatience et veulent savoir.

— D'abord, reprit l'ouvrier, il n'est rien arrivé à votre père, que je sache du moins.

— Mais alors pourquoi m'avoir causé cette alarme ?

— Parce que je n'avais pas le choix des moyens.

— Les moyens de quoi ?

— De... vous... Ah ! qu'il y a de ces chiennes de choses qu'on a de la peine à faire sortir du gosier !

— Vous perdez la tête, Julien.

— C'est ce qui pourrait m'arriver de plus heureux, mademoiselle; mais je n'ai pas assez de chance pour cela.

— En ce cas, faites que je comprenne au moins quelque chose à vos discours et à vos actions.

— Reprenons les faits de plus haut, si vous le permettez. — Thérésa haussa les épaules, tambourina sur le sol du bout de son brodequin, et prit le parti d'écouter.— La maison n'est pas gaie, reprit Julien, je l'avoue; il y manque bien des choses, même des plus nécessaires, et assurément que, pour une jeune personne élevée comme vous...

— Où voulez-vous en venir?

— Mais il n'en est pas moins vrai, poursuivit Julien, que, il y a quelques semaines, vous supportiez presque gaiement l'infortune; que l'atelier retentissait quelquefois des belles romances que vous savez, et que vos lèvres souriaient encore, par-ci, par-là, lorsque vous trouviez dans votre chambre les fleurs que vous aimez, ou que, par certains jours de fête, j'étais parvenu à donner à notre humble dîner je ne sais quel air de gala.

— Après? demanda Thérésa dont la tapageuse bottine témoignait toujours d'une fébrile impatience.

— Maintenant, reprit Julien, tout a changé. Vous êtes triste, songeuse, découragée; le matin, je reconnais à vos yeux caves et cernés que vous n'avez pas dormi; tout vous est à charge; il semble que la maison vous pèse, tant vous avez hâte de la fuir...

— Est-ce tout?

— Non, mademoiselle, reprit l'ouvrier à qui le courage semblait venir à mesure qu'il parlait. Ainsi, le soir, votre absence s'est d'abord prolongée de quelques instans, puis d'une demi-heure, puis d'une heure entière...

— Que vous importe?

— Je ne vous parle pas de mes inquiétudes personnelles, de mon œil suivant avec anxiété l'impassible aiguille de ma pauvre montre d'argent; de mes tressaillemens à chaque pas que j'entendais, et de ma tristesse profonde lorsque je reconnaissais que ce n'était pas le vôtre... — N'est-il pas curieux que l'amour véritable et délicat déniaise ainsi l'homme le plus ordinaire, lui prête soudain l'éloquence du cœur, et mette miraculeusement sa veste de bure au niveau de n'importe quel frac élégant! — Je suis naturellement peu de chose pour vous, continua Julien, et j'admets que vous ne me comptiez pas parmi ceux dont vous avez à ménager l'affection; mais votre père, mais Henri...

— Suis-je donc jamais rentrée après mon père?

— Non... pas encore.

— Mais, quand bien même cela arriverait, mon père se préoccupe-t-il de moi? Cela est triste à dire, mais est-il seulement en état, lorsqu'il rentre, de songer à autre chose qu'à se coucher et à dormir? Hélas! je ne parle pas des jours où on le rapporte! — Julien baissa les yeux et se tut. — Quant à mon frère Henri, c'est à peine si on le voit.

— C'est vrai, reprit tristement l'ouvrier; il prétend que l'on travaille la nuit chez son peintre; mais je crains bien...

— Tout cela, interrompit Thérésa, ne me donne pas l'explication de votre étrange conduite de ce soir.

— Eh bien! mademoiselle, pour en finir, vous voyant tout chose et ne sachant à quoi attribuer vos longues absences, j'avais résolu d'aller vous attendre à la sortie de votre magasin...

— M'espionner!...

— Ah! mademoiselle... c'est une si dangereuse ville que Paris, surtout le soir!... Mon Dieu! vous en avez eu la preuve... et ce beau monsieur à qui vous alliez donner le bras...

— N'ai-je pas le droit de donner le bras à qui bon me semble?

— Oui, mademoiselle; mais je n'en crois pas moins que je suis joliment arrivé à point pour vous tirer de ses griffes.

— Comment, de ses griffes!

— Oui, mademoiselle, il en avait, soyez-en sûre... sous ses gants.

— Et c'est pour cela que vous avez inventé cette fable?

— Julien fit timidement signe que oui, car Thérésa le regardait d'un œil de colère à lui figer la moelle dans les os. — Je voudrais bien savoir de quel droit...? reprit-elle.

— A-t-on besoin de droit pour se jeter à la nage et sauver celui qui se noie? A-t-on besoin de droit pour escalader l'incendie et soustraire aux flammes le premier venu?

— Décidément, vous êtes fou.

— Et s'il fallait absolument des droits pour cela, mademoiselle Thérèse (Julien ne l'appelait jamais Thérésa), laissez-moi vous le rappeler une seule fois pour n'y plus songer jamais, ne me suis-je pas fait un peu de la famille par la part que j'ai prise à ses malheurs et à ses souffrances?

Julien n'osait pas dire qu'il était la clef de voûte du pauvre édifice et qu'on lui devait tout. Mais il n'en fallut pas davantage pour que les preuves de dévouement qu'il leur avait prodiguées revinssent en foule à la mémoire de Thérésa. Elle s'en voulut de l'avoir rudoyé, et, allant à lui avec cette moue charmante et ce trémoussement serpentin qui finissent toujours par donner gain de cause aux mauvaises raisons de la femme, elle lui tendit la main.

— Oui, dit-elle, je suis une oublieuse et une ingrate. Vous avez sur moi tous les droits de la famille, et je vous dois une confiance entière. — Ces paroles et surtout cette pression causèrent au pauvre diable une sensation profonde; il conçut je ne sais quel vague espoir, et se prit à gravir le septième ciel, d'où il ne devait pas tarder à dégringoler. — J'aime quelqu'un, reprit Thérésa.

L'espoir de Julien se couvrit d'un crêpe.

— Et qu'a-t-il fait, ce quelqu'un, pour que vous l'aimiez? demanda-t-il d'une voix émue.

— Mon Dieu! je n'en sais trop rien; il m'a regardée: il m'a souri... et voilà tout.

— C'est peu de chose.

— Ensuite il m'a dit de ces douces paroles auxquelles il semble que l'oreille et le cœur s'ouvrent tout de suite...

— Et que je ne sais pas dire, moi, pensa Julien.

— C'est un jeune homme riche.

— Tant pis.

— Le fils d'un banquier.

— Tant pis.

— Pourquoi?

— Parce que.

— Si c'est là votre seule raison...

— Parce que ces gens-là trompent les jeunes filles pauvres.

— Il m'offre sa main.

— Tout de suite? — Julien secoua lentement la tête d'un air de doute. — Je crains que vous ne vous trompiez de route, reprit-il; le bonheur n'est pas là.

— Où donc est-il, selon vous?

— Selon moi, mademoiselle, il serait dans l'affection d'un brave artisan pour qui toute peine serait légère lorsqu'il s'agirait de vous faire la vie douce et facile; il serait dans le courage et les veilles d'un homme qui vous construirait un nid, brin de mousse à brin de mousse, comme font les oiseaux pour leurs petits; il serait dans l'appui d'un digne garçon qui mettrait tout son égoïsme à prendre pour lui les fardeaux de ce monde et à ne vous en laisser que les joies.

— Trouvez-moi un pareil phénix, et je le prends les yeux fermés.

— Il y en a, reprit timidement Julien.

— Où cela, je vous prie? — Julien eut bien envie de dire: « Regardez-moi, » mais il n'osa pas, et préféra tortiller la visière de sa casquette qu'il tenait à la main. —

Ensuite, reprit Thérésa, il y en aurait, mon pauvre Julien, qu'une barrière invincible s'élèverait encore entre eux et moi : je veux parler de la différence des goûts, des habitudes et de l'éducation... Ah ! si nous n'avions jamais quitté cette modeste rue, si les splendeurs de notre éphémère établissement du boulevard ne m'avaient pas initiée à une autre existence ; si on ne m'avait pas refait une seconde nature, appris une autre langue, créé mille besoins qu'il faut satisfaire ; si j'avais mon ignorance d'autrefois, mon cœur d'autrefois, mes mains rouges d'autrefois ; si je n'avais pas des amies de pension riches, adulées, pimpantes...

— Tout cela peut être vrai à un certain point de vue, mademoiselle ; mais le bonheur, j'entends le vrai bonheur...

— Les voyez-vous me rencontrant au bras d'un ouvrier endimanché, et détournant la tête pour ne pas me voir, ou me faisant un de ces gestes protecteurs mille fois plus humilians que le dédain ?

— Ma foi ! ce serait tant pire pour elles plutôt que pour vous.

— Et quel monde verrais-je ? Celui d'en bas me donnerait des nausées ; celui d'en haut me donnerait de l'envie.

— Vous verriez le monde des honnêtes gens, qui se devinent à certains signes de race et viennent un peu de partout.

— Ah ! si je pouvais oublier !

— Tenez, mademoiselle, le grand malheur de la pauvreté digne et laborieuse est de n'être ni connue ni appréciée. Jamais un homme dont le bien-être naît chaque matin tout vermeil et tout fait n'aura les intimes jouissances de celui qui le conquiert vaillamment à la pointe de son intelligence et de son travail. Jamais une rivière de diamans achetée sans efforts et payée sans compter n'aura la valeur d'une simple croix d'or longtemps désirée et amassée sous à sou. — Ce sont là de ces vérités qui, au premier coup d'œil, ressemblent assez bien à de mauvaises plaisanteries ; il faut, pour les comprendre, s'être meurtri à bien des rocs, déchiré à bien des épines, épuré à bien des mécomptes. Aussi Thérèse ne répondit-elle que par un sourire d'incrédulité. — Vous enviez les parures, la richesse...

— Je ne m'en défends pas.

— Et cependant, acheva le philosophe Julien, croyez bien que tout ce luxe se paye ; il doit y avoir dans les destinées un certain équilibre. Quand vous voyez aux femmes ces serpens d'or à têtes de rubis, ces colliers, ces agrafes splendides, qui vous dit que ces vipères ne mordent pas, que ces colliers n'ont pas de pointes venimeuses, que ces liens, si légers en apparence, n'entrent pas à vif dans ces chairs délicates ?

— Plus tard... Il y a des obstacles.

— Voilà la chose, reprit tristement Julien. En attendant, la jeune fille se perd ; elle donne son présent et son avenir ; on la leurre de mensonges et d'espérances vaines. Se plaint-elle ? on lui répond qu'il faut savoir attendre, et que les obstacles s'aplanissent chaque jour. Si bien qu'à force de s'aplanir ils finissent par devenir insurmontables. La jeune fille pleure et s'inquiète ; sa fraîcheur s'en va, sa beauté se flétrit ; on l'avait prise pour le plaisir, et voilà qu'elle ne cause plus que des ennuis... Alors, un beau jour...

— Un beau jour ? demanda Thérésa en arborant un de ces regards par lesquels les jeunes femmes manifestent une souveraine confiance dans leur jeunesse et dans leur beauté.

— Un beau jour, poursuivit Julien, l'heure habituelle se passe sans que vienne le trompeur ; on va, on vient, on s'impatiente, on se met à sa croisée, on ne tient pas en place ; on cherche, et l'on finit par trouver des prétextes plausibles pour expliquer ce premier retard... « Il viendra ce soir, » se dit-on. La soirée s'écoule et il ne vient pas ; la nuit arrive avec ses angoisses et ses cauchemars. Le lendemain, on écrit : pas de réponse ; le surlendemain, on envoie chez lui : il est absent... Bref, comme on l'obsède et qu'il veut en finir, il prend une petite feuille de papier glacé et y trace trois ou quatre mots qui vous mettent le deuil et la mort dans l'âme... puis il allume un cigare pendant que vous allumez du charbon, et se frotte les mains en se rappelant qu'il a découvert, là ou là, une autre victime vers laquelle il va tourner ses batteries et dresser ses embûches.

— Fritz est incapable d'une pareille infamie, reprit Thérésa ; c'est un noble cœur.

— Il y a toujours un moment où le plus insigne roué passe aux yeux d'une jeune fille pour un noble cœur.

— C'est possible, reprit la jeune fille, mais je ne serai pas fâchée d'en faire l'expérience.

Minuit sonnait à l'hôtel de ville.

Thérésa souhaita le bonsoir à Julien, et, pirouettant sur elle-même, s'envola dans sa chambrette.

Julien jeta sa casquette par terre avec un mouvement de rage, et se prit à piquer une botte innocente qui paya pour Thérèse.

Vers une heure du matin, Brand monta lourdement l'escalier, soutenu par son fils.

Peut-être serait-il plus exact de dire qu'ils se soutenaient mutuellement.

— Eh bien ! garçon, dit le vieil Allemand d'une voix empâtée, et en trébuchant au milieu des formes et des chaussures dépareillées qui encombraient le sol, tu travailles donc toujours ?

— Le plus que je peux, répondit Julien ; malheureusement, ça ne suffit pas.

— Le vin... c'est-à-dire, non, le travail est l'ami de l'homme... un fier vin, garçon ! du piqueton à douze, joli à l'œil, vermeil, corsé et coulant comme un velours !... En avons-nous bu !... comme s'il en pleuvait, quoi !... Et les amis !... tous *paf !*... il n'y a que moi...

Et Brand roula sur son grabat, où il ne tarda pas à dormir du sommeil des ivrognes, qui semble être le même en apparence que celui des justes.

— Et toi, demanda tristement Julien à Henri, d'où viens-tu ?

— Je parie que tu n'as jamais vu un carambolage comme celui-là, reprit le rapin. Figure-toi que la rouge était ici et la blanche là... j'étais collé sous bande... J'approche un tabouret, j'y mets le pied droit, je pique ma bille...

— Va te coucher ; tu me raconteras cela demain.

— Joues-tu au billard, toi, Julien ?

— Non.

— Tu as tort, mon ami ; c'est le roi des jeux.

— Et l'ouvrage ?... les tableaux ?...

— Oh ! cela va ferme !... J'ai fait ce matin la charge du patron sur le poêle, à la craie... Je défie que l'on voie jamais rien de pareil à l'Exposition.

— Je le crois. Bonsoir, Henri.

— Bonsoir, vieux.

Julien avait perdu quelques heures à courir après Thérésa et à tâcher de la convertir ; or, ces heures il fallait les reconquérir sur le repos de la nuit.

Brand ronflait à droite ; Henri ronflait à gauche.

Cette sublime dupe de Julien ne cessa de travailler que lorsque le petit jour commençait à poindre. Puis, après avoir un instant écouté, à travers la cloison, le souffle égal et pur encore de Thérésa, il gagna l'espèce de chenil qui lui servait de refuge.

Quand donc la vertu sera-t-elle mieux logée que le vice ?

V

D'UN FRÈRE QUI CHAPERONNE SA SOEUR.

Couché le dernier, le vaillant Julien fut encore levé avant tout le monde.

Il avait d'ailleurs une douce tâche, une tâche presque maternelle à remplir, et que personne, à coup sûr, n'eût remplie pour lui : elle consistait à tenir prêts chaque matin, pour le réveil de Thérésa, une tasse de lait bien chaud, un petit pain de gruau et du beurre frais. Simple et touchante sollicitude, sacrifice plus grand, plus méritoire pour celui qui l'accomplissait, plus digne d'être apprécié par celle qui en était l'objet, que les dépouilles du monde jetées aux pieds de Cléopâtre par Antoine.

Vers huit heures, Thérésa, fraîche, les bandeaux bien lisses, tirée à quatre épingles, mignonne à croquer, sortit de sa chambrette et se mit à grignoter son déjeuner de chatte en jetant autour d'elle des regards d'impatience et de dégoût, lesquels ne témoignaient guère que les raisonnemens de Julien l'eussent persuadée.

Evidemment la nuit, qui a la réputation de porter conseil, ne lui en avait inspiré que d'assez mauvais.

Quant à savoir d'où lui tombait cette manne quotidienne, quant à s'enquérir des sueurs que coûtait ce premier repas de chaque jour, comme la plupart des femmes, qui ne savent rien des choses de la vie si ce n'est que les cachemires poussent tout faits quelque part, Thérésa n'y songeait même pas.

— Mademoiselle! hasarda timidement l'ouvrier lorsqu'il la vit prête à partir.

— Qu'est-ce? demanda-t-elle.

— Vous retournez... là-bas?

— Et où voulez-vous donc que j'aille? reprit-elle en levant la tête par un mouvement rapide, intelligent, coquet, que nous aurons l'audace de comparer à celui de certains animaux chez qui l'instinct produit des miracles de grâce.

— Rappelez-vous que... hier...

— Je voulais l'oublier; mais, puisque vous prenez vous-même le soin de me rappeler que vous m'avez fait une grosse peur et un vilain mensonge, je vous prie très formellement de ne plus vous donner pareille peine.

Et elle sortit majestueusement de sa mansarde, comme une reine devant laquelle on vient de faire rouler sur leurs gonds les portes de bronze de son palais et qui en descend l'escalier de marbre.

Julien retomba dans sa tristesse et reprit sa chaîne éternelle, demandant au ciel une idée, un secours, une inspiration, que le ciel ne se hâtait que fort lentement de lui envoyer.

Une heure après, Brand se réveilla, l'œil hagard, le teint glauque, la langue épaisse, les idées confuses, les jambes mal assurées, ivre encore, même sans avoir bu, comme il arrive à ceux que domine à l'état chronique cette passion hideuse.

Julien pensait en cet instant qu'il n'avait aucune autorité pour morigéner Thérésa, que la jeune fille avait parfaitement le droit de ne pas l'écouter, et que peut-être ferait-il bien d'instruire Brand de ce qui se passait et de recourir à l'autorité paternelle. D'un autre côté, cependant, il craignait que Thérésa ne l'accusât de l'avoir trahie. Ensuite, qu'attendre de la violence irraisonnable du père ou de l'apathie de l'ivrogne?

Brand coupa court à l'irrésolution de Julien :

— Garçon, lui dit-il, j'ai le gosier sec comme de l'amadou; je descends boire le vin blanc... D'ici à un petit quart d'heure je remonterai travailler; le travail est l'ami de l'homme...

C'était sa maxime favorite. Il avait toujours le travail à la bouche, mais jamais au bout des doigts. Quant à l'élastique quart d'heure au bout duquel il devait revenir, commencé le matin il se prolongeait habituellement jusqu'au soir.

Julien se désespérait, lorsqu'une idée, qu'il crut lumineuse, traversa son cerveau.

Et, secouant violemment Henri, lequel se dégourdissait les membres dans cette douce torpeur qui prélude au réveil complet,

— Es-tu un homme? lui demanda-t-il.

— Cette question! reprit le rapin en retroussant du pouce et de l'index sa moustache absente ou à peu près.

— Es-tu discret?

— Comme une carpe.

— Aimes-tu ta sœur?

— Quelle sœur?

— Il me semble que tu n'en as pas trente-six.

— Thérésa? Parbleu! si je l'aime!

— Peux-tu disposer de ta soirée?

— De ma soirée? répéta le rapin en paraissant réfléchir. Le carambolage, c'est-à-dire, non, le portrait, donne beaucoup en ce moment, et je craindrais...

— Il s'agit d'une chose grave et à laquelle toute autre doit céder le pas.

— Diable!

Ici Julien, élevé à la campagne, de mœurs transparentes et pures comme le cristal, à mille lieues de cette dépravation précoce qui s'inocule aux enfans perdus de la Ninive impure, lesquels mordent fatalement à la pomme de la civilisation parisienne; Julien, disons-nous, eut un scrupule digne de la simplicité des premiers âges : il songea que Henri avait à peine dix-sept ans, et voulut le questionner avant de s'exposer à ternir son innocence en l'initiant aux orages du cœur.

— Sais-tu ce que c'est que l'amour? lui demanda-t-il.

— Mythologiquement, reprit le rapin, c'est un enfant joufflu, à boucles blondes, les yeux bandés, un arc à la main, un carquois sur le dos, absolument privé de souspieds, sans faux-col, et fort légèrement mis.

— Voilà tout?

— Socialement, poursuivit Henri, il paraîtrait que c'est une maladie qui a fait les plus grands ravages depuis madame Eve jusqu'à nos jours, y compris la guerre de Troie, Barbe-Bleue, Abailard et la tour de Nesle. Cependant, au dire général, ce serait un bobo qui ne manque pas de charmes. Les uns prétendent qu'il ne se gagne qu'une fois, comme la petite vérole ; les autres disent, au contraire, qu'il renaît de ses cendres comme je ne sais plus quel volatile, et qu'il faudrait des in-folio pour enregistrer les nombreux accès de certains cœurs, qui ont néanmoins la prétention de n'aimer qu'une fois.

— Tu me parais très versé dans la matière, reprit Julien en ouvrant de grands yeux.

Le rapin se campa le poing gauche sur la hanche, et, passant le pouce droit dans l'entournure du gilet,

— Dame! reprit-il, on en parle souvent à l'atelier. Après cela, il y en a qui attaquent l'amour en bémol; ils sont timides en diable, soupirent à perdre haleine, portent un crêpe au cœur, maigrissent et se désespèrent. D'autres l'attaquent en dièze, comme une fanfare; ils sont audacieux, souvent fluets, portent toujours le rire aux lèvres, une fleur à la boutonnière, la gaudriole à la bouche, et meurent plus généralement de vieillesse que d'une balle dans la cervelle ou d'une corde au cou. Cette dernière méthode doit être la bonne.

Le candide Julien tombait de son haut, et se disait, à part lui, que l'étude de la peinture ouvre singulièrement l'esprit des jeunes gens.

— Maintenant, poursuivit Henri, si l'on peut en juger par ouï-dire, ce qu'il doit y avoir de réellement agréable dans l'amour, c'est d'escalader des échelles de soie; de se suspendre à un vieux treillis pourri, au risque de de tuer mille fois; de se cacher dans une armoire, au risque d'y étouffer; de rester toute une nuit sous une gouttière, trempé comme un fleuve, sans trop savoir s'il pleut; de fuir, à l'état de couvreur, par les toits glissans; de ne pas dîner pour *la* voir, de marcher sur des grils ardens pour *lui* plaire, et autres jouissances de la même farine, dont il paraît que, nous autres artistes, nous sommes en général très friands.

— Toi qui sais tant de choses, demanda gravement Julien, sais-tu aussi que certains hommes se font en quelque sorte une gloire et un état de séduire de pauvres jeunes filles ?

— Je le présume, reprit le rapin en se caressant le menton.

— Sais-tu qu'ils emploient pour cela le mensonge, l'hypocrisie, l'astuce, et que, généralement, ils plantent un beau jour là leur victime, comme on jette une vieille paire de bottes qui bâille par toutes les coutures?

— Après? demanda le rapin, en roulant du tabac dans un *papelillo*.

— Et que penses-tu de cette façon d'agir?

— Peuh! on prend son bien où on le trouve.

— De sorte que si tu trouvais sur ton chemin un portefeuille bourré de billets de banque...

— Ah! fi! Je sais bien qu'un spirituel philosophe a dit plaisamment qu'il enverrait une récompense honnête à celui qui l'aurait perdu; mais...

— Voilà des principes qui ne peuvent manquer de te mener fort loin.... Ainsi, tu ne plains pas ces jeunes filles?

— C'est si bon, le fruit défendu!

— Tu n'éprouves aucune colère contre ceux qui les détournent du droit chemin pour les vouer ensuite au mépris et à la honte?

— Entendons-nous, reprit le rapin : s'il s'agissait de moi, si j'étais le coupable, j'avoue que je me sentirais fort porté à l'indulgence. Je puis bien commettre des fautes comme tout le monde, mais j'ai le caractère trop bien fait pour ne pas les oublier promptement.

— En vérité!

— Mais du moment que nous parlons en général et que je n'y suis pour rien, je déclare que c'est fort mal.

— A la bonne heure! Et si ta sœur était dans ce cas!

— Thérésa!...

— Non pas perdue, grâce au ciel! mais sur le chemin glissant qui mène à la perte.

— Et quel est le misérable...

— Ecoute : il ne s'agit ici ni de s'emporter ni de pourfendre personne. Mademoiselle Thérèse n'a pas le moindre reproche à s'adresser; elle est aussi pure que jeune fille au monde. Seulement, elle est belle, et jusqu'ici on n'a pas encore trouvé le moyen d'empêcher les enjôleurs et les flâneurs qui ont vingt-quatre heures à dépenser par jour de s'apercevoir de ces choses-là.

— On le trouverait, reprit philosophiquement le rapin, que les femmes seraient les premières à ne pas vouloir qu'on l'employât.

— Un jeune homme l'a donc remarquée, poursuivit Julien, et je sais qu'il l'attend, le soir, à sa sortie du magasin.

— C'est ce que nous verrons, reprit Henri, qui fit mine de s'aligner et poussa une botte dans le vide.

— Je veux croire que c'est en tout bien et tout honneur; mais, en ce cas, que le jeune homme se déclare et qu'il s'adresse à monsieur Brand. Mademoiselle Thérèse est d'ailleurs l'égale de n'importe qui.

— Je le crois bien, reprit Henri en se rengorgeant, la sœur d'un grand peintre!

— A qui il ne manque plus que de faire son premier tableau, reprit Julien.

— Du moment qu'il ne me manque plus que cela, tu comprends que c'est une misère... Ensuite, rien ne m'empêche de commencer par le second.

— Dans tous les cas, reprit sérieusement Julien, ces entrevues clandestines doivent cesser.

— Un peu!

— Je ne suis, moi, qu'un pauvre ouvrier, étranger à la famille, et dont l'intervention pourrait être mal interprétée; chaque heure que j'emploierais à cette surveillance délicate serait d'ailleurs un vol fait au travail, et tu sais qu'il s'agit de piocher ferme. C'est donc à toi, c'est au frère de Thérèse...

— Sois tranquille, vieux; si le gaillard ne marche pas droit... une, deux! je te réponds qu'il trouvera à qui parler; je voudrais déjà être à ce soir.

Et il fit, du bras et de la jambe combinés, le simulacre de détacher un de ces crocs-en-jambe si familiers aux gamins de Paris.

— Surtout, pas de bruit, pas d'esclandre! reprit Julien.

Mais déjà Henri n'écoutait plus et dégringolait l'escalier quatre à quatre, moins inquiet assurément du danger que courait sa sœur que charmé d'avoir en perspective un rôle de quelque importance à jouer.

Croyant ingénument avoir paré à tout et trouvé là un biais qui lui laissait les bénéfices de la surveillance sans en avoir, aux yeux de Thérésa, la dangereuse responsabilité, Julien se mit à reconstruire, pétale à pétale, la fleur naguère fanée de ses plus chères espérances. Il eut une de ces angéliques inspirations qui ne viennent malheureusement qu'aux dupes de l'amour, et se rappelant le regard de dédain jeté, le matin même, autour d'elle par la jeune fille déchue de ses élégances d'autrefois, il s'avoua que c'était en réalité là une bien triste cage pour une aussi charmante fauvette, et que, si l'on parvenait à l'embellir un peu, à en dorer le treillage, à y ficher çà et là quelque sucrerie tentatrice, peut-être éprouverait-elle moins de répugnance à l'habiter et ne chercherait-elle plus une issue par où s'envoler.

Ce sont là de ces riens dont rit le vulgaire, mais dont l'amour vrai sait faire des poëmes. Aussi, à peine étaitelle conçue que Julien songea à réaliser son idée, non pas dans quelques jours, non pas le lendemain, mais tout de suite, à l'heure même, comme ces irrésistibles soifs qu'il faut étancher à tout prix.

Donc, son escarcelle consultée, et vérification faite de quelques pistoles qui lui restaient encore, il courut acheter, rue de Cléry, une jolie toilette, un tapis de lit, une jardinière, des rideaux de calicot blanc et quelques chaises en acajou garnies de damas bleu, le tout destiné à repeupler la chambrette déserte et pillée de la jeune fille.

Charger ces richesses sur une voiture à bras, les transporter lui-même de la rue de Cléry à la rue Sainte-Avoie, opérer la transfiguration de l'humble sanctuaire, tout cela fut pour l'heureux Julien l'affaire d'un clin d'œil et d'un battement de cœur.

Puis, se berçant de la joie qu'éprouverait Thérésa à son retour, jouissant par anticipation de sa surprise, alerte et courageux comme on l'est toujours sous l'influence d'une récente bonne action, il regagna l'humble escabeau, qu'il n'aurait pas en ce moment changé pour un trône, et reprit son ingrate besogne.

Et, en effet, ne valait-il pas mieux cette joie dans l'âme que quelques écus dans la poche? Dire que certaines personnes ont pour des millions de joie, comme cela, dans leurs coffres et les y laissent enfouis!

Quand à Brand, semblable à l'ivrogne qui adressait cette allocution au premier petit verre qu'il absorbait le matin : « Dépêche-toi de prendre ta place, car il y aura foule à ce soir; » quant à Brand, disons-nous, on devine que le vin blanc avait tourné au vin de toutes les couleurs, et que le petit quart d'heure au bout duquel il devait rentrer durait toujours.

Le soir venu, Julien attendit avec anxiété le retour de Thérésa; la jeune fille rentrait habituellement vers neuf heures. A neuf heures et demie, d'affreuses craintes se prirent à chevaucher dans son bonheur; à dix, il voulut sortir et voir par lui-même; mais il s'arrêta à cette pensée que le magasin serait fermé et qu'il ne trouverait naturellement personne au rendez-vous présumé; à onze heures, tous les glas de la jalousie tintèrent dans ses tempes affolées; à minuit, il aurait, comme le duc de Lorraine, tenu dans la paume de sa main des charbons ardens sans les sentir, et peut-être allait-il, en un accès de fièvre chaude, se jeter par la fenêtre, lorsqu'il entendit un pas s'arrêter sur le palier et la porte s'ouvrir.

C'était Henri, gai comme le printemps et chantonnant une ariette.

— Et ta sœur? demanda Julien, se soutenant à peine et pâle d'anxiété.

— Elle n'est pas rentrée? demanda le rapin en regardant autour de lui.

— Non. L'as-tu vue?

— Parbleu! et le jeune homme aussi... un charmant garçon, ma parole d'honneur!

— Tu me fais bouillir d'impatience.

— C'est drôle tout de même qu'elle ne soit pas ici; après cela, elle ne va sans doute pas tarder.

— Au nom du ciel, explique-toi!

— Je me suis joliment montré, et tu seras content de moi. Figure-toi une œuvre d'art, mon vieux, une habileté, un *chic*, une finesse à faire la queue à M. de Talleyrand... J'ai envie de renoncer à la peinture pour entrer dans la diplomatie.

— Mais le résultat?

— Attends donc! En toutes choses, il faut procéder par ordre.

— Il me semble que j'entends quelqu'un, — interrompit Julien dont l'oreille aux aguets se dressa comme celles du cheval de bataille au son des fanfares. Puis un instant après, déçu dans son espoir : — Hélas! non, reprit-il, je me suis trompé.

— Je disais donc que, sur le coup de huit heures, j'étais à mon poste d'observation. Un particulier était en effet là, se promenant de long en large, et je pensai d'abord que c'était à lui que j'aurais affaire, même que je rallumai mon cigare au sien, histoire de bien voir sa boule et d'entamer les préliminaires... A propos, ajouta le rapin en tirant un étui de sa poche, goûte-moi çà, mon vieux, et tu m'en diras des nouvelles; ce sont des havanes purs qu'il m'a offerts... non pas le particulier en question, mais l'autre, le vrai...

— Quel autre?

— Attends donc, que diable! Mon cigare allumé, « Monsieur, lui dis-je en réglant mon pas sur le sien, charmante soirée pour flâner, n'est-ce pas? — Charmante, en effet, reprit-il. — Monsieur est artiste? — Non, monsieur. — J'ai l'honneur d'en être un, moi, monsieur; je suis élève du fameux... — Enchanté, cher monsieur, mais huit heures sonnent, et vous me permettrez... »

— Va donc au fait! s'écria Julien.

— J'y arrive. Huit heures sonnaient en effet, et je voyais parfaitement, du coin de l'œil, toutes les demoiselles du magasin se disposer à sortir... Seulement, figure-toi que, pendant les quelques mots que j'avais échangés avec mon homme, cinq à six autres jeunes gens étaient successivement venus se mettre en vedette aux abords du harem... N'est-il pas curieux que, dès que s'allument une ou plusieurs chandelles, des nuées de moustiques viennent bourdonner autour?

— Ce n'est pas là la question.

— Au contraire, vieux, c'est la vraie question. Me vois-tu ne sachant plus à quel soupirant me vouer? — Le pauvre Julien se promenait, s'asseyait, se relevait, se promenait encore, en proie à toutes les morsures empoisonnées de l'impatience, du doute et de la jalousie. — Cependant, poursuivit Henri sans soupçonner la torture qu'il imposait à l'ouvrier, Thérésa était allée droit à une manière de gentleman bien mis, qui paraissait plus circonspect que les autres et l'attendait discrètement à l'angle d'une rue...

— Des favoris?

— En côtelettes.

— Une trentaine d'années?

— Plus ou moins.

— Ni grand, ni petit?

— Justement.

— Un peu raide?

— Comme l'obélisque.

— C'est bien lui!

— Parbleu! il ne manquerait plus que ce fût un autre. Du reste, bon genre et l'air comme il faut... C'est de lui que viennent ces cigares. Le proverbe a bien raison : « Dis-moi ce que tu fumes et je te dirai qui tu es... » Tu ne fumes donc pas, toi? — Julien jeta violemment le cigare offert et le broya sous ses pieds. — Quel meurtre! reprit Henri. A l'avenir on t'en donnera encore, vieux, tu peux y compter.

— Ah çà! reprit le martyr, sortant enfin de ses gonds et secouant le rapin de ses robustes bras, me diras-tu ce qu'est devenue ta sœur?

— Minute! s'écria Henri; tu détériores mon paletot... Est-ce que tu aurais bu, par hasard?... Ah! Julien, un sage comme toi!... un apôtre de la tempérance!... toi, l'emblème de toutes les vertus théologales, cardinales, patriarcales, sépulcrales et autres!... — Honteux de sa violence et résigné à subir le supplice jusqu'au bout, Julien s'assit, le front dans ses mains. — Donc, reprit Henri, ma sœur et le particulier s'en allant bras dessus, bras dessous, je fus droit à eux, le chapeau sur l'oreille, le bras droit dans la veste, la main gauche dans le gousset, à l'instar des Mascarilles et des Frontins du Théâtre-Français... comme cela... Tu vois d'ici l'effet que je devais produire... « Par quel hasard? demandai-je à Thérésa d'un ton farouche et d'un air qui n'annonçait rien de bon. — Mon frère! » reprit-elle avec beaucoup d'aisance en me présentant à son cavalier. Le jeune homme s'inclina, et je lui rendis naturellement son salut...

— Son salut!... reprit Julien en bondissant sur son siége; le salut de ce suborneur!... Je le lui aurais rendu, moi, mais de la bonne façon!

— On tient à faire voir qu'on n'est pas un pleutre, fit observer Henri, et qu'on a reçu de l'éducation. « Monsieur, me dit galamment le particulier, mademoiselle Thérésa m'a souvent parlé de vous dans les meilleurs termes, et je suis enchanté de faire votre connaissance... En usez-vous? » Ce disant, il m'offrit un de ces délicieux cigares que tu te permets de fouler aux pieds, Vandale que tu es! — Julien s'arrachait les cheveux. — Et vois, poursuivit le rapin, ce que sont les plus petites choses pour un gaillard de tact et de flair!... Rien qu'à ce cigare de race, je reconnus que j'avais affaire à un homme comme il faut... Ainsi, règle générale, vieux, et fais-en ton profit : le premier paltoquet venu peut affecter dans sa mise le *brio* du monde élégant, mais il ne fumera que d'infimes cigares à deux ou trois sous... Ça et les ongles, il n'y a pas moyen de s'y tromper... Bref...

— Ah! oui, dit Julien, je t'en prie, tâche d'être bref, si c'est possible.

— Bref, comme on ne prend pas les mouches avec du vinaigre, je répondis : « Monsieur, vous êtes mille fois bon, » et j'acceptai.

— Minuit et demi! se dit Julien en regardant à sa montre.

— Le colloque une fois engagé sur ce ton, poursuivit Henri, il m'expliqua comme quoi, ma sœur lui ayant exprimé le désir de voir un café-concert, il s'était empressé de se mettre à ses ordres. « Si vous voulez accepter un verre de punch et mon amitié, ajouta-t-il en me tendant la main, faites-moi le plaisir de nous accompagner. »

— Malheureux!... Et tu lui as serré la main?

— Pourquoi pas?

— Et tu as consenti?...

— Certainement, d'autant mieux que c'était un moyen d'avoir l'œil dessus et de les surveiller.

— Mais alors comment se fait-il que tu sois ici, et que mademoiselle Thérésa n'y soit pas?

— Ceci est une autre histoire, vieux, et que je vais te conter. Tu sauras d'abord que le particulier a parfaitement fait les choses : des rafraîchissemens en veux-tu... en voilà! et de ces mêmes cigares, nés dans l'île de Cuba, comme s'il en pleuvait!... Thérésa écoutait la musique avec ardeur; l'amphitryon ne lui adressait que rarement la parole, et encore était-ce avec les formes les plus courtoises et le plus profond respect... Aussi je le couronne rosière, et je déclare qu'il mérite un prix de vertu... — Julien leva les yeux au ciel, c'est à dire au plafond, et pensa que les criminels d'autrefois que l'on écartelait devaient être sur des roses en comparaison de lui. — Quant à moi, reprit Henri, je sirotais tranquillement mon troisième ou mon quatrième grog américain, lorsque je me rappelai soudain qu'on devait jouer une poule à l'estaminet Hollandais, et que mon absence y serait sans doute remarquée. Nous étions au café-concert de la galerie Montpensier, à deux pas de la poule... Je demande à monsieur... Chose... que diable! comment s'appelle-t-il donc?... un nom tudesque et baroque... Bref, je lui demande la permission d'aller et de revenir à l'instant...

— Il te l'accorde?

— Parbleu!

— Imbécile!

— A bas les mauvaises paroles! mon vieux, ou je vais me coucher sans te finir la chose.

— C'est à moi que s'adresse l'apostrophe, reprit Julien; cela m'apprendra à t'avoir pris pour un homme.

— Julien!

— Eh bien! quoi?

— Je vais me fâcher!...

— Achève d'abord, tu te fâcheras ensuite si tu veux.

— Bref, j'arrive à la poule, j'achète une bille, je joue, je perds, je rejoue... le temps se passe...

— Si bien qu'à ton retour au café-concert tu n'y as plus trouvé personne.

— Justement.

— Je m'en doutais; c'est affaire à toi de surveiller des sœurs. A t'entendre, je croyais, moi, que tu allais le dévorer tout cru, ce beau mirliflor, et pas du tout...

— Ecoute donc, mon cher, si ce jeune homme aime ma sœur, s'il veut l'épouser, je ne vois pas trop ce qu'elle pourrait espérer de mieux.

— Tiens, reprit Julien, en réprimant un mouvement de rage, tu mériterais!... Une heure du matin! Où peut-elle être à présent?

— Ah! voilà où je me perds... Je comptais la trouver ici.

— Peut-être est-elle tombée dans quelque piége infernal... Où aller, mon Dieu! où la trouver à cette heure?

Le pauvre Julien allait et venait, comme certains fous dans les cabanons de Bicêtre.

Il ouvrit une porte, appuya son front brûlant contre le chambranle, et promena ses yeux hagards dans cette chambre déserte, qu'il s'était plu à orner le jour même, et dont chaque meuble neuf semblait lui grimacer d'affreux éclats de rire.

— Après tout, reprit Henri en se couchant, le hasard est un si drôle de corps qu'il est bien difficile de le suivre dans tous ses caprices. L'impossible est souvent la chose du monde la plus simple, et quand nous aurons le mot de l'énigme... Dans tous les cas, je déclare que monsieur Chose est un galant homme; lorsqu'on fume de pareils cigares...

— Tais-toi! s'écria Julien d'une voix étranglée par la douleur.

— D'autant plus volontiers, mon vieux, que je tombe de sommeil.

Et le rapin s'endormit.

Brand rentra bientôt, titubant comme un peuplier déraciné par la tempête.

— Votre fille est perdue! lui dit brusquement Julien.

— Ma fille?... perdue?... répéta l'ivrogne, que cette douche subite dégrisa quelque peu.

— Enlevée par un infâme, poursuivit Julien, et victime de l'abandon où vous l'avez laissée.

Brand porta les mains à son front; il semblait en ôter l'ivresse et dégager le fluide, comme le magnétiseur qui réveille une somnambule.

— Thérésa! reprit-il; Thérésa enlevée, séduite, perdue!... Mais non!... ce n'est pas possible! vous me trompez!...

Et il courut à la chambre vide de sa fille.

— Partie! Où est-elle? qui me l'a prise?

— Je ne sais, dit Julien.

—Mais vous étiez là, vous, toujours là?... C'était à vous de la surveiller, de...

— Je ne crois pas, reprit l'ouvrier, mais je l'ai néanmoins fait dans les limites du possible.

— Je la maudis.

— Et moi je l'excuse; elle n'avait plus ni mère, ni...

— Ni père, acheva Brand; oui, vous avez raison: je suis un misérable! un sans cœur! un indigne! De quel droit me plaindrai-je d'être abandonné, moi qui lui ai donné l'exemple de l'abandon! Ah! ma pauvre Marthe a bien fait de mourir. Si elle voyait cela! si elle savait que sa fille... ma blonde petite Thérésa, la préférée de mon cœur, la joie du logis!... Mais il y a des lois pour cela, n'est-ce pas, Julien?... Un étranger ne peut pas venir suborner une jeune fille, la ravir à son père, la vouer à l'infamie et au mépris, déshonorer du même coup la famille et l'enfant?

— Non, reprit Julien, cela ne peut se faire ni à force ouverte ni à main armée. La loi sévit contre ceux qui pénètrent dans une caisse à l'aide de fausses clefs, mais elle ne saurait punir ceux qui s'insinuent dans un cœur à l'aide de mensonges. Dans ce dernier cas, ce n'est plus une violence dont il faille rougir, c'est une conquête dont on peut se glorifier.

Comme ces nuages orageux qui finissent par éclater en pluie, la surexcitation de Brand s'était éteinte dans les larmes.

C'était un triste spectacle que celui de cet homme vieilli avant l'âge, chez qui la douleur venait de terrasser l'ivresse, mal affermi encore dans sa raison, et retrouvant ses instincts de père au moment où il perdait sa fille, comme ces dissipateurs qui n'apprécient la fortune que le jour où ils ont dépensé leur dernier écu.

Mille tortures sans nom meurtrissaient le cœur de Julien; mais il se retrouva du courage pour donner à Brand un espoir qu'il n'avait pas lui-même.

— Allons, lui dit-il, tout n'est peut-être pas perdu; demain il fera jour, et, dussé-je remuer ciel et terre, je vous réponds que je saurai retrouver la trace de Thérèse et clouer un nom sur la face de son ravisseur.

Puis ces deux hommes, le père et l'amant, assis en Marius sur les ruines de leurs espérances, s'absorbèrent, chacun de son côté, dans cette prostration muette et presque somnolente qui suit les grands désespoirs.

VI

OU FRITZ POURSUIT SES OPÉRATIONS DE SIÉGE.

Revenons à la soirée de la veille.

On se rappelle que Henri, affriandé par les sourires d'une poule à gagner, avait laissé sa sœur au café-concert, dans la périlleuse compagnie de Fritz Koffmann.

Passe encore pour perdre sa sœur, mais perdre l'occasion de jouer une poule!

Fritz, élevé dans l'usure et fait aux douceurs du cinquante pour cent, commençait naturellement à se lasser de filer le parfait amour et de semer de belles phrases sans rien récolter.

Aussi, tout en faisant à Henri une mine agréable, l'avait-il intérieurement souhaité à tous les diables, souhait que le départ du rapin venait d'accomplir.

Quant à Thérésa, nous lui devons la justice de dire qu'elle ne faisait pas sans appréhension ce premier pas dans la route du mal. Soit que les conseils de Julien l'eussent à demi convaincue, soit qu'elle se fût fait à elle-même de sages raisonnemens (ces choses-là se voient, même à dix-huit ans), elle était bien moins affermie que la veille dans sa résolution de fuir le toit paternel.

Ah! si elle avait encore eu les bras de sa mère, où cacher sa tête en pleurant, en rougissant, en avouant!

Le frère parti, Fritz s'était juré d'enlever la jeune fille le soir même, ou de passer cette ébauche d'aventure au compte des profits et pertes.

Jugez si la partie était égale! D'une part, les mortifications de l'amour-propre, plus de famille pour ainsi dire, le démon de la coquetterie, le cœur qui s'éveille, les vingt aunes de moire de la fille perdue qui insultent à vos huit aunes d'indienne vertueuse, sa voiture qui vous éclabousse, ses éclats de rire qui tombent sur vos larmes comme de l'acide sur une plaie.

De l'autre, un démolisseur par habitude de toute innocence et de toute pureté, un jeune homme tenant débit de mensonges dorés et de protestations mauvais teint; un pipeur qui vous promet le mariage, l'amour, la richesse, le ciel en échange de l'enfer, le redressement de toutes les insultes dont le sort s'est rendu coupable envers vous;

Bertram contre Alice, non pas à l'Opéra, dans le monde conventionnel de l'archange qui finit par terrasser le reptile, musique de Meyerbeer et paroles de Scribe, mais dans le monde réel et banal, où le ciel n'intervient guère, hélas! où le fort l'emporte trop souvent sur le faible, sans accompagnement d'orchestre et sans la moindre trappe qui engloutisse le coupable au cinquième acte.

— Votre frère est un charmant garçon, dit Fritz au moment où Henri partait, mais je ne vous cache pas que je vous aime mieux sans lui.

— Pourquoi? demanda Thérésa.

— Vous ne devinez pas?

— Mon Dieu! non.

Thérésa devinait, mais, comme beaucoup de femmes qui devinent, elle n'en voulait pas avoir l'air.

— Parce que sa présence m'imposait de trouver des choses banales à vous dire, reprit Fritz, tandis que je n'en sais qu'une seule... toujours la même.

— A savoir que?...

— Je vous aime.

— Qu'il dit bien ce mot-là, pensa la jeune fille.

— En douteriez-vous? s'écria Fritz, en campant noblement la main sur son cœur.

— Non, je n'en doute pas; je n'en dois pas douter... Rien ne vous force à me le dire, et ce serait un bien triste mérite que celui de tromper une pauvre fille sans défiance.

— Parbleu! mais ne trouvez-vous pas qu'il fait ici une chaleur affreuse, que cette musique obsède, que cette foule est insipide, et que pour deux âmes fondues en une seule, comme sont la vôtre et la mienne, Thérésa, la solitude et le recueillement valent mieux que ce tintamarre? Si nous partions?

— Et mon frère qui doit revenir?

— Bah! faut-il donc nécessairement que votre frère soit entre vous et moi?... Son souffle est-il désormais nécessaire à notre respiration? Est-ce là cette confiance entière que vous dites avoir en mes sermens?

— Non, mon ami... mais...

— Nous l'avons trouvé par hasard, nous l'aurons perdu de même... Ensuite, qui nous dit qu'il reviendra, et que les charmes de la poule...

— Soit, reprit Thérésa; il est d'ailleurs plus que temps que nous partions, si je dois rentrer sans lui.

Le sourire de Méphistophélès, le même que celui du chat jouant avec la souris à demi croquée, contracta les lèvres de Fritz.

Ils sortirent.

Henri, lui, jouait triomphalement sa poule.

Pendant ce temps, Julien, le cœur gonflé d'appréhensions qu'il n'osait définir, épiait les mille bruits du silence.

Brand, déjà pris de vin, se dégrisait homœopathiquement au moyen d'une foule de petits verres qu'il envoyait rejoindre les autres.

Arrivés à la place du Palais-Royal, Fritz ouvrit la portière d'un coupé :

— Je vais vous reconduire, dit-il à Thérésa.

Celle-ci s'arrêta court, plongea pour ainsi dire dans le regard du jeune homme, et, de cette voix sympathique et vibrante qui ressusciterait la conscience d'un mort :

— Je n'ai rien à craindre avec vous? lui dit-elle.

— Par exemple!

— Jurez-le.

— Je le jure!

Les traîtres jurent toujours; que leur importe!

Le coupé prit naturellement cette allure agaçante et monotone qui tue à petit feu les personnes nerveuses.

— Et maintenant, chère Thérésa, dit Fritz en prenant dans les siennes l'une des mains de la jeune fille, voulez-vous que nous parlions raison?

— Oui, car ce ne sera pas trop de la vôtre et de la mienne réunies pour n'en faire qu'une seule... et encore!

— Hier, poursuivit le jeune homme, lorsque vous m'avez été en quelque sorte enlevée par cette espèce de rustre que vous dites l'un des ouvriers de votre père, vous étiez décidée à me suivre et à vous fier à moi, n'est-ce pas?

— Hier j'étais folle.

— Et aujourd'hui?

— J'ai réfléchi.

— Et le résultat de vos réflexions?

— Le résultat de mes réflexions est que, si vos promesses sont sincères, comme je le crois, rien ne m'empêche de rester chez mon père jusqu'à ce que vous puissiez les réaliser.

— En thèse générale, reprit cauteleusement le jeune fils d'usurier, vous avez peut-être raison. Lorsqu'on a un intérieur, une famille, des parens, que les positions sociales sont analogues, que l'amant peut se faire présenter chez celle qu'il recherche, que chaque soirée peut réunir les fiancés sous l'indulgente surveillance d'une bonne mère; lorsqu'ils peuvent presque légalement se sourire, se serrer la main, chanter au piano, danser au bal, chuchoter dans les coins, faire un échange régulier de fleurs et de billets doux... oui, en ce cas, j'admets que l'on suive la voie toute simple et frayée qui conduit au bonheur cahin-caha, comme les coucous d'autrefois conduisaient n'importe où; mais vous m'avez avoué vous-même, chère amie...

— C'est vrai, reprit Thérésa, dont la paupière s'humecta d'une larme à l'énumération de ces joies intimes et permises dont elle était déshéritée.

— Tout est irrégulier, anormal, heurté, entre vous et moi... sauf nos deux cœurs qui battent comme un seul... Or, on ne sort d'un abîme que par une secousse...

— Mais où sommes-nous donc? demanda tout à coup Thérésa en regardant par la portière.

— Le cocher aura eu le bon esprit de prendre le plus long... Ensuite, chère amie, poursuivit l'oiseleur, croyez-vous bonnement que je puisse vivre au sein du luxe et des plaisirs, alors que je vous sais dans une position voisine de la misère? Croyez-vous que je ne souffre pas de vos larmes, que je ne saigne pas de chacune des blessures qui vous atteignent?

— Oui, reprit naïvement la jeune fille, je sais que vous êtes sensible et bon.

Sensible et bon !

A force de mal faire, on finit par avaler l'iniquité comme l'eau. Fritz reçut ce compliment en pleine conscience, sans remords, et comme s'il l'eût mérité.

— Si vous ne vous fiez pas entièrement à moi, reprit Fritz, si vous ne consentez pas à ce que nos deux existences n'en fassent qu'une dès à présent, de quel droit puis-je venir redresser les torts dont la fortune s'est rendue coupable envers vous? Vivrez-vous élégamment chez votre père même, côte à côte avec sa détresse et comme pour lui insulter?

— Ah! l'horreur!

— Ensuite, et en admettant pour un instant que votre cœur ne se révoltât pas d'un pareil contraste, le tolérerait-il, lui?

— Assurément, non.

— Resterait la possibilité d'améliorer son sort et de faire rayonner jusqu'à lui votre nouveau bien-être; mais ne vous demanderait-il pas un compte sévère de cette métamorphose, et voudrait-il de ce pain doré, mais amer, dont la source ne lui paraîtrait pas légitime?

— Il aurait raison de n'en pas vouloir, ce me semble.

— Assurément. Mais logique de père et logique d'amour n'ont entre elles rien de commun. A un certain âge, le cœur se pétrifie; il ne comprend plus alors cette communauté charmante, cette abnégation si pleine de poésie, cet oubli de tous calculs matériels, cette fusion complète du toi et du moi, du tien et du mien, qui font que, en amour, celui qui donne est l'obligé de celui qui reçoit.

La dorure de cette pilule Elkington et Ruolz fit que Thérésa l'avala sans grimace. Elle pressa même la main de Fritz pour le remercier d'avoir su revêtir cette théorie scabreuse d'oripeaux présentables.

— Vous le voyez donc, très chère, reprit le jeune homme, toute modification partielle à votre position d'aujourd'hui est impossible; il faut que ce soit tout ou rien.

— Ce sera donc rien, dit résolûment Thérésa.

— Remarquez, reprit Fritz, que je ne vous dis pas un mot d'amour; je ne cherche ni à vous fasciner, ni à vous éblouir. Je vous parle froidement raison, comme un honnête homme doit le faire à celle qu'il a choisie pour compagne éternelle... Peut-être vous dites-vous que je suis majeur, et maître jusqu'à un certain point de mes actions...

— Mon Dieu! non, mon cœur m'entraîne et je cherche à le retenir; mais je ne me dis rien de cela.

— Permettez en ce cas, chère amie, que j'entre dans quelques détails. Oui, je pourrais déclarer net à mon père que je ne veux pas du mariage qu'il édifie pierre à pierre pour ce qu'il appelle mon bonheur; je pourrais lui faire des soumissions que le législateur n'a sans doute appelées *respectueuses* que dans un jour de bonne humeur; mais outre que j'ai la faiblesse de croire que les unions contractées sous de pareils auspices ne sont pas heureuses, je sais que mon père est implacable dans ses rigueurs, et qu'il userait de tous les subterfuges, légaux et illégaux, pour réduire mon patrimoine à sa plus simple expression. Or, je veux que ma Thérésa soit, non-seulement aimée, mais riche et glorieuse.

— Ce n'est pas cela, Fritz; selon moi, l'affection réciproque est la seule, la vraie fortune enviable. Mais j'ai, comme vous, la superstition du cœur; je crois aux choses maudites ou bénies, selon l'astre néfaste ou favorable sous lequel elles se sont produites; et pour rien au monde je ne consentirais à entrer dans une famille par cette porte dérobée dont vous parliez tout à l'heure.

— Ensuite, reprit Fritz, autant mon père est tenace lorsqu'on lui résiste ouvertement, autant il se laisse facilement mener par le long chemin des soumissions apparentes et des atermoiemens graduels... mais il faut le temps, et, je le répète, je ne puis admettre que ma fiancée reste davantage dans la position nécessiteuse de simple ouvrière et de jeune fille en quelque sorte délaissée.

— Mais, en vérité, interrompit Thérésa, je ne sais par où ce cocher nous mène; lui avez-vous bien indiqué la rue Sainte-Avoie?

— Parfaitement. Au reste, je ne comprends pas que, en ce moment qui doit décider de votre vie et de la mienne, vous puissiez vous préoccuper de l'itinéraire plus ou moins direct que suit un cocher.

— Mais je vous l'assure, monsieur, c'est la campagne que je vois là!... Nous ne sommes plus dans Paris!

— Vous croyez?

— J'en suis sûre... Regardez vous-même.

— C'est, ma foi, vrai! Voyez donc que d'étoiles! Le ciel est bleu comme une pervenche!

— Cocher!

— Bah! laissez donc ce brave homme.

— Comment!... que signifie?...

— Cela signifie, chère Thérésa, que je vous sauve de vous-même, et que nous allons à Auteuil.

— A Auteuil?

— C'est à deux pas... autant dire Paris.

— Ah! monsieur, ce que vous faites là est indigne!

— L'amour excuse tout.

— Sauf la déloyauté... Vos raisonnemens m'avaient à demi convaincue; mais à présent... Cocher! cria la jeune fille, retournez à Paris!

Après s'être penché à droite, l'automédon se pencha à gauche, vers Fritz, en clignant de l'œil, comme pour lui demander la confirmation de cet ordre tardif.

— Obéissez à madame, reprit Fritz.

Thérésa s'empressa d'établir autour d'elle une sorte de blocus; elle s'accota majestueusement, les bras croisés, dans l'angle de la voiture, et prit des contenances de place forte. Résignation d'une part, dédain de l'autre, on se tut pendant quelque temps. Fritz sifflait un air quelconque. Thérésa s'était décroisé les bras, et, de ses doigts fiévreux, tambourinait une marche infernale à briser la glace. Le cocher bourrait sa pipe, riant dans sa barbe et laissant, comme Hippolyte, flotter les rênes sur son cheval, lequel était, du reste, parfaitement incapable d'abuser de cette noble confiance.

—Vous le voyez, Thérésa, reprit enfin le jeune homme, je ne veux vous devoir qu'à vous-même. Mais le moment est solennel, poursuivit Fritz; je vous vois sans doute pour la dernière fois. Permettez-moi de vous adresser une question suprême, et faites-moi la grâce d'y répondre.

— Parlez, monsieur.

— Croyez-vous à la sincérité de mon amour et à ma promesse d'unir votre sort au mien par les liens du mariage?

— J'y croyais.

— Et maintenant?

— Je n'y crois plus.

— Pourquoi?

— Parce que, si j'étais réellement votre fiancée, vous respecteriez en moi votre femme future.

— De grands mots, ma chère! des phrases montées sur échasses! Du reste, c'est là où je vous attendais: un homme doit être jaloux des antécédens de sa femme, n'est-ce pas?

— Mais, que vous en semble?

— Il faut, n'est-ce pas, qu'elle soit inaccessible aux morsures de la médisance; que rien ne ternisse sa robe de pureté, et que, comme madame César, elle ne puisse pas même être soupçonnée?

Thérésa fit un signe de tête en guise d'acquiescement.

— Eh bien! reprit Fritz, supposez un instant que tous les obstacles à notre union sont levés; supposez que vous êtes madame Koffmann, que vous avez un rang, de la fortune, que vous fréquentez le monde...

— Je suppose toutes ces magnificences, dit ironiquement Thérésa... pourvu que je n'en perde pas la tête!

—Croyez-vous qu'il serait bien agréable pour moi d'entendre chuchoter, dans un salon quelconque, des phrases dans le goût de celles-ci : « Quelle est donc cette jeune femme? — C'est madame Koffmann. — Bah ! il me semble bien l'avoir déjà vue quelque part. — Parbleu ! vous ne connaissez qu'elle; elle travaillait chez madame***, marchande de modes... Je ne passais jamais par là sans lui lancer une œillade.—Qu'elle vous rendait?—Peuh !... » Vous ne pouvez pas vous douter de tout ce qu'il y a dans ce peuh !

—Mais cela est acquis, reprit Thérésa en lançant à Fritz un regard à trente-six becs de gaz; le passé est immuable, et je ne vois pas trop par quel miracle il pourrait se faire que je n'aie pas été ouvrière en modes... Après tout, puisque c'est une tache si indélébile que d'avoir travaillé pour vivre, libre à vous de ne pas en assumer votre part, et de me laisser telle que je suis... Seulement, il eût peut-être été plus généreux de ne pas feindre une affection menteuse, de me laisser le calme, l'indifférence, la résignation, et de ne pas gâter ma vie sous le prétexte de l'embellir...

Puis elle fondit en larmes, ce qui est l'*ultima ratio*, la péroraison irréfutable, le coup de massue habituel de la logique féminine.

— Bon ! reprit Fritz, voilà les pleurs qui s'en mêlent !... Je me suis toujours demandé par quel non-sens, par quel bizarre oubli d'elles-mêmes, les femmes pleurent si fréquemment, alors qu'elles savent que cela rougit les yeux? Voyons, Thérésa ! ajouta-t-il en essayant de lui prendre la main.

— Ne me touchez pas, monsieur, ou je fais arrêter et je descends.

— A minuit, à la barrière des Bons-Hommes, une jeune personne seule ! ce serait peu convenable.

— En ce cas, ne m'y forcez pas.

— Mais, malheureuse enfant, vous vous créez à plaisir des fantômes et des épouvantails qui n'existent que dans votre imagination ! Pourquoi dénaturer mes pensées et jusqu'à mes paroles? Lorsque mon cœur est allé à vous, quand je vous ai choisie entre toutes, ne savais-je pas bien à quelle humble condition vous étiez réduite? Cela a-t-il empêché que je vous aimasse et que je vous offrisse ma main pour plus tard?

— Eh bien ! alors?

— Je sais parfaitement que le passé est acquis, que Dieu lui-même n'y saurait que faire, et que la seule ressource est de le recouvrir d'un voile plus ou moins épais. . Mais de ce que j'accepte un fait accompli sans ma participation, s'ensuit-il que je dois tolérer que ce fait se reproduise, alors qu'il dépend de moi de l'empêcher?... Hier m'échappe, et je n'en suis pas responsable ; mais demain est à moi, et on a le droit de m'en demander compte...

La jeune fille luttait ; mais on comprend que c'est tout au plus si elle désirait vaincre. Ce dernier argument parut l'ébranler ; elle se départit un peu de la sévérité du blocus, et prit une attitude moins hostile.

— Ainsi, reprit Fritz, que m'importe d'entendre dire que ma femme, avant que je la connusse, vivait du travail de ses mains ! Au contraire, plus on le dira et plus il sera prouvé que je l'aimais d'une affection véritable et désintéressée; mais ce qui m'importe, c'est qu'on ne puisse pas m'accuser d'avoir laissé ma fiancée, ma femme, ma promise, en butte aux privations et à la misère... Comprenez-vous cela? — La jeune fille n'objecta rien : d'où Fritz fut en droit de conclure qu'elle commençait à comprendre. — Et, puisqu'il faut tout vous dire, reprit-il, si graves que soient les considérations que je viens de faire valoir, elles n'eussent jamais suffi à excuser à mes yeux l'espèce de supercherie dont je viens de me rendre coupable...

— Vous l'avouez donc, que c'est mal ?

— Tout ce qui vous afflige doit être mal, reprit galamment le jeune homme.

— Et vous vous repentez?

— Je le crois bien !

Thérésa lui tendit une main qu'il ganta de baisers puis, s'agenouillant à demi, comme pour mieux implorer sa grâce, il reprit *rinforzando* :

— J'ai le pressentiment qu'un malheur, qu'un piége, que sais-je ! qu'une séparation nous menace.

— Que voulez-vous dire?

— J'ai la double vue des cœurs véritablement épris. — Fritz n'ignorait pas que, bien loin d'aider à la clairvoyance, l'amour rend aveugle ; mais il savait aussi qu'il suffit de sucrer les plus hardis mensonges pour leur donner toutes les succulences de la vérité. Il reprit : — Pensez-vous que la brusque apparition de ce Julien, au moment où hier vous alliez me suivre; pensez-vous que notre rencontre de ce soir avec votre frère, ne soient pas le résultat d'un plan combiné? Le hasard n'est pas si adroit. Croyez-moi, chère Thérésa, il s'ourdit autour de nous quelque trame que vous ne soupçonnez pas. Qui sait s'il ne s'agit pas de vous prendre dans les filets d'un mariage vulgaire?... Qui sait si ce Julien lui-même...

— Ah ! monsieur ! — Malgré ce « ah ! monsieur ! » Thérésa, se rappelant la ruse employée la veille par Julien et l'espèce de sermon qu'elle avait subi, Thérésa, disons-nous, ne put s'empêcher de reconnaître intérieurement que Fritz frappait juste ou à peu près. — Et quand cela serait, reprit-elle, si estimable que soit même ce garçon, doutez vous à ce point de l'élévation de mes sentimens que...

— Fille et feuille diffèrent peu; on ne sait jamais...

— Voilà qui est aimable, et vous mériteriez...

— Eh bien ! oui, je suis ridicule, je suis stupide, je suis insensé, je suis tout ce que vous voudrez.. mais je vous aime à l'adoration, Thérésa !... là est mon excuse. L'avare rêve mille précautions superflues pour garder son trésor ; il voit des voleurs partout... N'êtes-vous pas mon univers, ma vie, mon unique espoir?... Et vous voulez que je vous laisse à la merci d'un homme qui habite sous votre toit, qui vous aime, qui...?

— Je n'ai pas dit cela.

—Ni cela, ni le contraire; voyons, Thérésa, un bon mouvement! N'abusez pas d'un cœur comme le mien, ne le soumettez pas à des tortures surhumaines. Ai-je donc de telles exigences que vous n'y puissiez souscrire? Mon Dieu! voici le projet que j'avais formé, bien simple, bien innocent, bien vertueux, et qui me semblait tout concilier : je vous conduisais à Auteuil, chez une dame des plus honorables, qui tient une *villa* meublée. Vous y viviez modestement, dans la retraite, à l'abri des piéges de la vie parisienne, des souffrances de l'amour-propre et des atteintes de la pauvreté... Quelques maîtres choisis achevaient votre éducation... Je venais parfois vous faire une humble et courte visite, à l'heure des leçons, pour ne laisser aucune prise à la médisance... rien ne vous empêchait d'écrire à votre père, de le rassurer, de lui laisser entrevoir votre prochain mariage... sans me nommer toutefois, car il lui suffirait de ce seul indice pour trouver vos traces et vous arracher à moi... pendant ce temps, je circonvenais, je dorlotais, j'amadouais le cher auteur de mes jours ; je démolissais peu à peu dans son esprit la bru de son choix, je vous érigeais un piédestal sur ses décombres, et nous finissions, comme dans les contes de fées, par être heureux et par avoir...

— Bourgeois, cria le cocher, nous voici à la place de la Concorde ; quelle direction faut-il prendre?

— Votre dernier mot ? demanda Fritz à Thérésa.

— Le sais-je moi-même ! reprit la jeune fille hésitant encore, ce qui était assurément faire une belle défense.

— A Auteuil ! cria Fritz de ce ton victorieux dont on criait autrefois : Montjoye et Saint-Denis !

— Est-ce qu'ils croient bonnement que je vais comme ça passer la nuit à aller et venir? grommela le cocher.

Puis, virant de bord, il fit semblant de fouetter son cheval, qui ne parut guère s'en apercevoir.

VII

LES TROIS VISITES.

On conçoit la désolation qui, le lendemain de ce jour où avait disparu Thérésa, devait régner rue Sainte-Avoie.

Plus le temps fuyait et moins le retour de la jeune fille devenait probable.

Brand et Julien s'étaient dit, sans l'espérer peut-être, que, trop attardée et craignant de traverser Paris la nuit, elle avait sans doute demandé l'hospitalité à l'une de ses amies qui la ramènerait le matin.

Mais la matinée s'écoulait, et rien!

Julien s'était promis de remuer ciel et terre, chose plus facile à dire qu'à réaliser dans cet inextricable dédale de l'immense cité.

Dès huit heures il avait couru au magasin de modes: toutes les ouvrières étaient à leur poste, sauf Thérésa.

Il était revenu plus vite encore, espérant qu'elle serait rentrée pendant son absence.

Toujours rien!

La présence de Thérésa au café-concert, en compagnie d'un jeune homme dont Henri cherchait vainement à se rappeler le nom qui trépignait sur ses lèvres, était donc le dernier indice, le suprême jalon qui pût rattacher le passé à l'avenir. Là finissait le connu et s'ouvrait le vaste champ des suppositions.

On pouvait, partant de là, recourir à l'intervention de la police; mais n'était-ce pas tuer d'un seul coup la réputation de l'égarée? N'était-ce pas découronner à jamais son front, et substituer le stigmate de la honte à la pure auréole des jeunes filles?

Ensuite rien ne prouvait absolument que Thérésa fût perdue, dans l'acception morale du mot, et en ce cas le remède serait pire que le mal.

Aussi longtemps que, dans le doute ou dans l'incertitude d'un malheur, on peut aller, venir, chercher, s'agiter; aussi longtemps que l'on voit poindre une lueur dans la nuit et que l'on marche vers elle, la souffrance est supportable: c'est le malade qui espère dans la potion qu'il vient d'avaler.

Mais dès que l'inaction succède au mouvement, dès que la dernière lueur s'est éteinte et que la triste Ariane ne sait plus à quel écho redemander Thésée; dès que la Faculté abandonne le traitement, c'est que le mal est incurable et qu'il ne reste plus qu'à entonner le *De profundis*.

Donc Julien pourfendait des moulins à vent, comme le héros de Cervantes, et se heurtait l'esprit à mille projets impossibles.

Brand, pur de toute rasade matinale, interrogeait sa conscience, lisait couramment dans ses torts, et se prodiguait toutes les invectives d'une âme indignée.

Henri recourait à toutes les combinaisons de l'alphabet, et poursuivait sans relâche le nom qui le fuyait.

Que de fois, cher lecteur, votre colère et la mienne ne se sont-elles pas impuissamment allumées à ces défaillances de la mémoire qui font que vous croyez à chaque instant mettre la main sur le papillon, je veux dire sur le mot qui s'envole.

Cependant un éclair brilla dans le peu de cervelle qu'avait le rapin:

— Je le tiens! s'écria-t-il triomphalement. C'est Koffmann!... Fritz Koffmann!... ma sœur l'a tour à tour appelé de ces deux noms... L'air grave, favoris en côtelettes, ni petit ni grand.

— Le fils d'un banquier, ajouta Julien.

Et, descendant l'escalier quatre à quatre, il entra dans le premier cabinet de lecture venu, feuilleta l'Almanach Bottin, et trouva ceci:

Koffmann (Samuel). Escompte, recouvremens, achat d'or et d'argent, rue de Lancry, 18.

Le premier mouvement de Julien fut de courir lui-même à l'adresse indiquée.

Il était déjà parvenu à l'Ambigu, lorsque, s'arrêtant tout à coup, il se demanda à quel titre et en quel nom il allait se présenter chez le suborneur de Thérésa.

C'était évidemment au père de la jeune fille à tenter cette démarche.

Julien rebroussa chemin; ses jambes dévoraient l'espace, sa pensée fiévreuse dévorait des mondes.

Brand endossa un reste d'habit dont la trame n'était plus un secret pour personne; il partit la tête basse et à pas lents, comme lorsque l'on voudrait savoir et qu'on redoute d'apprendre.

Brand avait à passer devant quelques marchands de vin, caps dangereux où il s'arrêtait habituellement d'instinct, comme certains chevaux à certaines étapes; mais il les doubla sans broncher, insensible à la voix de ses amis qui le hélaient de leur trogne avinée.

MM. Koffmann père et fils occupaient le second d'une maison d'assez belle apparence. Antichambre à banquettes de velours, porte à droite sur laquelle on lisait: *Entrée des bureaux*, — porte au fond où se pavanait le mot: *Caisse;* rien ne manquait des trompe-l'œil habituels de l'usure et de l'agiotage.

Ce sont évidemment les flibustiers de ce genre interlope qui ont fait que *banquiste* dérive de *banquier*.

Brand demanda monsieur Fritz Koffmann, et fut familièrement introduit comme un homme sans conséquence, vu son habit, dans l'appartement du jeune homme.

Et l'on prétend que l'habit ne fait pas le moine!

Il était dix heures du matin.

Fritz lisait tranquillement dans son lit, comme s'il n'avait pas eu sur la conscience la honte et le désespoir d'une famille... Il est vrai que certaines gens digèrent mieux cela qu'un demi-homard.

— Que me veut-on? demanda-t-il.

— Monsieur, je suis Brand.

— Brand?... Connais pas!

— Cordonnier de mon état...

— Ensuite?

— Le père de Thérésa.

— Thérésa qui?... Thérésa quoi?... reprit le jeune homme, assez maître de lui pour pallier le désappointement que lui causait cette visite inattendue.

— Écoutez, monsieur, reprit Brand d'une voix pénétrée, je ne viens pas à vous criant vengeance et la menace à la bouche... Je suis un pauvre vieillard battu par toutes les tempêtes, et qui vient vous supplier de ne pas lui infliger le dernier malheur de voir sa fille déshonorée...

— Je ne comprends pas...

— S'il est vrai que vous aimiez Thérésa...

— A qui diable en avez-vous, mon brave homme?

— Vous êtes bien monsieur Fritz Koffmann, n'est-ce pas?

— Parfaitement, mais...

— S'il est vrai que vous aimiez Thérésa, reprit Brand, s'il est vrai qu'elle vous aime, demandez-la moi, et je vous la donnerai.

— Il est bon, ce vieux! pensa Fritz.

— J'ai été presque riche, monsieur, poursuivit Brand; il fut un temps où ma fille aurait pu aspirer à tous les partis; rien n'a été négligé pour son éducation...

— J'en suis charmé pour elle et pour vous, mon cher monsieur, mais en vérité...

— Ah! si vous l'aviez vue toute petite, comme elle était bonne!... et douce!... et charmante!... comme elle aimait sa mère! Mais les affaires ont mal tourné, ma femme est morte, le découragement m'a pris, j'ai jeté le manche après la cognée, tout est allé à vau-l'eau. Je me suis mis à boire comme un chenapan que je suis, oubliant que j'avais une fille à guider dans le droit chemin! puis la séduction est venue.

— Dites-moi, monsieur, demanda Fritz en se redressant, est-ce une gageure?

Brand eut une de ces magnifiques inspirations qui doivent parfois renaître au cœur des pères les plus oublieux. Les cendres de leur tendresse ne sont-elles pas toujours chaudes, et faut-il autre chose qu'une étincelle pour que la flamme se rallume?

Il tomba à deux genoux au pied du lit de Fritz, et, pressant dans ses vieilles mains calleuses les griffes blanches du coupable, il reprit avec des larmes dans la voix:

— Allons, monsieur Fritz, un bon mouvement! dites-moi où elle est? Je sais bien que les pères sont des êtres ridicules et ennuyeux; je sais bien qu'on se fait une gloire et un malin plaisir de les tromper, ces pauvres pères qui ne veulent plus se souvenir, sous la neige qui les couvre, des ardeurs de leur jeunesse, mais moi je ne me plains pas, je ne récrimine pas, je n'accuse pas, je comprends tout! Je suis au contraire prêt à vous aimer, rien que parce que vous aimez ma fille; seulement, ne me l'ôtez pas! ne me l'arrachez pas! Je vais bientôt mourir de regrets, de vieillesse prématurée, de douleur; n'y ajoutez pas la honte. Faites que je puisse encore bénir mon enfant! faites!

— Diable! interrompit Fritz, il paraît que cela devient sérieux... Vous permettez? — Et, sautant à bas de son lit, il s'enveloppa d'une fastueuse robe de chambre, or sur argent, argent sur or, comme l'hétéroclite habit que portait Jean-Bart lors de sa présentation à Versailles par le chevalier de Forbin, son cornac. — Vous disiez donc, reprit-il, cher monsieur... monsieur...

— Brand.

— Brand, c'est cela!... Cordonnier, je crois?

— Oui, monsieur.

— Et père de mademoiselle Thérésa?

— Oui, monsieur.

— Vous disiez donc que votre fille a fait une fugue?

— Une fugue? demanda Brand.

— C'est un terme de musique, reprit le jeune homme; cela vient du latin *fuga*, fuite, et se dit par extension des banqueroutiers qui partent pour la frontière et des amoureux qui partent pour Cythère. — Le pauvre père fouillait des yeux tous les coins, interrogeait toutes les portes. — Je vous plains, reprit Fritz; votre douleur me fait mal, ma parole d'honneur!... Je donnerais... n'importe quoi pour avoir enlevé votre fille...

— Je ne comprends pas.

— Car, l'ayant enlevée, je pourrais naturellement vous la rendre et faire un heureux.

— Mais ce n'est donc pas vous...

— Il est si doux de faire des heureux!

— Cependant...

— Voyons, mon brave homme, raisonnons un peu. Il se perd tous les jours beaucoup de choses dans Paris, n'est-ce pas?

— Sans doute.

— On les fait sonner, afficher, tambouriner, on va chez le commisaire de police, on fait sa déclaration à la préfecture, que sais-je, moi!... Mais on n'enfile pas la première porte venue, on ne monte pas chez n'importe qui pour le prendre au collet et le forcer à rendre ce qu'il n'a ni vu, ni pris, ni connu. — Brand le regardait, la bouche ouverte, les yeux égarés, se perdant en mille conjectures et commençant à craindre d'avoir fait une école. — Tenez, poursuivit Fritz, voulez-vous un exemple? J'ai perdu, il y a quelque temps, ma montre dans une bagarre; quand je dis que je l'ai perdue, c'est par euphémisme et dans la crainte d'offenser l'honorable industriel dont j'ai parfaitement senti la main se promener dans ma poche. Eh bien! qu'eussiez vous dit si le lendemain, allant de but en blanc chez monsieur Brand, cordonnier, père de mademoiselle Thérésa, je me fusse jeté à ses pieds en lui criant: Ma montre!... je veux ma montre!

— J'aurais été fort embarrassé, reprit Brand, surtout si j'avais été vu la veille en possession de l'objet volé.

— Ce qui signifie?...

— Que, hier soir, vous avez conduit ma fille au café-concert de la galerie Montpensier.

— Vraiment!...

— Qu'avez-vous à répondre?...

— Comment!... cette jeune personne?... Ah! voilà qui est inouï, par exemple! Oui, en effet, c'est bien de ce nom de Thérésa que je l'ai entendu appeler... Avouez, cher monsieur, que la vie est un tissu de coïncidences bizarres et d'événemens capricieux!...

— Tout cela ne m'explique pas...

— Parbleu! rien de plus simple!... J'ai eu souvent occasion d'aller dans le magasin où travaille mademoiselle votre fille; je lui avais, je crois, adressé deux ou trois fois la parole, comme à ses compagnes. Hier, je la rencontre avec son frère: nous causons peinture, beaux-arts; elle parle musique avec enthousiasme...

— Ma fille touchait du piano, monsieur... quand elle en avait un.

— Je lui en fais mon compliment, reprit Fritz, et à vous aussi... Bref, nous étions à deux pas de chez Darcier, que vous devez connaître.

— Un cordonnier?

— Non, un chanteur.

— Je ne le connais pas.

— Comment peut-on ne pas connaître Darcier?... vous, le père d'une fille à qui il ne manque qu'un piano pour en toucher!... Enfin, n'importe! je propose de monter, on accepte; au bout de quelque temps, monsieur votre fils sort en disant qu'il va revenir... Les heures se passent, les chants s'éteignent, le gaz aussi... pas de jeune homme!... Nous le demandons à tous les échos d'alentour: les échos ne nous répondent pas... J'offre naturellement mon bras à mademoiselle... Chose...

— Thérésa.

— J'oublie toujours ce diable de nom. Arrivés à la rue de Rambuteau, la jeune personne, sous prétexte qu'elle n'est plus qu'à quelques pas de chez elle, me prie de ne pas aller plus loin. J'insiste; elle persévère dans son refus. Entêtement de ma part, obstination de la sienne. « Mademoiselle, je vous en prie! — Monsieur, au nom du ciel! — Quoi! vous voulez?... — Je l'exige! » etc., etc. Après quoi, je lui ai fait une révérence aussi profonde que respectueuse, et suis venu me coucher, non moins digne et impatient de voir l'aurore se lever que le plus vertueux des mortels... Voyons, papa Brand, acheva Fritz en tapant familièrement sur le ventre du bonhomme, je vous en fais juge vous-même: me suis-je conduit là en preux chevalier, et ne trouvez-vous pas que Joseph, Amadis et Galaor n'étaient, en comparaison de moi, que d'affreux séducteurs?

— Je m'y perds, dit le vieillard, étourdi de cette phraséologie qui éclatait à ses oreilles comme le bouquet d'un feu d'artifice.

— Avez-vous déjeuné? demanda Fritz.

— Non, mais je n'ai le cœur à rien.

— Voulez-vous casser une croûte avec moi?

— Vous êtes bien bon, mais...

— Allons, morbleu, de l'énergie! Quand vous vous laisseriez mourir de faim et de soif...

— Ce doit être une vilaine mort, objecta Brand du bout des lèvres.

— Ce n'est pas là ce qui vous fera retrouver votre fille; au contraire. Et puis, voulez-vous que je vous dise, moi, père Brand?

— Dites, monsieur.

— Eh bien! vous me plaisez; votre malheur me touche, et je prétends vous aider dans vos recherches. — Fritz avait donné quelques ordres, et l'on venait de servir à déjeuner dans la chambre même du jeune homme. — Allons, mettez-vous là, mon vieux, reprit l'amphitryon en désignant un siége; voici un petit bourgogne dont vous me direz des nouvelles. — A ce mot de bourgogne, Brand se défendit plus mollement, et finit par céder. — Voyons, reprit Fritz, dressons nos batteries. A votre santé !

— A la vôtre !

— Nous disons donc, des deux choses l'une, ou que votre fille a été enlevée, ou que, de son propre gré, il lui a convenu de ne plus rentrer sous le toit paternel ?

— Oui, monsieur.

— Avait-elle à se plaindre de vous ?

— Non pas, que je sache.

— Vous étiez bon pour elle ?

— Jamais un mot plus haut que l'autre. Elle était la souveraine maîtresse de ses actions.

— Et vous ne vous êtes jamais aperçu d'aucune intrigue, d'aucune amourette qui puisse vous mettre sur la voie ?...

— Jamais !

— C'est singulier... A votre santé !

— A la vôtre !

— Quant à moi, il est bien entendu, n'est-ce pas, que je suis hors de cause ?

— Dame !

— Du reste, cela crève les yeux : je suis rentré hier à mon heure habituelle ; vous m'avez surpris, ce matin, en flagrant délit de solitude et d'innocence... Or, franchement, quand on enlève une jeune fille !... Eh bien ! qu'en dites-vous ?

— De quoi ?

— De ce bourgogne.

Brand leva son verre à la hauteur de l'œil, admira la transparence du liquide, puis, fronçant les lèvres avec une sorte de clapotement dégustateur :

— Crâne vin ! reprit-il.

— Et n'avez-vous personne près de vous, autour de vous, qui ait pu déplaire à mademoiselle Thérésa ?

— Je ne vois que son frère et Julien.

— Qu'est-ce que Julien ?

— Mon ouvrier.

— Quelle espèce d'homme ?

— La crème des hommes.

— Jeune ? vieux ?...

— Entre vingt-cinq et trente.

— Beau ?... laid ?...

— Comme ci, comme ça.., dans votre genre.

— A votre santé !

— A la vôtre !

— Et qui vous dit que ce Julien ?... insinua Fritz en clignant de l'œil.

— Incapable ! C'est laborieux, voyez-vous, c'est loyal, c'est franc comme l'or ! c'est la providence, c'est le soutien de la maison...

— Tout cela n'empêche pas d'être sensible à la beauté. Or, supposons qu'il soit devenu amoureux de mademoiselle Thérésa ; supposons qu'il n'ait pas plu à votre fille ; supposons que, demeurant sous le même toit, il en ait profité pour l'obséder par trop de ses instances et de ses poursuites...

— Vous croyez ? demanda Brand.

— Je ne sais rien, je ne crois rien, je n'affirme rien ; je passe les probabilités en revue, et rien de plus. Supposons enfin que, sachant à quel point cet homme vous est indispensable, elle ait préféré s'exiler elle-même plutôt que de provoquer son renvoi.

Cette fois, Brand tendit spontanément son verre, et ce fut lui qui porta la santé de Fritz.

Le pauvre diable vidait sa raison en même temps que les bouteilles.

En moins d'une heure, grâce aux perfides insinuations de Fritz et aux doux yeux du petit bourgogne, il eut complétement viré de bord.

Julien n'était plus qu'un traître qu'il fallait cravater de chanvre.

Fritz était au contraire digne d'accaparer à lui seul tous les prix de vertu.

Déjà les protestations d'amitié, les hoquets de tendresse, les poignées de mains acharnées, commençaient à s'échanger entre les deux convives, lorsque Henri se présenta tout à coup.

Le rapin avait naturellement profité de l'enlèvement de sa sœur pour tourner le dos à l'atelier. A quelque chose malheur est bon.

Expédié par l'impatient Julien, il venait savoir ce qui pouvait prolonger à ce point la solennelle visite de son père à monsieur Fritz Koffmann.

Henri avait le chapeau sur l'oreille, l'air casseur, la pipe aux lèvres et la main droite dans le gilet, comme il convient au frère offensé d'une sœur compromise.

— Eh bien ! demanda Brand à son fils, quelles nouvelles ?

— Je venais t'en demander, dit Henri.

— Rien, mon garçon, absolument rien ; et à la maison ?

— Pas plus de Thérésa que sur la main.

— Monsieur Henri, dit Fritz au rapin en manière d'épigramme, j'ai bien l'honneur de vous saluer.

— Libre à vous, monsieur, reprit Henri en s'enfonçant plus que jamais le chapeau sur la tête ; mais vous trouverez bon que je ne vous salue à mon tour que lorsque vous m'aurez donné des explications sur la disparition de ma sœur.

— Henri, balbutia Brand, tu as tort.

— Comment, farceur, reprit Fritz, vous nous plantez là au café-concert pour aller je ne sais où ; nous vous attendons pendant deux heures ; vous ne revenez pas ; je me dévoue jusqu'à reconduire mademoiselle Thérésa dans des quartiers sauvages que nulle botte vernie n'a jamais foulés ; elle me congédie sous le prétexte qu'elle est à quelques pas de chez elle et qu'il serait inconvenant qu'on la vît à mon bras... je la crois sur parole, et, parce qu'elle a disparu comme une muscade, c'est moi que vous en faites responsable !...

— Henri, répéta machinalement Brand, tu as tort... tort !...

— Mais, en vérité, continua Fritz, je vous trouve plus beau que nature !... Est-ce que vous m'avez constitué le gardien de votre sœur ? C'est vous qui êtes cause de tout et c'est moi que vous accusez !...

— C'est vrai cela ! reprit Brand, c'est lui que... et c'est toi qui... — Le front nébuleux du rapin se rassérénait peu à peu ; déjà sa pipe lançait moins de foudres, déjà sa pose était moins byronienne, déjà son chapeau ne tenait plus qu'à demi sur les flots capricieux de sa tumultueuse chevelure. Tout faisait présager que *l'honneur serait bientôt satisfait*, comme dans les duels pour rire des lionceaux de l'époque. — Tort !... tort !... répétait Brand, comme s'il se fût agi du banal refrain d'une chanson quelconque.

— Tiens, dit Henri à son père, tu as déjeuné ?

— Un peu que j'ai déjeuné, mon garçon !... et toi ?

Henri guigna la table de cet air des mâchoires sans emploi qu'il vous est sans doute arrivé de voir bâiller d'envie devant l'étalage de Chevet.

— Un couvert pour monsieur ! cria Fritz.

— Si vous m'offrez le sel, reprit le Raphaël en herbe, si vous rompez avec moi le pain de l'hospitalité, il est évident que vous êtes un ami.

— Oui, ajouta Brand en donnant un formidable coup de poing sur la table, un ami !... un vrai ami !... l'ami des amis !... Mais si je tiens jamais ce gueux de Julien !...

— Quel gueux de Julien ! demanda Henri à mille lieues de la démonétisation subite du sauveur de la famille.

— Je m'entends, reprit le vieillard ; il me semble, d'ailleurs, que nous n'en connaissons pas trente-six.

— Quoi ! notre Julien à nous ?

Fritz fit un de ces signes mystérieusement affirmatifs qui attisent le feu sous les apparences de vouloir l'éteindre.

— Quand je pense, reprit Brand, que c'est lui qui m'a

excité à venir faire une scène à ce brave jeune homme! — Et il serrait la main du Koffmann à lui broyer les phalanges. — C'est lui, — continua le vin, car c'était le vin qui parlait, — c'est lui dont les poursuites criminelles ont forcé Thérésa à fuir la maison... Un beau museau, ma foi! pour enjôler une fille!

Henri écarquillait des regards stupéfaits et tombait des nues.

— Mais je pense à une chose, reprit traîtreusement Fritz. Qui nous dit que ce n'est pas Julien lui-même qui a enlevé mademoiselle Thérésa, bien malgré elle, sans doute? L'amour, la jalousie, les dédains dont ils sont l'objet poussent souvent les hommes de cette trempe commune aux extrémités les plus révoltantes.

— Ce doit être lui! hurla Brand, qui cette fois ébranla la table de façon à mettre en purée les bouteilles et les verres.

— Ce qui prouve qu'il a fait le coup, poursuivit Fritz, c'est qu'il a voulu m'en faire endosser la responsabilité. Après tout, c'est une tactique comme une autre, et je suis forcé d'avouer que, à son point de vue, il n'a pas eu tort.

Tant d'horreurs étaient bien faites pour prendre Brand à la gorge et lui inspirer la furieuse envie de se désaltérer.

— A la vôtre! dit-il en trinquant dans le vide.

Henri avait à rattraper son père et Fritz. Aussi avalait-il triples rasades et doubles bouchées; et telle est l'influence de l'estomac sur la raison, si persuasive est la faconde des bons morceaux et des vins généreux que, chez le rapin, l'étonnement eut bientôt fait place au doute, et le doute à la persuasion.

— Bon! s'écria-t-il, le jour commence à se faire dans ma nuit; je m'explique tout maintenant. Je me disais aussi: Mais pourquoi ce diable de Julien s'occupe-t-il tant de ma sœur? pourquoi me rabâche-t-il constamment je ne sais quelles sornettes sur son compte?

— Histoire de vous donner le change, insinua le Koffmann.

— Ainsi, à l'en croire, Thérésa était en butte aux machinations de je ne sais quel séducteur.

— Histoire de te donner le change, répéta Brand, désormais incapable d'avoir à lui seul une idée entière.

— Il m'engageait même à la suivre, à l'espionner.

— Le fourbe! interrompit Fritz.

— Il me faisait négliger l'atelier, interrompre mes travaux; il sera causé que je n'exposerai pas cette année.

— Ce sera une grande perte pour les arts, dit sérieusement Fritz.

— Pour les arts, confirma Brand.

— Hier soir, poursuivit Henri, lorsque j'ai eu l'air de vous rencontrer par hasard, c'était à son instigation.

— Fritz comprit que là était la pierre d'achoppement de la situation.

— J'ai déjà eu l'honneur d'expliquer à monsieur votre père,... reprit-il.

— Oui, répéta Brand, il m'a tout expliqué; c'est un brave! C'est corsé, c'est naturel, c'est franc de collier! pas de mélange!... et quel fumet!...

Et l'ivrogne, amalgamant l'amphitryon et son vin, but une nouvelle rasade, dont son gilet absorba la moitié.

— Du moment que mon père est satisfait, reprit le rapin, je dois l'être aussi. Avez-vous des cigares?

Fritz décoiffa une caisse de panatellas qu'il poussa vers Henri, dont l'enthousiasme alla jusqu'à s'en bourrer les poches.

— J'aime mieux le *caporal*, dit Brand, qui, sous le prétexte fallacieux d'allumer son tabac, mettait le feu à côté de sa pipe et fumait de confiance.

— Résumons-nous, dit Fritz. Mademoiselle Thérésa a disparu, donc elle a été enlevée.

— C'est clair comme le jour.

— Donc il y a un ravisseur...

— Et le ravisseur ne peut être que Julien, acheva Henri; cela crève les yeux.

— Donc, reprit Brand, il faut que je lui casse quelque chose.

— Donc, ajouta le rapin, je ne puis me dispenser de le démolir.

Au moment même où ce formidable orage éclatait sur la tête de Julien, la porte s'ouvrit et l'ouvrier parut.

Il s'arrêta un instant sur le seuil, grave, sévère, jetant de douloureux regards sur ce triumvirat dont l'alliance venait de se sceller dans le mensonge et dans le vin.

Figurez-vous l'un des pères conscrits campés aux deux coins de l'*Orgie romaine* de Couture, et faisant au tableau bachique le cadre austère que vous savez.

De même que Henri était venu savoir ce qui retenait Brand chez Koffmann, Julien venait maintenant savoir ce qui retenait si longtemps le fils à la recherche de son père.

Il s'était attendu à voir des ennemis en présence, échangeant des insultes, des menaces, des horions peut-être, et cette crainte, plus encore que l'impatience, avait déterminé son intervention.

Il se trouvait au contraire que les adversaires étaient devenus les trois doigts de la main, et que la plus touchante union régnait entre eux.

Que voulez-vous! ce n'est pas de notre histoire que les méchans l'ont emporté sur les bons et que l'on s'est fatigué d'entendre appeler le *Juste* Aristide ou Cimon.

A la vue de Julien, Brand fut pris d'un paroxysme de rage et d'ivresse. Il voulut se lever, mais ses jambes lui disaient adieu.

— Tiens, balbutia-t-il, où sont mes quilles?

Et tout ce qu'il put faire fut de brandir un bras menaçant.

Heureusement pour Julien que ce bras n'était pas chargé.

Henri, lui, moins ému que son père, comparait sa maigreur parisienne avec la carrure de l'ouvrier et tenait prudemment sa colère en laisse. S'il avait un instant parlé de démolir Julien, ce ne pouvait être qu'en effigie, et parce que Julien ne se trouvait pas là pour s'y opposer.

Quant à Fritz, l'instinct lui disait que ce n'était plus là la même pâte molle et ductile des deux Brand, et que ce gaillard lui donnerait à lui seul plus de fil à retordre que toute la famille.

Il essaya cependant de le prendre à la glu de son petit bourgogne. Mais Julien ne daigna pas même répondre à son offre.

— Comment! dit-il en allant droit à Brand et en pointant son index sur Fritz, vous vous asseyez à la table de cet homme?...

Fritz arbora son plus grand air:

— De quel homme voulez-vous parler? demanda-t-il.

L'ouvrier l'écrasa du regard.

Puis, revenant à Brand et à Henri:

— Le Christ serre la main de Judas! reprit-il; la victime embrasse l'assassin!... Mais vous n'avez donc plus ni respect de vous-même, ni cœur, ni raison, ni rien?

Brand put s'accrocher au collet de Julien, et, le secouant des deux bras:

— Ma fille! cria-t-il; je veux ma fille!... gueux! scélérat! fourbe! ravisseur!... Qu'on fasse venir les gendarmes, le commissaire, la justice, tout le tremblement!

— Revenez à vous, disait l'ouvrier; vous me prenez pour l'autre... je suis Julien...

— Précisément, monsieur, reprit Fritz, la Providence a voulu que vous tombassiez vous-même dans le piége habile que vous m'aviez tendu.

— Dans le piége que je vous ai tendu, moi!

— Nous savons tout! dit le rapin.

— Tout? répéta Julien stupéfait.

— Pas davantage, mon bon!

— Oui, monsieur, continua Fritz d'un ton de père noble gourmandant son coquin de fils, nous savons que vous aimez mademoiselle Thérésa.

— Je ne le lui ai jamais avoué, reprit vivement Julien.

— Vous ne vous doutez pas d'une chose, monsieur : c'est qu'en prétendant que vous ne le lui avez jamais avoué, vous trahissez vous-même votre amour.

— Te voilà pris, dit le rapin.

— Et quand je l'aimerais, reprit Julien, où serait le mal, pourvu que je ne me sois jamais écarté des bornes du respect que je lui dois et que mon affection ne se soit jamais traduite que par le dévouement le plus humble et le désintéressement plus complet?

— Voilà où nous ne sommes plus d'accord, monsieur.

— Oui, ajouta le rapin, voilà où notre opinion diffère de la tienne.

— Premier crû de Bourgogne! grommela Brand, dont la tête vacillait de l'une à l'autre épaule, comme un battant de cloche.

— Donc, reprit Fritz, vous aimez mademoiselle Brand. Ce premier fait est acquis de votre propre aveu. Maintenant, de deux choses l'une : ou vous l'avez exaspérée par vos poursuites, à ce point qu'elle a fui pour s'y soustraire, ou vous l'avez enlevée et sequestrée quelque part.

— Voilà qui est trop fort! s'écria Julien abasourdi par l'énormité de cette accusation.

— Te rappelles-tu ce que tu me disais hier à propos des devoirs qu'un frère contracte envers sa sœur?

— Eh bien! demanda Julien.

— Eh bien! poursuivit Henri d'un air matamore et en s'approchant de l'ouvrier, sous le menton duquel il brandissait son poing; eh bien! moi qui suis le frère de Thérésa, moi, le chef de la famille pendant que le père est absent pour cause de bourgogne, je vais te dire une chose : à savoir que, si tu ne m'avoues pas de bonne grâce et à l'instant ce qui en est, je vais être forcé de changer de gamme et de t'administrer des argumens... solides, qui finiront par te convaincre.

Julien fit, d'une chiquenaude, pirouetter le rapin sur lui-même.

— Toi et ton père, reprit-il, je vous mets hors de cause, et je vous pardonne... vous êtes de tristes sires qu'il faut prendre en pitié; demain, d'ailleurs, la raison vous sera revenue, et vous serez bien assez honteux comme cela de l'injustice et de la bêtise de vos soupçons... Mais, quant à cet homme, c'est autre chose, la partie est désormais entre lui et moi.

— Toute adresse à part, mon garçon, reprit Fritz, c'est réellement très aimable à vous d'avoir songé à moi pour endosser vos petites peccadilles.

— Il est encore un peu tôt pour m'adresser vos remercîmens, reprit l'ouvrier; attendez quelques jours, et vous jugerez alors de toute l'étendue des droits que je vais acquérir à votre reconnaissance.

Et il sortit de ce pas calme, fort et résolu de l'homme qui marche dans les voies droites et bénies d'avance par celui qui voit tout et que l'écorce des choses n'a jamais trompé.

— Si je ne m'étais pas retenu!... s'écria le rapin dès que l'ouvrier fut parti.

— Êtes-vous sûr maintenant que c'est lui le coupable? demanda Fritz.

— Parbleu!

— Il l'a presque avoué.

— Ma foi! à peu de chose près. Si nous allions faire une partie de billard?

— Volontiers.

— Êtes-vous fort, vous?

— Comme tout le monde.

— En ce cas, je vous rendrai des points.

— Vous pratiquez donc beaucoup?

— Depuis que je vais à l'atelier.

— Atelier de billard?

— Non, de peinture.

— Je ne comprends pas trop...

— C'est cependant bien simple : l'exercice du billard développe l'agilité des muscles, n'est-ce pas?

— Peut-être bien.

— L'agilité des muscles donne de l'élasticité au poignet.

— Sans doute; c'est absolument comme si vous disiez que la prudence est la mère de la circonspection.

— L'élasticité du poignet donne une touche légère, délicate, vaporeuse... d'où je conclus que le carambolage et les effets de queue sont les premiers élémens de la peinture.

— Soit. Ah çà! et votre père?

— Le plus simple est de le laisser là, sur la table... en attendant qu'il soit dessous... nous le reprendrons tout à l'heure.

VIII

MADAME VAUGELAS.

Fritz avait donc conduit sa conquête à Auteuil, dans une maison meublée de bonne tenue et d'encolure honnête, où il avait, à l'avance, loué un modeste appartement.

Fritz ne faisait jamais rien que modestement; la modestie était sa passion, sa vertu, son essence, surtout lorsqu'il s'agissait de délier les cordons trop bien noués de sa bourse; il tenait cela de famille.

Ensuite Thérésa ne sortait-elle pas d'une espèce de taudis, si bien qu'une transition trop brusque aurait pu produire sur elle de funestes résultats.

Il faut aimer les gens pour eux-mêmes et savoir leur épargner les émotions trop fortes.

Thérésa installée, Fritz, trop calculateur pour ne pas savoir attendre l'heure du berger, lui avait mis un baiser sur le front et s'en était honnêtement retourné chez lui, où nous avons vu que Brand, puis Henri et Julien, l'avaient trouvé, le lendemain, sous toutes les apparences de la candeur.

Le monde de pensées qui avait envahi la pauvre fille lorsqu'elle s'était trouvée seule, la nuit, dans cette chambre inconnue; ses souvenirs d'enfance, le chaste petit lit que bordait sa mère autrefois, la bénédiction du soir formulée sur son front, la branche de buis bénit pendue à son chevet; ses espoirs, ses défaillances, ses doutes; ses déterminations prises, abandonnées, reprises, de fuir et de retourner seule à Paris; le sang fiévreux qui courut par ses veines, le glas que sonnèrent ses tempes; les successives intuitions qu'elle eut d'un avenir tantôt radieux, tantôt misérable; la bataille de son cœur et de sa raison; ce qui, en cette heure solennelle, s'épancha de ses lèvres et grisa son cerveau; ses génuflexions, ses prières, suivies de frissons : tout cela fut entre elle et Dieu un mystère que nous n'essayerons même pas de pénétrer.

Nous ne dirons pas davantage de combien de fenêtres était percée la maison, ni de quelle carrière sortaient les moellons dont elle fut bâtie, ni mille autres choses aussi intéressantes que celles-là; toutefois, les murs étaient blancs, les persiennes vertes, ce qui réjouit l'œil, n'est-ce pas? et l'appartement de Thérésa donnait sur un jardin, dont rien ne m'empêcherait de faire poétiquement grimper le lierre, le chèvrefeuille et les liserons jusqu'à la croisée de notre héroïne.

Lorsque le lendemain, au petit jour, la jeune fille se réveilla du cauchemar qui lui avait tenu lieu de sommeil, la nature, peu soucieuse des gens qui pleurent ou qui rient, se donnait à elle-même une de ces fêtes du matin dont nul intendant des menus jetant à pleines mains millions n'est jamais parvenu à réjouir l'œil blasé des Louis XIV.

Le soleil dardait ses premiers rayons; les bouvreuils se gazouillaient de jolies petites choses dans le discret feuillage; les fleurs rouvraient leur calice et répandaient dans l'air la fraîche étrenne de leur parfum virginal; des gouttes de diamant tremblaient sur l'émeraude des buissons... Il ne manquait que le ruisseau, dont nous voudrions vainement faire rimer le doux murmure avec quelque chose comme *ceinture*, *frisure* ou *verdure*.

Le premier mouvement de Thérésa fut de jeter autour d'elle des regards ébahis, de fouiller sa mémoire rebelle et de se demander où elle était.

Puis, de même que les regards s'acclimatent graduellement à l'obscurité, la conscience des événemens de la veille lui revint peu à peu.

Les bouffées d'air pur, la sérénité du ciel, le calme de la campagne, la nouveauté des aspects, la pensée que Fritz allait venir, qu'il lui apporterait sans doute quelques robes, car elle n'avait rien emporté de chez elle; les nuances dont seraient ces robes, la question de savoir si elle les ferait faire à volans, si elle adopterait le corsage comme ceci et les manches comme cela, toutes ces choses importantes la soulagèrent un peu et semèrent quelques roses parmi ses soucis.

Ensuite elle daigna songer à l'inquiétude qui devait dévorer son père, et elle allait sonner pour demander de quoi lui écrire, lorsqu'on frappa discrètement deux coups à sa porte.

— Serait-ce déjà lui? pensa-t-elle.

Et elle courut ouvrir le verrou dont toute fille prudente et enlevée a naturellement le droit de protéger sa vertu.

Au lieu de *lui*, c'était la maîtresse de la maison, madame Vaugelas, qui venait gentiment et discrètement, la bouche en cœur et sur la pointe des pieds, s'informer de la santé de sa nouvelle locataire.

Il est superflu d'ajouter qu'elle s'informerait de beaucoup d'autres choses encore si elle en trouvait l'occasion.

Madame Vaugelas continuait à avoir quarante-cinq ans depuis six à sept ans. Le temps, qui ne s'arrête guère, s'était arrêté pour elle.

C'était une petite femme dodue, grassouillette, essoufflée, haute en couleur, habituellement très sanglée dans des robes de soie sombre, — le sombre amincit, — et dont les pieds, les mains, les mentons, le corsage, étaient à l'état de pelotes indisciplinées qui se permettaient de franchir leur enceinte naturelle et de vagabonder çà et là dans le voisinage.

Elle se coiffait en *repentirs*, soit dit sans allusion ni méchanceté, et ses bonnets se trahissaient habituellement de loin par d'énormes coques orange ou ponceau.

Elle marchait magistralement, la tête en arrière, la poitrine effacée, et de telle sorte que, vue de dos, elle paraissait porter un éventaire. Elle ne portait pourtant que son ventre, étayé, sanglé, bastionné par des chefs-d'œuvre de mécanique et de serrurerie qui prouvent que l'art des fortifications n'a pas laissé de progresser beaucoup depuis Cohorn et Vauban.

C'était une insoluble question que de savoir de quoi pouvait la garantir le tablier de satin, grand comme rien, qui se perdait dans l'envergure de sa jupe comme un point dans l'espace.

Madame Vaugelas avait été à la tête d'un magasin de mercerie, rue Saint-Denis ou ailleurs, peu importe, pendant une dizaine d'années de sa vie. C'est là que la nécessité d'expliquer aux chalands ce qu'ils veulent, de sonder leurs désirs, de leur donner envie de ce qu'ils ne veulent pas, avait commencé à délier sa langue, fort disposée d'ailleurs à ne pas rester inactive. C'est là qu'elle s'était acquis une physionomie d'une mimique merveilleuse, que tout en elle avait appris à sourire, que sa voix était devenue douce et pateline, jetant à la pratique ce charme commercial, cet hameçon friand auquel on finit toujours par se laisser prendre.

Ficeler, déficeler, reficeler des paquets, payer et recevoir, harceler les commis, faire des inventaires, vérifier des factures, aller et venir sans cesse d'une cabane grillée appelée caisse à une arrière-boutique sans air, tels avaient été les divertissemens de fourmi, l'éternelle rotation de l'écureuil dans son tambour, à la monotonie desquels la première moitié de sa vie s'était atrophiée.

Aussi madame Vaugelas n'était-elle pas alors la boule de chair que vous savez; sèche, jaune, filandreuse, endurcie aux privations et au travail, capable de fouiller toute la France pour y trouver un sou de bénéfice sur un article, la pensée d'amasser une petite fortune et de vivre un jour de ses rentes avait été le piston qui faisait jouer cette machine et lui communiquait une épouvantable ardeur.

Lorsque sonna cette heure fortunée de sortir de sa chrysalide et de se faire papillon, madame Vaugelas accusait trente-cinq ans. C'était peut-être un peu tard pour prendre des ailes; mais, en général, plus les femmes pèsent au physique, plus elles affectent volontiers des airs de sylphide et de légèreté.

Elle avait alors réalisé ses rêves, et s'était meublé un joli petit appartement plein de choses d'acajou et de casimir amarante.

La première année de sa liberté avait été entièrement absorbée par les délibérations, les choix, la surveillance des ouvriers, les étonnemens de tous genres, les extases de se voir dans un nid si doux, si chaud, si coquet, après avoir perché toute sa vie à des hauteurs alpestres et dans des mansardes presque nues.

Les promenades, les monumens, les excursions hors de Paris, quelque dîners fins, les mélodrames du boulevard, avaient encore jeté quelques charmes sur la seconde année.

Puis tout à coup de sombres tristesses, d'inexplicables dégoûts, de soudaines colères contre la félonie des hommes en général, et sans doute contre celle de *quelqu'un* en particulier, étaient venues l'envahir. Paris, le bruit, le monde lui pesaient. Ajoutez que le repos devient bientôt à charge à ceux dont l'existence fut toujours active, et que tel pharmacien retiré, désorienté, ennuyé, va parfois demander en grâce à son successeur de lui laisser piler n'importe quoi dans un mortier quelconque; si bien que madame Vaugelas avait fini par acheter, à Auteuil, l'espèce de pension bourgeoise où nous la trouvons aujourd'hui.

Ce n'était pas que là ses occupations fussent bien dévorantes et sa vie bien accidentée; mais cela rentrait dans les niaiseries, dans les infiniment petits, dans les œufs de ciron pesés sur des balances de toile d'araignée, et rien n'allait mieux à sa nature de mouche du coche et de tatillon.

Se lever, s'habiller, se lacer, — travail d'Hercule! — s'examiner la figure, s'entretenir avec la femme de chambre des changemens qu'elle croyait y voir, aller au jardin regarder si les fleurs poussaient; discuter le menu avec la cuisinière, récriminer contre tel plat de la veille trop ou pas assez cuit, interdire toute danse profane aux anses du panier, observer la menuiserie de la maison: avait-elle joué? le tassement n'avait-il rien fendillé, les peintures se soutenaient-elles? soigner une poule malade, se plaindre d'un rhumatisme, combattre l'humidité, interroger le baromètre; étudier les allées et venues des pensionnaires, analyser leur garde-robe, déchiffrer leur position sociale... il n'en fallait certainement pas davantage pour remplir son existence.

Des aventures galantes de madame Vaugelas, des meurtrissures de son cœur, nous ne savons rien, si ce n'est que, sans avoir jamais eu ni frère, ni sœur, ni mari, elle avait néanmoins une nièce de dix-sept à dix-huit ans, laquelle était en apprentissage à Paris, dans une maison de modes, où nous l'avons entrevue déjà sous le nom de Zoé.

Mademoiselle Zoé venait chaque quinzaine, le dimanche, humer la fraîcheur des champs et récolter les tendresses de sa *tante*.

Madame Vaugelas avait naturellement commencé par s'appeler mademoiselle; puis, peu à peu, sans trop savoir comment, de même que les traditions disparaissent ou que les royaumes s'écroulent, le mot s'en était allé en désuétude et personne ne s'en était plaint.

D'ailleurs, à part la circonstance aggravante de nièce apocryphe, n'est-il pas, à une certaine époque, aussi impossible de s'appeler mademoiselle que d'avoir nom Rose, Blanche ou Léonie?

Somme toute, madame Vaugelas était une assez bonne femme, en comparaison de beaucoup d'autres qui le sont moins. Son côté vulnérable était d'avoir eu foi en un locataire facétieux qui lui avait persuadé qu'elle descendait de l'académicien Vaugelas, puriste célèbre, comme chacun sait; si bien que depuis, et pour justifier son nom, elle se livrait avec une désastreuse audace aux fioritures de langage les plus saugrenues.

— Madame a sonné, je crois? demanda la Vaugelas, qui fit tourner le pène avec la discrétion d'une souris entrant dans un fromage.

— Non, madame, reprit Thérésa, mais j'allais le faire.

— En ce cas, cela se trouve à merveille; c'est réellement une chose fort curieuse que les pressentimens... j'en ai eu toute ma vie et à propos de tout... Ainsi, je ne sais quoi m'entraînait vers vous, mais j'aurais parié...

— C'est pousser la prévenance...

— Et madame a bien passé cette première nuit dans son appartement? Vous savez... quand on sort de ses habitudes... Mais la situation est ravissante, l'air y est pur, et si madame vient ici pour sa santé... Je dis madame, bien que certainement, à en juger par l'âge et l'apparence...

Le plus franc des moineaux saute moins vite de branche en branche que ne voltigeait madame Vaugelas de questions inachevées en phrases décousues. Toutes ces insinuations restaient pour ainsi dire une jambe en l'air, sans jamais réussir à retomber sur les deux pieds.

— Je voudrais ce qu'il faut pour écrire? demanda Thérésa.

— Comment donc! mais à l'instant. — Puis, jetant par l'appartement mille regards en un seul : — Au fait, vous n'avez rien ici, pas même les objets de toilette les plus indispensables, reprit madame Vaugelas.

— J'attends mes malles, répondit Thérésa.

— Oui, je sais, monsieur le vicomte m'a dit...

— Quel vicomte? demanda la jeune fille.

— Monsieur le vicomte Octave, qui a loué pour madame et l'a amenée hier soir.

Sans trop rien comprendre à ce mensonge, sans trop même savoir si ce mensonge n'était pas la vérité et si Fritz ne l'avait pas trompée sur son vrai nom, Thérésa comprit qu'elle devait faire semblant de savoir.

— C'est juste, reprit-elle; mais je tiens si peu aux titres que je les oublie volontiers.

— Et madame a mille fois raison. La vraie noblesse est celle qui résulte d'un beau caractère ou d'un grand talent; ainsi, moi qui vous parle, madame, je descends du fameux Favre de Vaugelas.

— Vraiment?

— Que madame connaît sans doute de réputation? — Thérésa, pour complaire à son hôtesse, fit semblant de chercher dans sa mémoire, où elle ne trouva rien. — C'est à lui que l'on doit la langue française, poursuivit l'ex-mercière.

— En effet, je crois me rappeler... il y a longtemps de cela, madame.

— J'ai été plus d'une fois bercée sur les genoux de ce savantissime, mais j'étais si jeune...

Il y a plus de deux cents ans que l'acharné grammairien a dit : « Je *vais* ou je *vas* mourir, » et qu'il a fait comme il disait; mais madame Vaugelas n'y regardait pas de si près.

— Et avant cela, madame, reprit Thérésa, quelle langue parlait-on?

— Des horreurs, ma chère! des rognures de ci et de là, des *embrouillamini* dont vous ne vous faites pas idée! pas d'accord en rien!

— Tandis que, aujourd'hui...

— Tout s'accorde, que c'est une jubilation. Les substantifs, les adjectifs, les adverbes vivent dans une entente des plus cordiales et sous une discipline parfaite... sauf quelques cas de rébellion : il y a des mauvais sujets partout. Mais que disais-je donc?... Ah! oui... que monsieur le vicomte m'avait annoncé l'arrivée de sa sœur... — Thérésa ne répondit rien. — Ou de sa cousine... — Même silence. — Ou de... j'ai si peu de mémoire! je ne me rappelle qu'une chose : c'est que madame arrive d'Angleterre, je crois... est-ce bien d'Angleterre? ou d'Irlande? ou de Saint-Pétersbourg?

Thérésa avait plusieurs motifs pour se taire : d'abord la crainte de se trouver en contradiction avec Fritz; ensuite la répulsion instinctive et la vague défiance que lui inspirait cet échafaudage de faussetés sur lequel il allait falloir, bon gré, mal gré, se tenir en équilibre.

A peine avait-elle fait un pas dans la fausse route, qu'elle se trouvait déjà, forcément et en toutes choses, la complice de Fritz.

— Quand part le courrier? demanda-t-elle, pour rappeler poliment à son hôtesse qu'elle avait une lettre à écrire.

— Mille pardons! s'écria madame Vaugelas; j'ai une vraie tête de linotte... je vais, je cours... A propos, madame sait que si elle avait besoin de quelque chose...

— Vous êtes bien bonne.

— Je puis dire sans vanité que c'est ici la maison du bon Dieu; c'est une justice que m'ont toujours rendue mes pensionnaires...

— Il n'en est pas moins bien difficile d'avoir de l'encre et du papier, pensa Thérésa.

— Et avec cela, poursuivit l'éternelle bavarde, jamais de curiosité inquiète, jamais de question déplacée... Telle que vous me voyez, j'ai en horreur les cancans; mon principe est que chacun a bien assez de ses affaires sans s'occuper de celles des autres... Et pourtant j'en ai bien vu, allez, et de toutes les couleurs! Pensez donc, une maison garnie, c'est comme une lanterne magique où le monde défile tour à tour.

— Quelle heure? demanda Thérésa, dans l'espoir d'opposer une digue à ce torrent.

— Dix heures, madame. Ah! si je voulais parler!... Rien que cet appartement où vous êtes en a vu de quoi défrayer toute la carrière d'un romancier. Après cela vous me direz que c'est toujours la même histoire, ou à peu près : des hommes qui n'aiment la même femme que pendant vingt-quatre heures; des femmes dont l'amour dure toute une semaine, ce qui fait qu'elles ont généralement six jours sur sept à regretter et à gémir.

— Les communications entre Auteuil et Paris doivent être fréquentes? demanda la jeune fille, qui retournait à ses moutons par tous les chemins possibles.

— Très fréquentes, madame. — Puis madame Vaugelas exhuma des profondeurs de sa poitrine un soupir qui parut sortir d'un soufflet de forge, et, roulant des yeux attendris bordés d'écarlate : — Notre pierre d'achoppement à toutes, reprit-elle, l'éternel malheur de la femme, c'est la sensibilité exquise dont nous sommes douées. Les hommes vont en conquête au grand galop et en bottes fortes, comme un escadron de cosaques dévastant une terre ennemie... ils oublient que nous sommes des sensitives, et piétinent sur nos pauvres cœurs comme sur de l'asphalte.

Cette âme méconnue, ce bastion en ruines, cette sensitive de cent cinquante kilogrammes, était assurément fort drôle à voir et à entendre. Mais la préoccupation de Thérésa était ailleurs.

— Mes malles n'arrivent pas, reprit-elle.

— Hélas! poursuivit madame Vaugelas sans s'arrêter à cette interruption, tant sa langue allait maintenant bride abattue : hélas! c'est un secret que je garde à double tour, mais que je veux vous dire, car je me sens attirée vers vous.

Madame Vaugelas se sentait toujours attirée vers ses nouvelles locataires : d'abord parce qu'elles étaient nouvelles ; ensuite parce que, semant une confidence, elle espérait en récolter plusieurs.

— Cette grosse dondon m'attaque les nerfs, pensa Thérésa ; et Fritz qui ne vient pas !

— Oui, reprit madame Vaugelas, j'ai été bien piétinée, bien tourmentée, bien trompée, bien martyrisée ! mes yeux se sont usés à pleurer...

— Ils sont assez rouges pour cela, se dit Thérésa.

— J'ai servi de cible à la douleur... Si vous m'aviez vue dépérir ! toute autre femme n'y aurait pas résisté.

— On ne s'en douterait pas aujourd'hui, reprit naïvement la jeune fille.

— Ceci est un effet de ma volonté et de mon énergie, chère madame. Je n'ai pas voulu que le monde contemplât mon désastre et jouît de mes larmes. Je me suis dit : Engraissons, ne fût-ce que pour lui donner le change.

— Et elle a furieusement réussi, pensa Thérésa.

— Or, chère madame, ayant beaucoup éprouvé et beaucoup vu, je suis naturellement compatissante et de bon conseil.

— Bavarde surtout, se dit la jeune fille.

— Quand je vois une jeunesse comme vous, cela me rappelle mes dix-huit ans...

— Quelle mémoire ! se dit Thérésa.

— Je ne sais quel esprit de corps ou de représailles me pousse alors à me mettre de son bord, et à me liguer avec elle contre l'ennemi commun.

— De quel ennemi voulez-vous donc parler, madame ?

— Charmante candeur ! s'écria madame Vaugelas ; voilà pourtant comme j'étais ! L'ennemi commun, chère enfant, c'est l'homme, c'est cet abominable serpent qui a propagé la pomme à ce point que la terre a fini par se couvrir de pommiers.

— Je croyais que la seule Normandie...

— Le monde n'est plus qu'une vaste Normandie, mon cher cœur. Il va de soi que je ne dis pas cela pour vous ni pour monsieur le vicomte Octave, votre frère... votre cousin, veux-je dire... A propos, savez-vous que, pour une Irlandaise, vous n'avez pas dû tout l'accent anglais ? Il est vrai que si madame arrive de Russie... Je ne sais comment ils font leur compte, mais tous les Russes parlent admirablement le français.

Repoussée avec perte, madame Vaugelas lançait naturellement quelques flèches aiguës dans le camp qu'elle n'avait pu forcer.

— Madame n'a peut-être pas de papier chez elle ? reprit Thérésa. Dans ce cas, ne pourrais-je envoyer la bonne ?

— Il y a ici de tout, reprit solennellement l'ex-mercière en se dirigeant cette fois vers la porte ; et si j'avais pu prévoir que madame fût si pressée...

Enfin Thérésa put écrire à Brand le billet que voici :

« Rassurez-vous, mon père ; je commençais à craindre que le bonheur ne m'eût oubliée, mais voici qu'il s'occupe de moi, et de vous par ricochet. Un homme honorable, et que vous connaîtrez bientôt, a mis à mes pieds sa fortune et son nom. Notre mariage se trouve différé par un obstacle qu'il s'occupe d'aplanir. J'ai dû, d'ici là, faire aux convenances le sacrifice de vous quitter, et m'imposer une retraite absolue mieux en rapport avec la nouvelle destinée qui m'est faite.

» Votre affectionnée,

» THÉRÉSA. »

Ce n'était ni bien expansif, ni bien filial, ni bien tendre ; mais c'était tout ce que pouvait inspirer sa tiède affection pour le semblant de père qu'elle avait.

Cependant le temps passait et Fritz ne venait pas.

A onze heures, lorsque sonna la cloche qui annonçait le déjeuner, Thérésa déclara qu'elle n'avait pas faim.

C'était dans l'ordre : le cœur et l'estomac sont de mauvais voisins.

Puis elle fut tristement s'asseoir, un livre à la main, sous un maigre berceau de clématites et de jasmins d'Espagne.

En face était une statue quelconque en plâtre colorié.

Non loin murmurait un jet d'eau qui ressemblait à un bout de fil.

Quant à son livre, vous lui en eussiez demandé le titre qu'elle n'aurait seulement pas pu le dire.

Dans l'après-midi, elle grignota une tartine de confitures, sous le prétexte de tromper son impatience et de tuer le temps.

Déjà cet inconcevable retard de Fritz prenait à ses yeux les proportions d'un lâche abandon. Elle ne pouvait en effet deviner qu'il était en ce moment même aux prises avec l'ivresse de Brand, les carambolages du rapin et la juste indignation de Julien.

Pauvre jeune fille ! le seuil du désordre est ordinairement jonché de fleurs, les bords de la coupe empoisonnée sont enduits d'un miel attrayant ; toutes sortes de prismes et de mirages cachent le précipice où l'on roule si mollement, qu'il est bien excusable de prendre l'enfer pour le ciel et de confondre l'ivresse d'un jour avec ce mythe extravagant qu'on nomme le bonheur parfait.

Pour elle, au contraire, le vice semblait ôter providentiellement son fard et montrer ses rides.

Mais montrez-moi une jeune fille sans guide qui se soit jamais arrêtée sur la pente de la séduction, si ardue que fût cette pente.

Vers le soir, madame Vaugelas cria d'une voix sardonique :

— Les malles de madame !

Or, ces malles consistaient en une caisse de modeste apparence, où Fritz avait réuni à la hâte quelques menus objets de première nécessité.

Cette voix sardonique était une seconde flèche que l'exmercière lançait dans le camp de Thérésa.

Ce n'eût rien été pour toute autre que cette caisse exiguë et mal fournie, mais c'était beaucoup pour Thérésa qui n'avait rien.

Trois lignes accompagnaient cet envoi.

Fritz, sans plus de détails, s'y excusait de ne pouvoir venir, et promettait sa visite pour le lendemain.

Ce n'était pas une guérison complète, mais cela équivalait à un calmant appliqué sur les inquiétudes de la jeune fille.

Sans compter que ses colifichets l'occupèrent pendant deux heures, et qu'elle eut l'agrément de rouler ses cheveux dans une ravissante cornette de nuit bordée de valenciennes.

Il y avait si longtemps que cela ne lui était arrivé !

IX

REPOUSSÉ AVEC PERTE.

Fritz vint le lendemain, selon sa promesse.

— Madame, voici monsieur le vicomte ! s'écria madame Vaugelas, du plus loin qu'elle aperçut le jeune homme.

C'était une nouvelle égratignure qu'elle infligeait à sa pensionnaire.

Thérésa accourut toute joyeuse, tendit le front aux lèvres de son *fiancé*, et tous deux furent s'asseoir au fond du jardin, aussi loin que possible des oreilles affriandées de l'ex-mercière.

— Enfin ! dit la jeune fille.

Fritz raconta comme quoi il avait passé la journée de la veille à conquérir Brand et son fils, sans toutefois trahir son secret qu'il n'était pas encore opportun de dévoiler. Julien seul lui paraissait redoutable. C'était, disait-il, un limier de la pire espèce, un ours mal léché qu'il n'avait pu ni séduire ni convaincre.

— Ce rustre-là, poursuivit Koffmann, va s'attacher à mes pas, et c'est fort ennuyeux; figurez-vous que, ce matin, au moment où je sortais de chez moi, je l'ai aperçu montant la garde au coin de la rue. Dès qu'il m'a vu, il s'est caché je ne sais où, mais pas assez vite pour échapper à mes yeux de lynx; aux boulevards, j'ai pris une voiture, et je croyais bien m'être débarrassé de lui, lorsqu'il s'est tout à coup présenté, en même temps que moi, au guichet du chemin de fer d'Auteuil, où j'allais prendre un billet. Ce n'est pas très fort de combinaison, mais enfin...

— Il est donc sur mes traces ?...

— Oh ! que non pas, chère amie !... J'ai été trop longtemps chasseur pour ne pas avoir un peu appris à être gibier. Je vous promets de le dépister et de lui faire faire des marches et des contre-marches qui le mettront bientôt sur les dents.

— Pauvre Julien !

— Je vous conseille de le plaindre. Il s'en est, ma foi ! bien peu fallu que je ne glissasse mon porte-monnaie dans sa poche...

— Et à quoi cela vous aurait-il avancé ? demanda Thérésa.

— Parbleu ! je serais allé à un sergent de ville ; je lui aurais dit : « On m'a pris ma bourse, et je soupçonne ce monsieur d'être le voleur. »

— Ah ! l'horreur !

— Le sergent aurait vérifié la chose; votre Julien était conduit chez le commissaire, de là à la Conciergerie, de là à Mazas, et tout était dit. C'est une idée, cela, et s'il m'ennuie par trop...

— Je ne vous le pardonnerais jamais, reprit Thérésa.

— Vous comprenez que je plaisante. Mais de quoi se mêle-t-il, après tout ?... Et puis il vous aime, c'est là surtout ce qui le rend criminel à mes yeux.

— Qu'en savez-vous?

— Il nous l'a fort bien dit lui-même.

— Ah ! — Thérésa eut un mélancolique sourire. Pourquoi sa mélancolie souriait-elle ? pourquoi son sourire était-il atteint de tristesse ? pourquoi n'était-elle pas franchement souriante ou franchement triste ? Parce que, d'une part, elle souffrait de savoir Julien malheureux par elle, et que, de l'autre, toute femme est heureuse de se savoir aimée, même par ceux qu'elle n'aime pas. Sondez-moi donc cet abîme ! — Et enfin ? demanda-t-elle.

— Quand j'ai vu qu'il m'emboîtait le pas, reprit Fritz, j'ai fait semblant de m'être trompé de bureau, et je suis allé demander un coupon pour Versailles. Il en a fait autant. Nous sommes partis, lui dans un compartiment, moi dans un autre que j'avais eu soin de choisir complet, moins une place, pour qu'il ne pût pas y monter avec moi. A Saint Cloud, au risque de me casser le cou, je suis furtivement descendu comme le convoi repartait...

— Que de tracas je vous cause !

— Allons donc ! le mystère et les difficultés ne sont-ils pas le gingembre, le condiment obligé de l'amour ? S'il m'a vu descendre, il aura eu beau crier : Arrête, cocher !... la vapeur ne l'en aura pas moins emporté au diable. S'il ne m'a pas vu, il aura dû faire piteuse mine au débarcadère de Versailles, alors que, perçant la foule des voyageurs, il se sera convaincu que je m'étais évanoui comme une ombre... Quoi qu'il en soit, ajouta Fritz en essuyant les gouttes de sueur qui ne mouillaient guère son front, car il était venu fort à l'aise ; quoi qu'il en soit, j'ai traversé Saint-Cloud, Boulogne, j'ai côtoyé la lisière du bois, et me voici.

— Tout cela m'inquiète, reprit Thérésa. Ce qui n'a pas réussi aujourd'hui peut réussir demain. Que Julien, au lieu de vous espionner lui-même, lance seulement une autre personne sur vos pas, et toutes vos précautions seront déjouées. Ensuite, est-ce vivre que d'aller et venir ainsi par voies souterraines, à la façon des taupes ?

— Bah ! il en aura bientôt assez de ce métier de furet, sans compter qu'il faut de l'argent, beaucoup d'argent même, pour l'exercer, et que, si j'en juge par les apparences... — Les sacrifices que Julien avait déjà faits pour la famille Brand revinrent en foule à la mémoire de Thérésa ; elle songea que le travail serait désormais incompatible avec l'existence nomade et décousue qu'allait mener le pauvre garçon ; que, le travail une fois désappris, il ne pourrait peut-être plus s'y remettre, qu'elle serait alors responsable devant Dieu de ce qui en arriverait. Une larme vint humecter le coin de sa paupière. C'était un bon mouvement, une lueur que Dieu lui envoyait encore et qui aurait pu la réveiller de la léthargie où dormait sa raison.

— Je vous devine, reprit Fritz en prenant la main de Thérésa qu'il pressa dans la sienne, et je vous en aime davantage. Plus tard, d'ici à peu, quand toutes les difficultés seront aplanies, nous verrons à faire un sort à ce pauvre diable.

L'ange gardien avait un instant parlé au cœur de Thérésa; puis voilà que l'ange du mal entrait en lice à son tour et restait maître du champ de bataille.

— Il est sensible et généreux, pensa la jeune fille ; ces deux qualités me répondent de l'avenir, et je puis décidément me fier à lui.

— Vous avez reçu hier les babioles que je vous ai envoyées ? demanda Fritz.

— Oui, mon ami, et je vous rends grâce.

— Bah ! des misères, moins que rien ! mais on ne peut pas tout faire à la fois... D'ailleurs un homme ne s'entend guère à ces choses-là. Je vais m'occuper de vous faire meubler un appartement à Paris, vers les barrières, dans une rue nouvelle, si nouvelle que c'est à peine si elle sera connue, et vous pourrez alors vous-même... Ah ! c'est votre corbeille de mariage qui sera splendide !...

— A quoi bon ces folies ?

Je vous préviens, chère amie, que c'est là un chapitre sur lequel je serai sourd à toutes vos prières. Je veux que vous fassiez envie aux plus riches, comme vous le faites aux plus belles... Il ne sera pas dit que madame Koffmann...

— A propos, mon ami, que signifie ce vicomte Octave ?

— Chut ! c'est un nom de guerre.

— Dans quel but ?

— Dans le but de déconcerter les curieux et les importuns, votre Julien par exemple, à qui ce simple pseudonyme peut donner beaucoup de fil à retordre. C'est par la même raison que, de mon autorité privée, je vous ai faite Russe... Est-ce Russe ou Anglaise que je vous ai faite ?... ma foi ! je n'en sais plus rien.

— Je ne serais cependant pas fâchée de savoir à quoi m'en tenir, répliqua la jeune fille en s'efforçant de sourire.

— Bah ! vous porterez un voile vert, vous prendrez beaucoup de thé, vous parlerez peu, vous ne répondrez guère, en sorte que vous passerez pour une cosmopolite quelconque, et que la vieille sorcière qui dirige cette bicoque n'y verra que du feu... Mais en voilà bien assez de ces vulgarités ; je ne viens pas de courir par monts et par vaux, et de faire des zigzags de voleur poursuivi par la gendarmerie, pour causer d'affaires comme un procureur. La grande affaire est celle de mon cœur...

Thérésa tenait à la main une de ces interminables tapisseries de Pénélope que les maîtresses de maison garnie et autres laissent toujours traîner dans leur salon, à l'usage des femmes inoccupées qui veulent faire semblant d'être actives.

A ces mots de Fritz : « la grande affaire est celle de mon cœur ; » elle fut prise d'une soudaine ardeur au travail, et ses doigts coururent sur le canevas avec une vitesse de cent points par minute.

Peut-être ses jolis fuseaux blancs bordés d'ongles roses se piquèrent-ils un peu çà et là, dans la bagarre. Mais lorsqu'on leur chante les douces mélodies d'amour et que le virtuose ne déplaît pas, les femmes tiendraient leur main au feu sans plus sourciller que Mucius Scævola.

— Vos yeux ne m'ont encore rien dit, reprit Fritz, tandis que Thérésa travaillait par contenance à la tapisserie de madame Vaugelas. J'espérais cependant qu'ils me tiendraient quelque compte de ma course au clocher de ce matin. — Thérésa lui jeta un furtif éclair, qui se cacha soudain sous sa paupière abaissée. — Merci, dit le jeune homme.

— Merci ! et de quoi donc ?

— De ce regard.

— Je vous ai regardé, moi !

Et, tout en niant ce premier regard, elle le confirma par un second.

Etrange logogriphe que ce petit être, gentil, coquet, menu, frivole, capricieux, parfois sérieux et fidèle, que toutes les fées bonnes et mauvaises semblent avoir doté à son berceau.

Mais d'où lui vient, à cet ange diabolique, cette négation de ce qu'il veut, cette science de voltige, cette mimique de colombe effarouchée, ce oui pour ce non, ce non pour ce oui, cette voix magnétique qui fait que toute femme sait, comme le dit quelque part Balzac, chanter d'instinct, mieux que n'importe quelle Isabelle, le *Grâce pour moi! grâce pour toi!* du quatrième acte de Robert!

Peut-être avons-nous déjà écrit cela, ou à peu près; peut-être l'écrirons-nous encore. C'est que chaque fois que nous cherchons à pénétrer dans les mystérieux replis du cœur de la femme, à la deviner, à la comprendre, il nous prend des vertiges, comme lorsque, du haut d'une falaise à pic, on embrasse les profondeurs de l'infini. Nous fermons alors les yeux, et, le front dans les mains, nous interrogeons nos souvenirs, où tout s'emmêle, se heurte et se contredit plus que jamais. Des sphinx partout, et pas le moindre Œdipe !...

D'où il résulte que nous passons la moitié de notre vie à maudire la femme et l'autre moitié à l'adorer, sans compter que c'est peut-être lorsque nous la maudissons que nous l'adorons le plus.

Nous en étions au doux regard recueilli par Fritz et nié par Thérésa.

— Continuez à me prouver que vous ne m'avez pas regardé, reprit le jeune homme; je ne demande qu'à être convaincu.

— Et par quels moyens ?

— Par les mêmes argumens que tout à l'heure : en me regardant encore.

Thérésa allongea une moue charmante, qui fit de sa bouche un bouton de rose ; elle se tourna de trois quarts, comme fait Marinette à Gros-René, lorsqu'ils se restituent, l'une son demi-cent d'épingles, l'autre

. . . . . Le couteau riche et rare
Qu'on lui donna la veille avec tant de fanfare.

Et la tapisserie de madame Vaugelas se trouva courir une poste effrénée.

— Eh bien !... ce regard que j'implore ?...

— Vous êtes insupportable !

Ce mot *insupportable* est une des armes les plus employées et les mieux fourbies de l'arsenal féminin. Il signifie en général : « Vous êtes charmant ! Votre ramage » me plaît, et je vous engage à le continuer. »

Fritz n'eut garde de s'y tromper, il continua :

— Thérésa, votre main ?

— Non, monsieur.

— En ce cas, je la prends.

— Je ne vous la donne pas, au moins !

— Qu'importe, puisque je l'ai, puisque je la presse...

— Monsieur !

— Puisque je la porte à mes lèvres...

— Fritz !

— Mais elle ne me répond rien, la vilaine ! elle est sourde à mon étreinte.

— Et muette, qui plus est.

— Ah ! elle parle ! s'écria le jeune homme; elle a parlé !

— Qui cela ?

— Votre main.

— Vous croyez ?

— J'en suis sûr.

— Alors c'est sans le vouloir ; il y a des mains bavardes et qui ne savent pas se taire.

Puis, de même que tout à l'heure un second regard avait confirmé le premier, une seconde pression corrobora la première.

Fritz était au septième ciel, le plus élevé de tous les cieux connus, et celui où il paraît que les jouissances abondent le plus.

— Que vous êtes bonne ! reprit-il; et belle !... et que je vous aime !...

— Oseriez-vous bien jurer cela solennellement ?

Fritz leva les deux mains, en plaisantant.

— Oui, comme cela.

— Mais c'est très sérieux. Il est vrai que les hommes jurent toujours... Qu'est-ce que cela leur coûte ?

— Mais je ne sache pas qu'il y ait des sermens de deux prix, chère amie ; ils ne doivent pas être plus chers pour vous que pour nous.

— Ah ! nous, c'est bien différent !

Encore une des phrases stéréotypées dans le vocabulaire de la femme : chez elles, c'est toujours différent, et, en fin de compte, c'est absolument la même chose.

— Après cela, pourquoi vous tromperais-je, Thérésa ? qui me force à vous dire que je vous aime ? ne serais-je pas la première dupe de mon mensonge ? ne sommes-nous pas libres ? ne dépendons-nous pas de nous-mêmes... jusqu'à un certain point ?

— Il n'y paraît guère, mon ami ; quant à vous du moins... Ces retards, ces mystères, ce nom supposé...

— Vous n'avez pas encore fait vingt pas dans la vie, reprit Fritz, et vous croyez que tout glisse sur des roulettes. Le temps vous apprendra que l'on arrive mieux et plus vite par les biais que par la route droite.

— Ce ne sont pas là les principes qu'on nous enseignait à la pension.

— Je le crois ! mais il y a furieusement loin de la théorie à la pratique. Voyons, chère amie, soyez de bon compte, jamais mariage aura-t-il été contracté dans de meilleures conditions de bonheur que le nôtre ? — Thérésa témoigna par un geste qu'elle n'était pas parfaitement d'accord sur ce point. — Les unions, poursuivit Fritz, ne s'accomplissent-elles pas en général au rebours du sens commun ? Une famille prend des renseignemens sur un jeune homme que lui a fourni la voisine, qu'elle a vu à la promenade ou rencontré dans un bal. Si le candidat n'a pas de tare visible, s'il porte bien ses vêtemens, s'il est vacciné, si les dots sont en équilibre et qu'il ait satisfait aux idées vulgaires sur l'éducation, on l'autorise à venir soupirer aux pieds d'une jeune personne lacée de pied en cap dès le matin. Le jeune homme a repassé ses meilleurs rasoirs, il étale ses cols les plus irréprochables et ses cravates les plus victorieuses. La mère a ordonné à sa fille de bien veiller sur sa langue, elle l'a armée des instructions les plus positives sur le danger de montrer son vrai caractère, elle lui a recommandé de graver sur ses lèvres un sourire de danseuse achevant une pirouette, et de ne rien laisser passer de son cœur sur sa physionomie... Tous deux, en un mot, se costument l'âme et le corps. Le tout entremêlé de bouquets, de parures, de parties de spectacle, de promenades solennelles, jusqu'au jour où, bel et bien emprisonnés dans le mariage, ils ôteront leur fard et ne pourront plus se dégager de leurs liens que par effraction. Dites, Thérésa, n'est-ce pas là une dangereuse comédie ?

— Peut-être bien, répondit Thérésa étourdie par cette faconde.

— Le vrai mariage, continua Fritz, l'union indissoluble et légitime, ne doit succéder qu'au mariage des âmes. Une jeune fille n'a, dans toute sa vie, que ce moment où la réflexion, la seconde vue, l'expérience lui soient nécessaires. Elle joue sa liberté, son bonheur, son tout, et ce sont les autres qui tiennent les cartes. Allons donc! c'est bien le moins que nous ayons nous-mêmes le droit de nous perdre ou de nous sauver... — Dire de pareilles choses à une jeune fille, c'est prêcher une convertie. Thérésa sanctionnait tous ces argumens du geste et du regard. — Pour nous rien de pareil, continua Fritz, nous avons le temps de nous voir et de nous connaître, en dehors de tous ces mensonges et de toutes ces entraves. Cette épreuve mutuelle une fois subie, on va jusqu'à la tombe en se tenant par la main.

Et dire que le mensonge parle presque toujours mieux que la vérité!

Thérésa se détournait, car elle avait crainte de le regarder; mais les femmes sont comme Janus: elles ont des yeux tout autour de la tête, et voient sans se retourner ce qui se passe derrière elles.

Fritz voulut profiter de l'émotion de la jeune fille pour lui prendre un baiser. Elle se leva d'un bond, traversa le jardin comme une trombe d'air, et courut se réfugier dans sa chambre.

Fritz se mit à la poursuivre, et arriva juste pour se trouver nez à nez avec la porte qui se fermait.

Thérésa s'était jetée à genoux.

Elle invoquait, de ses mains jointes, cette image de la Vierge qui tient une si douce place dans les souvenirs du jeune âge.

Fritz tambourinait sur la porte une marche qui, sourde d'abord, menaçait de finir par un *tutti* formidable.

— Thérésa!

— Eh bien?

— Ouvrez, je vous en prie!

— Non, monsieur.

— Revenez au jardin!

— Pas davantage.

— Que vous ai-je fait pour que vous me fuyiez ainsi?

— Rien.

— Mais alors...

— Partez! bonsoir! à demain!...

— Je ne vous savais pas capricieuse à ce point.

— Que voulez-vous! je suis pleine de défauts.

L'impatience fiévreuse montait au cerveau de Fritz. Il recommença à tambouriner de plus belle.

— Thérésa!

— Monsieur!

— Décidément, vous ne voulez pas ouvrir?

— Non!

— Ni redescendre?

— Moins que jamais!

— En ce cas, il ne me reste qu'une chose à faire.

— C'est de vous en aller.

— C'est d'enfoncer la porte.

— Soit, monsieur; alors il ne me restera également plus qu'une chose à faire.

— Ce sera de l'ouvrir.

— Ce sera de me jeter par la fenêtre, et je le ferai.

— Bah! il y a deux étages.

— Raison de plus.

— Ce sont de ces mouvemens tragiques qui font bien dans le discours, mais de là à l'exécution...

— Essayez! reprit Thérésa.

Et l'espagnolette de la croisée grinça dans sa rainure.

En ce moment parut madame Vaugelas, laquelle surprit le Koffmann dans la sotte position d'un soupirant qui parlemente à travers une porte.

— Que fait donc là monsieur le vicomte? demanda-t-elle; il ébranle toute la maison.

Fritz eut ce sourire bête et dépaysé des gens qui s'évertuent à colorer d'un prétexte impossible une situation ridicule.

— Je... nous... nous jouions à cache-cache, reprit-il.

— Ah! c'est un très joli jeu... et de votre âge, ajouta la matrone, en mettant une sourdine à sa dernière remarque.

— Très joli, en effet! reprit le Koffmann.

— Et fort amusant.

— Amusant au possible!

— Surtout à deux.

— A deux surtout.

— C'est vous qui cherchez?

— C'est moi qui cherche, dit piteusement Fritz.

— Et vous ne pouvez pas trouver? demanda l'ex-mercière.

Fritz, pour pallier sa déroute, tira sa montre.

— Comment, s'écria-t-il, aussi tard que cela! et moi qui suis attendu à Paris!... Mais il me vient une idée...

— Laquelle, monsieur le vicomte?

— Une charmante idée...

— Monsieur le vicomte ne peut en avoir que comme cela.

Elle appuyait sur ce mot vicomte comme sur la détente d'une arme à feu.

— Je vais m'en aller tout doucement, tout doucement, reprit Fritz.

— Très bien!

— Thérésa croira que je suis encore là...

— Parfait!

— Elle n'osera pas se montrer.

— Délicieux!

— Elle se figurera que je suis aux aguets, tandis que c'est elle qui croquera le marmot...

— Parfait!

— Seulement, maman Vaugelas, il ne faudra pas me trahir.

La *maman* Vaugelas avala cette phrase de travers, mais elle dissimula sa grimace.

— Soyez tranquille, reprit-elle.

— C'est drôle tout plein, n'est-ce pas?

— Farceur de vicomte! reprit la matrone.

Ce qui pouvait se traduire ainsi:

— Il faut que vous soyez un imbécile fieffé, pour me croire la dupe de cette comédie.

Fritz s'éloigna sur la pointe des pieds, le sourire aux lèvres et la rage dans l'âme.

A peine était-il à quelques pas de la *villa*, que l'ex-mercière lui cria: « Coucou! » de sa voix la plus formidable: troisième flèche émoussée sortie de son carquois vermoulu.

X

FRITZ DÉMOLI.

Quelques jours s'écoulèrent, pendant lesquels Fritz vint régulièrement, sans trop de succès, travailler à son œuvre de séduction.

Il allait chaque matin à cette besogne, ingrate et douce à la fois, avec la ponctualité d'un commis qui se rend à son bureau, à cette différence près que toujours il espérait rester, et que pareil espoir ne s'est assurément jamais logé dans le cœur d'un surnuméraire à l'endroit de son administration.

Cet insuccès commençait à donner au caprice d'un jour toute l'intensité d'une passion réelle.

Le résultat que recherchent les grandes coquettes à force de réticences habiles et de manéges calculés, Thérésa l'obtenait sans le savoir par le seul aiguillon de sa vertu.

Car c'était, après tout, une vertu vaillante, en qui survivaient les préceptes d'une pieuse enfance, et à qui il n'avait manqué que la vigilance d'une mère pour qu'elle restât toujours dans cette île escarpée et sans bords où le poëte prétend qu'on ne peut plus rentrer quand on en est dehors.

Fritz, flaqué par Julien et maître de son temps, avait établi son quartier général à Saint-Germain. C'est de là qu'il ven[illegible] désormais à Auteuil sans plus mettre les pieds rue de L[illegible]y, ce qui devait nécessairement dérouter les recherch[illegible]u jeune ouvrier.

Quant [illegible] madame Vaugelas, comme d'instinct et par malice, elle protégeait Thérésa, survenant toujours au milieu d'un tête-à-tête, démolissant les redoutes de Fritz à mesure qu'il les construisait, et lui donnant du vicomte par-ci et du vicomte par-là plus qu'il n'en voulait.

Sur ces entrefaites, vint un dimanche.

L'*Angelus* de midi tintait à l'église d'Auteuil.

Tout respirait ce calme, cette propreté, cette inaction du jour dominical qui donnent à certains villages l'aspect d'une mélancolique thébaïde.

Fritz et Thérésa étaient assis sous le berceau de clématites, en face la statue et le jet d'eau en miniature que nous connaissons.

La jeune fille traçait du bout de son ombrelle des hiéroglyphes sur le sable.

Madame Vaugelas, flanquée à droite d'une jeune fille, et à gauche d'un jeune homme, déboucha soudain par une contre-allée.

La jeune fille, *nièce* de madame Vaugelas, s'appelait Zoé. C'était une petite brune accorte, fraîche, dégagée, modestement vêtue d'un chapeau de paille fort simple et d'une robe d'organdi lilas. Deux bandeaux soigneusement lissés encadraient son visage; ses yeux pétillaient de finesse et d'intelligence; ses lèvres semblaient une gaie nichée de sourires toujours prêts à prendre leur vol; au-dessous s'arrondissait un charmant petit menton, troué, comme les joues, d'une fossette mutine.

Cette gracieuse enfant semblait l'ordre, l'activité, le bon sens, le courage incarnés. C'était une de ces courageuses natures qui aident au sort et savent forcer le bonheur à se déclarer pour elles.

Le jeune homme, Eugène Leconte, était tout simplement l'adorateur aux mains rouges, crotté, mal mis, sans gants ni lorgnon, que nous avons vu, au troisième chapitre de cette histoire, servir de point de mire aux quolibets de ces demoiselles du magasin de modes où travaillait Thérésa.

On se rappelle que, rendant à ses chères amies la monnaie de leur pièce, mademoiselle Zoé avait alors chaleureusement établi entre les galans de ces dames et le sien un parallèle tout à l'avantage de ce dernier.

Tous deux devaient en effet se marier et s'établir sous les auspices de madame Vaugelas, dont l'expérience et le flair voyaient, dans cette modeste union, le gage assuré du bonheur de sa *nièce*.

C'étaient d'ailleurs deux aptitudes, deux probités, deux cœurs faits l'un pour l'autre.

On leur laissait, en attendant le mariage, la bride à peu près sur le cou, tant on les savait incapables d'abuser de cette confiance.

Ils venaient tous les quinze jours, nous croyons l'avoir dit, passer vertueusement leur dimanche à Auteuil, sous l'œil scrutateur de la chère *tante*, dont ils entretenaient du même coup la généreuse tendresse au degré d'ébullition convenable.

Pendant que Zoé apprenait les modes, Eugène apprenait les affaires chez une espèce de banquier. Dès que Zoé aperçut Thérésa, elle courut vers elle et lui sauta au cou :

— Toi ici! s'écria-t-elle; et par quel hasard?

— Monsieur Fritz! dit Eugène en saluant avec déférence.

— Tu connais donc madame? demanda la tante à sa *nièce*.

— Je le crois bien! reprit celle-ci; sans compter les batailles que nous avons taillées ensemble et les rubans que nous avons chiffonnés.

— Tiens! je croyais que madame arrivait d'Irlande ou de Saint-Pétersbourg?... Et toi, poursuivit la Vaugelas en s'adressant à Eugène, tu connais donc monsieur?

— Il serait curieux, reprit ce dernier, que je ne connusse pas...

Thérésa, rouge de honte, avait eu le temps, sous le prétexte de l'embrasser, de dire à l'oreille de son amie : « Tais-toi, je t'en conjure! »

Puis, passant son bras sous celui de son ancienne compagne, elle l'avait vivement entraînée vers une allée solitaire.

Fritz faisait de son côté au jeune commis des signaux que celui-ci avait peine à comprendre, mais qui eurent néanmoins pour résultat de lui clouer la fin de sa réponse sur les lèvres.

Or, cette fin était que, monsieur Fritz étant le fils de monsieur Samuel Koffmann, son patron, il devait naturellement le connaître.

— Eh bien! insista madame Vaugelas, il serait curieux que tu ne connusses pas... qui?

— Dame! reprit Eugène en roulant son chapeau entre ses doigts, il m'avait semblé...

— Il t'avait semblé? répéta la mégère.

— J'avais cru...

— Tu avais cru?... Veux-tu que je te dise, mon garçon? Tu me fais l'effet d'un imbécile qui s'embourbe dans le mensonge et ne sait plus comment s'en dépêtrer.

Fritz avait eu le temps de reprendre son grand air en même temps que son aplomb.

— Madame, dit-il, ce jeune homme me paraît excusable; il arrive tous les jours que, trompé par une ressemblance fortuite...

— Ainsi, tu ne connais pas monsieur? demanda madame Vaugelas en perforant du regard son futur neveu.

— Non, ma tante.

Il l'appelait ma tante par anticipation.

— Tu ne l'as jamais vu?

— Non, ma tante... c'est-à-dire...

— Eh bien! quoi?

Quand ces vieilles pécheresses se mettent à vouloir pénétrer un mystère, elles feraient entendre un sourd et parler un muet.

Nous en recommandons l'essai aux successeurs de l'abbé de l'Epée.

— Cette insistance me paraît déplacée, madame, reprit Fritz, et il me semble que, lorsque je me donne la peine de vous affirmer...

— Ce n'est pas à monsieur le vicomte que je m'adresse, dit la Vaugelas.

— Tiens, pensa Eugène, le voilà donc vicomte?

— J'ai d'ailleurs la curiosité en horreur, poursuivit l'ex-mercière; la vie de mes pensionnaires doit être murée pour moi.

— On ne s'en douterait guère, reprit Fritz.

Madame Vaugelas avait la langue trop bien pendue pour ne pas rendre une bourrade en échange d'une simple chiquenaude. Aussi Dieu sait par quel projectile elle allait continuer le feu, lorsqu'on l'appela fort heureusement de l'intérieur, pour avoir les clefs de je ne sais quoi.

— Toi, dit-elle à Eugène en opérant sa retraite, souviens-toi que je n'aime pas les midi à quatorze heures, et que je veux que l'on marche droit; sinon, bonsoir.

Ce bonsoir signifiait évidemment qu'il ne tenait encore ni la nièce ni la dot, et que, à moins d'une condescendance entière, dot et nièce pourraient bien lui passer sous le nez.

— Toi, dit à son tour Fritz au pauvre garçon lorsqu'ils furent seuls, si tu dis un mot, un seul, je te fais chasser par mon père!

Et il s'en fut à la recherche des jeunes filles.

— Congédié d'un côté, chassé de l'autre, se dit tristement Eugène, je voudrais bien que l'on m'indiquât le moyen de parler et de me taire du même coup.

Pour être mieux seule avec son amie, Thérésa l'avait entraînée dans sa chambre.

Elle avait tant de confidences à lui faire, et c'est une si bonne chose, quand le cœur déborde, de trouver un autre cœur à qui parler!

— Pauvre amie, disait Zoé, que m'apprends-tu là?

— Tu ne vas plus m'aimer, reprit Thérésa, tu vas...

— Je vais t'aimer davantage. Tu sais bien que Zoé n'est pas de celles qui ne s'attachent qu'aux riches et aux heureux... ce pauvre Eugène est là pour le dire.

— Oui, je sais que tu es bonne, toi, et sage!

— Ne parlons pas de cela... Et tu l'aimes donc bien, ce beau mirliflor?

— Dame! je ne sais. Je t'avoue que j'ai de la peine à démêler ce qui se passe en moi.

— Je comprends tout quand on a la passion pour excuse, reprit Zoé; mais que l'on se perde de gaieté de cœur...

— Personne avant lui ne m'avait parlé d'amour, et j'ai trouvé cela si bon!...

— Folle que tu es!... Il fallait attendre un peu, et tu aurais vu que c'est le métier de tous les hommes de parler d'amour aux jeunes filles. Le plus sage est de les entendre tous les uns après les autres, comme à un concours, quitte à décerner ensuite le prix, s'il y a lieu. Mais il me semble entendre quelque chose à la porte... on écoute peut-être.

— Tu crois?

En ce moment on frappa.

— Qui est là? demanda Zoé.

— C'est moi, dit Fritz. Je vous ai cherchées partout...

— Cherchez encore.

— Il y a donc de l'indiscrétion?

— Oui, monsieur.

— En ce cas, je vais me promener, reprit avec dépit le Koffmann.

— C'est cela, allez vous promener, répliqua Zoé; le temps est magnifique.

Décidément, Fritz jouait de malheur en face de cette porte.

Les deux amies se turent pendant quelques secondes; puis Zoé alla, sur la pointe des pieds, s'assurer que le curieux n'était plus là.

— Bon, dit-elle en courant de la porte à la fenêtre, le voilà là-bas qui arpente la grande avenue; il a l'air furieux... contre moi sans doute, mais je m'en moque! Nous pouvons maintenant parler le cœur sur la main... Veux-tu que je te dise toute ma pensée? reprit Zoé quand elle fut seule avec Thérésa.

— Certainement que je le veux, répondit celle-ci.

— Tu ne te fâcheras pas?

— Cette idée!

— Eh bien! ton monsieur Koffmann ne me revient pas du tout; il a le regard en dessous; rien de naturel... Il pose pour le torse, ma chère; et puis cet air dédaigneux!... Ne dirait-on pas qu'il est le cousin du Grand-Turc?... C'est de ces hommes qui se figurent que les pauvres jeunes filles leur doivent du retour quand ils leur ont fait l'honneur de les déshonorer. Sommes-nous bêtes, mon Dieu!...

— Mais il doit m'épouser, objecta Thérésa.

— Lui?

— Que trouves-tu d'étonnant à cela?

— Devant le maire du treizième, je ne dis pas.

— Ah! Zoé!

— Et tu crois de pareilles sornettes?

— Pourquoi pas?

— En vérité, ma chère, si je n'étais pas si triste, j'en rirais volontiers.

— Si c'est ainsi que tu me consoles...

— Il te faut de jolis mensonges, n'est-ce pas? des bonbons sucrés qui te flattent le palais? Moi, je n'ai pas de cette confiserie-là.

— Ma bonne Zoé, prends pitié de moi!

— Alors laisse-moi dire! J'en ai beaucoup connu, de ces crédules colombes à qui on avait promis le mariage, et, en fin de compte...

— Si je savais cela!

— Mais c'est le pont aux ânes de la séduction, cela, ma chère; c'est l'A B C de la perfidie, c'est le premier air que joue l'enjôleur! Ah! si j'avais voulu écouter cette musique, il y a longtemps que je serais mariée, moi aussi... sans mari, bien entendu! Parle-moi de mon petit Eugène! Ce n'est pas un Adonis, ce n'est pas un élégant, ça n'a pas de lorgnon dans l'œil, ça ne traite pas une femme comme un cheval, ça ne fait ni bruit ni *flafla;* mais c'est franc comme l'or, c'est bon, c'est de durée, ça obéit, ça se jetterait au feu pour vous, ça croit à tout ce qu'on veut; c'est, en un mot, de ce bois dont on fait les hommes pour de vrai. — Thérésa paraissait en proie aux réflexions les plus tristes. — Sais-tu ce qui m'attend, moi? demanda Zoé. Ma vie s'écoulera sans robes ébouriffantes et sans joies fiévreuses; je ne serai sans doute ni adulée, ni portée aux nues, ni couronnée de fleurs; mais, en revanche, je ne serai jamais traînée dans la boue; je ne m'appellerai tout simplement que madame Leconte, mais ce sera mon nom légitime, que je pourrai porter, tête levée et sans rougir; si j'ai jamais quelque parure, quelque bijou de prix, j'en jouirai doublement, car je pourrai me dire avec orgueil qu'il est bien à moi et que je l'ai gagné. Les hommes ne feront pas de folies pour moi, ils n'éparpilleront pas le monde à mes pieds, ils ne mettront pas mes sourires à la folle enchère de leur stupide amour-propre, mais ils seront forcés de dire : « C'est une honnête femme », et se montreront à mon égard respectueux et polis. Les mères ne craindront pas de me confier leurs filles.

— Tais-toi! dit Thérésa en appuyant le dos de sa main sur les lèvres de son amie.

— Tu m'écouteras jusqu'au bout, reprit la courageuse fille. Toi, tu passeras par tous les extrêmes : scandaleuse opulence et misère inouïe. Pas de milieu entre les lambris dorés et la froide mansarde, entre les précieuses dentelles et les haillons flétris, entre les spasmes du rire et les râles de la faim... — Thérésa voulut courir vers la porte; elle voulait échapper à ces spectres hideux qu'évoquait son amie; mais Zoé, résolue comme un petit diable, la ramena sur sa chaise. — Je te fais une opération douloureuse, reprit-elle, et tu me traites de bourreau... Rien de plus juste. Demain je t'aurai sauvée peut-être, et tu m'appelleras ton ange tutélaire... Rien de plus juste encore. Oui, chère amie, tu circuleras dans le public comme une monnaie courante; tu seras tour à tour madame Jules, madame Édouard, madame Alfred, sans être rien de tout cela. Tu seras cotée comme un tableau, comme un camée, comme un chien de chasse : très cher ou pour rien, selon le cours de la vogue du moment. Ces messieurs les lions daigneront parfois te saluer du bout de leur *stick* et t'appeler « mignonne. » Ils t'enverront devant ou te laisseront derrière pour qu'il ne soit pas dit qu'ils s'encanaillent sur l'asphalte. Ne voilà-t-il pas un sort bien enviable et charmant! Et plus tard donc! quand blanchit le premier cheveu, quand vient la première ride! Je sais bien que l'on arrache celui-là et que l'on plâtre celle-ci... mais après... après encore!... Ça donne la chair de poule rien que d'y penser. — Une sueur froide perlait sur le front de Thérésa; deux larmes tremblaient au coin de ses paupières. — Après tout, poursuivit l'impitoyable Zoé, chacun arrange sa vie comme il l'entend. Un petit ménage bien gentil, un mari fidèle et docile, du travail toute la semaine, une promenade le dimanche, un petit enfant frais et rose dont j'aurai fait moi-même la layette, voilà le rêve modeste que je suis à peu près sûre de réaliser... Quant à toi...

— Moi, interrompit Thérésa, je donnerais la moitié de ma vie pour être à ta place.

— La moitié de ta vie, c'est beaucoup ; mais il me semble que cela pourrait s'obtenir à meilleur marché.

— On ne revient pas de là où je suis.

— On revient de beaucoup plus loin, ma chère. Tu ne m'as rien caché, n'est-ce pas ?

— Rien.

— En ce cas, quel est donc le lien qui t'attache ? Il arrive tous les jours que l'on côtoie le bord d'un abîme ; l'essentiel est de n'y pas tomber.

— Personne ne voudra croire...

— Tant pis pour les incrédules !

— Que faire, mon Dieu !

— Retourner chez ton père.

— Je n'oserai jamais.

— Poltronne !

— Il me chasserait !

— Dis donc plutôt qu'il pleurera de joie et qu'il te demandera pardon de *tes* torts.

— Et Julien ! et mon frère ! et le voisinage ! et toutes les demoiselles du magasin ! tu veux que j'affronte tout cela !

— Cela et mille fois plus, s'il le fallait ! Il serait curieux que tu te perdisses pour la satisfaction du public ! Avec cela qu'il t'en saura gré, le public, et que ça l'empêchera de te lapider avec l'unanimité la plus touchante, une fois que tu seras à terre !

— J'avais cependant fait un bien joli rêve ! reprit Thérésa en poussant un profond soupir.

— Les rêves, oui, c'est ce qui nous perd les trois quarts du temps. J'en ai fait aussi, moi ! toutes les jeunes filles en font : un prince qui nous épouse, des équipages, des adorateurs, des diamans... Ainsi l'histoire de Cendrillon paraît, au premier coup d'œil, bien inoffensive, n'est-ce pas ? Eh bien ! ce qu'elle a fait naître d'espoirs trompés, ce qu'elle a perverti de jeunes imaginations, ce qu'elle a fait dévier de pauvres dupes des voies légitimes est chose incalculable ! Heureusement que j'avais une tante qui m'a montré les ornières, sans cela je n'aurais peut-être pas été plus sage que bien d'autres.

— Cependant, si Fritz disait vrai ? Cela s'est vu.

— Je ne dis pas non ; cela s'est vu de loin en loin, comme les comètes. Or, lorsqu'il s'agit de compter sur un miracle... et, même en l'admettant, ce miracle, il ne t'épouserait jamais que pure et sortant de chez ton père. Est-ce dit ? ce soir, nous partons ensemble, et je te reconduis rue Sainte-Avoie...

— Écoute, reprit Thérésa, mon parti est pris ; mais mon père est violent, emporté ; il est même quelquefois pire que cela... Aussi, quant à affronter son premier mouvement, ne m'en parle pas !

— Veux-tu que je l'affronte, moi ?

— Je n'osais t'en prier.

— Eh bien ! reprit Zoé, Eugène et moi nous irons demain matin ; nous lui dirons tout, nous plaiderons ta cause, nous la gagnerons... — Thérésa, dans un accès de reconnaissance, s'empara des mains de son amie, qu'elle couvrit de larmes. — Qui plus est, poursuivit Zoé, je me fais forte de te l'amener jusqu'ici, ce terrible auteur de tes jours ; il viendra te chercher lui-même, souple comme un gant, et, ainsi que je te le disais tout à l'heure, c'est lui qui te demandera pardon de *tes* torts. — Un nuage passa soudain par l'esprit de Zoé. — C'est égal, reprit-elle, j'aurais préféré que tu partisses ce soir même avec moi ; je crains...

— Que crains-tu ?

— Tout, ma chère !

— Je ne mérite pas cette injure.

— C'est que cet homme, vois-tu, a comme un regard d'acier qui me fait peur.

— Ensuite, reprit Thérésa, il est ici et ne me laissera pas partir. Ce seraient des luttes, des scènes, des emportemens que je veux éviter... Demain matin, au contraire, je serai parfaitement libre, car il n'arrive jamais que de midi à deux heures.

— Et s'il recommence ses gentillesses, ses douceurs ?

— Impassible comme le marbre ! reprit Thérésa ; j'en fais le serment !

— A la bonne heure ! voilà comme je t'aime ! Et maintenant, mademoiselle, essuyez vos jolis yeux, reprenez votre enjouement, redevenez gracieuse et même un peu coquette. Je ne suis ni une puritaine ni une Barbe-Bleue, moi !... de ce qu'on quitte un homme, ce n'est pas une raison pour paraître affreuse et désolée. Au contraire, il faut leur laisser le plus de regrets possible, à ces grands vainqueurs. S'il en pouvait seulement mourir quelques-uns de chagrin, cela réhabiliterait un peu la femme ; mais vous verrez qu'ils s'en garderont bien, les infâmes !

— Bah ! dit Thérésa, soyons bonnes et laissons-les vivre.

— Avec cela qu'ils ont besoin de la permission ! reprit Zoé ; mais, c'est égal, à part toi que je sauve de la gueule du loup, je ne suis pas fâchée de jouer un tour à ce vilain coco.

XI

FAT PRIS AU PIÉGE.

Quand les deux amies reparurent au jardin, elles trouvèrent le pauvre Eugène mis à la question par madame Vaugelas et se démenant comme le diable dans un bénitier.

— Eh bien ! demanda Zoé à son futur époux, tu l'as reconnu ?

— Chut ! reprit celui-ci en mettant un doigt sur ses lèvres.

— C'est le fils de...

— Le fils de qui ? demanda l'ex-mercière.

— Chut ! chut ! fit le jeune homme en se livrant à de bizarres contorsions, par lesquelles il espérait faire comprendre à sa prétendue que ses questions étaient intempestives.

— Ah çà ! qu'a donc Eugène ? demanda Zoé en éclatant de rire ; il a l'air tout chose... Thérésa, vois donc cette figure effarouchée !

— Je ne puis pas en arracher une syllabe, reprit la Vaugelas ; s'il est comme cela dans son ménage, ce sera bien amusant.

— Vous ne voulez pas comprendre, dit le jeune homme.

— Explique-toi et nous comprendrons.

— Pour que je perde ma place, n'est-ce pas ?

— Que peuvent avoir de commun ton silence et ta place ?

— Justement, ma tante, cela se tient comme deux doigts de la main. Et puis, d'ailleurs, j'ai promis...

— Promis quoi ?

— De me taire.

— Et à quel propos ?

— Parbleu ! si je vous le disais...

— Eh bien ?

— Vous le sauriez ; tandis que...

— Voyez-vous l'insolent ! cria l'ex-mercière qui sortait de ses gonds.

— Tandis que vous ne devez pas le savoir, ajouta courageusement Eugène.

— Ici !... chez moi !... dans ma maison !...

— Voyons, ma tante, interrompit Zoé, puisqu'il a donné sa parole, il faut qu'il la tienne ; s'il en était autrement, vous n'en voudriez pas pour votre neveu, et je le refuserais, moi, pour mon mari.

— Certainement, mais...

— Ensuite, poursuivit Zoé, moi qui n'ai rien promis, petite tante, je vous dirai tout... demain.

— Pourquoi pas tout de suite?

— Chut! reprit Eugène en recommençant ses signaux, voici monsieur Fritz... c'est-à-dire, non, je me trompe : voici monsieur le vicomte qui revient!

— Monsieur Fritz! monsieur le vicomte!... quel diable de galimatias!...

— Rien qu'une nuit à passer, ajouta Zoé, et demain vous saurez tout, absolument tout.

— A coup sûr, reprit la Vaugelas, je ne suis pas curieuse; c'est une justice que chacun peut me rendre...

— Et que tout le monde vous rend, ma tante, interrompit Zoé en adressant à Thérésa un imperceptible sourire.

— Mais on avouera, poursuivit l'ex-mercière, que ces réticences, ces conciliabules en haut, en bas, dans le jardin, ces mystères dont je suis exclue, tandis que je devrais être le pivot de tout ce qui se passe ici...

— Suis-je encore de trop? demanda Fritz en venant se joindre au petit groupe formé par les deux jeunes filles, Eugène et madame Vaugelas.

— Jamais, monsieur, reprit Zoé de son air ironique; nous sommes trop honorées...

— Il n'y paraissait guère tout à l'heure lorsque vous m'avez renvoyé.

— Ah! une simple plaisanterie... à la campagne!... A peine étiez-vous parti que nous avons ouvert la porte... et nous avons bien regretté, je vous assure, d'être privées de votre présence; n'est-ce pas, Thérésa, que nous l'avons regretté?...

Thérésa fit un de ces signes équivoques qui ne signifient ni oui ni non.

— Monsieur, dit Eugène à Fritz en le tirant mystérieusement par le pan de son habit, je n'ai rien dit.

— C'est ce que l'avenir nous apprendra, reprit le Koffmann.

— Après tout, poursuivit Zoé en entraînant son amie vers une allée où Fritz les suivit, monsieur a peut-être bien fait de ne pas assister à notre conversation de là-haut; sa modestie en aurait trop souffert.

— Tais-toi donc! glissa Thérésa à l'oreille de Zoé.

— Je veux le mystifier, ce monsieur, riposta l'espiègle jeune fille sur le même ton. — Puis, tout haut : — Oui, monsieur, nous avons dit de vous un bien... mais un bien!

— En vérité?

— Parole! Tu es bien heureuse, disais-je à Thérésa, d'épouser un homme distingué, tandis que moi...

— Tandis que vous?...

— Ah! mon Dieu! si ce pauvre Eugène m'entendait!

— Comment! Est-ce que, par hasard, Eugène serait...

— Mon prétendu; oui, monsieur.

— Mais c'est un meurtre, cela, mademoiselle!

— Que voulez-vous!

— Vous méritez mille fois mieux. — Zoé exhuma de sa poitrine un douloureux soupir, et de sa prunelle un rayon de feu qu'elle darda sur le jeune homme. — Tiens, pensa Fritz en rajustant sa cravate, est-ce qu'elle voudrait supplanter son amie? Drôle de chose que la femme!... Elle n'est vraiment pas mal, cette petite...

— Ah! reprit langoureusement Zoé, deux âmes qui se fondent en une seule, ce doit être le ciel sur la terre!...

— Etes-vous donc réduite à le supposer? demanda Koffmann.

— Je n'ai jamais aimé, reprit la jeune fille.

— Vous êtes bien coupable!

— Coupable de quoi? de ce qu'on n'a pas su m'inspirer de l'amour?

— Alors pourquoi vous affubler de ça? reprit Fritz en désignant Eugène, que la tante Vaugelas retenait prisonnier par le bouton de son habit.

— Quand on n'a pas le choix...

— Ah! mademoiselle!

— Ah! monsieur! — Zoé modéra son pas, sous le prétexte de cueillir une fleur. — Veux-tu que je t'en débarrasse pour ce soir? demanda-t-elle rapidement à son amie.

— Tu me rendrais là un fier service.

— Eh bien! laisse-nous seuls un instant, et je parie que je l'attache à mon char... Ces imbéciles-là se brûlent à toutes les chandelles.

Thérésa fit semblant d'avoir égaré sa broderie, et courut fureter par les allées et les charmilles.

— Tu nous laisses en tête-à-tête? cria Zoé.

— J'ai confiance, riposta de loin Thérésa.

— Oserai-je vous offrir mon bras? demanda Fritz.

— Vous êtes mille fois trop bon, monsieur, reprit Zoé, mais je crains...

— Que craignez-vous donc?

— Si vous saviez à quel point ma tante est sévère, et comme je suis surveillée!

— Dame! je comprends cela. Si je possédais un trésor comme vous, je craindrais fort qu'on ne me l'enlevât.

— Monsieur veut se moquer d'une pauvre fille.

— Moi, mademoiselle!... j'en suis incapable.

— Tous les hommes disent cela.

— En ce cas, je ne suis pas comme tous les hommes.

— Voilà encore une chose qu'ils disent tous.

— Mais vous ne savez donc pas que vous êtes belle comme le jour! reprit Fritz en serrant doucement contre sa poitrine le bras qu'on avait fini par lui abandonner.

— Monsieur, je vous en conjure!

— Mais vous ne savez donc pas, poursuivit Koffmann, que vous pourriez être une des reines de ce monde, et que je ne sais ce qui me retient d'aller demander compte à ce rustre d'Eugène de l'audace qu'il a de vous aimer!

— Zoé tenait les yeux baissés, comme si elle eût redouté l'éclat de ceux du jeune homme. — Il y a une perle au monde, s'écria Fritz indigné, et c'est à un pareil manant qu'elle échoit!

— On peut nous voir, riposta Zoé d'une voix émue, en répondant si peu que ce soit à la pression du Koffmann.

— L'essentiel est qu'on ne nous entende pas... Hélas! j'avais bien besoin de vous rencontrer! j'aimais... je le croyais du moins.

— Et maintenant! interrompit la malicieuse fille.

— Maintenant, j'aime mille fois davantage, seulement ce n'est plus ni de la même façon ni la même personne.

— Mais c'est de l'infidélité, cela, monsieur!

— Vous devriez être la dernière à me le reprocher.

— Parce que?

— Parce que vous seule êtes coupable.

— Et de quoi, je vous prie?

— Coupable d'être une enchanteresse; coupable de l'emporter sur toutes les femmes par la beauté, la grâce et l'esprit; coupable de charmer d'un seul de vos regards tous ceux qui ont le bonheur ou le malheur de vous approcher.

Et Fritz couvrit de baisers la main de la jeune fille, qui s'y opposa tout juste assez faiblement pour autoriser le téméraire à recommencer.

— Savez-vous que vous m'accusez là de bien des crimes? reprit Zoé.

— De charmans crimes, interrompit Koffmann, et que pas une femme ne se ferait scrupule de commettre.

— Mais si je vous prenais au mot, monsieur, je trahirais tout simplement mon amie.

— En affaires de cœur, ma toute belle, il n'y a plus d'amies ni d'amis.

— Jolie morale!

— Ce qu'il y a de sûr, c'est que je n'en suis pas l'inventeur.

— Bizarre chose que la vie! reprit mélancoliquement

Zoé, comme si elle se parlait à elle-même ; on se lève, par un beau jour, l'esprit calme et le cœur endormi ; rien ne fait présager qu'une révolution se prépare en soi ; on sort sans arrière-pensée ; on prend à droite ou à gauche, selon le hasard ; et, de ce que vous avez pris à droite plutôt qu'à gauche, ou à gauche plutôt qu'à droite, de ce que Dieu ou le démon jette sur vos pas telle personne plutôt que telle autre, il arrive qu'une métamorphose complète s'opère, que la vie change tout à coup de but, le monde d'aspect, le cœur d'affection, ou que l'on n'ose plus regarder en soi, dans la crainte de se trouver rebelle au devoir et fatalement parjure...

— D'où je dois augurer? demanda Fritz d'un air vainqueur.

— Folle que je suis! reprit Zoé comme si elle fût sortie d'un rêve ; j'avais oublié que vous étiez là.

— C'est flatteur tout au plus.

— Je ne sais qu'être franche.

— Franche comme toutes les femmes, c'est-à-dire un peu fausse et légèrement dissimulée.

— Bon! dit en souriant la jeune fille, voilà que je suis comme toutes les femmes à présent! tout à l'heure je ne ressemblais à aucune.

— Zoé! supplia Fritz.

— Savez-vous que vous êtes sans gêne?

— Aimez-moi, je vous en conjure!

— Monsieur voudrait que je tombasse folle de lui, subitement... rien que cela!...

— Vous me faites mourir!

— Pauvre garçon!... Ah çà! et quelle opinion auriez-vous de moi si je vous écoutais?

— La meilleure.

— C'est tout simple : les infamies dont on profite paraissent être des vertus. Et cette chère Thérésa, sur laquelle je n'oserais plus lever les yeux?

— Bah! qui le lui dirait?

— Savez-vous que vous êtes un monstre!...

— Franchement, ma toute belle, demanda Fritz en passant le pouce dans l'entournure de son gilet, avouez que vous préférez un monstre comme moi à un imbécile... comme Eugène, par exemple?

— Si je préférais les imbéciles, pensa Zoé, il aurait de grandes chances pour lui.

— Eh bien! me permettez-vous d'espérer?

— Dieu! que vous êtes pressant!

— Je vous jure!...

— A bas les sermens, monsieur!... je sais que vous ne faites que les *prêter*, et que vous croyez, en conséquence, avoir le droit de les reprendre.

— Quelle calomnie!

— Voici Thérésa, monsieur!... dit vivement Zoé.

— Déjà!

— Mais éloignez-vous donc! si elle pouvait soupçonner...

— Un mot d'espoir!... un seul!... supplia Fritz.

— Eh bien! dit Zoé en prenant la fuite, comme si elle eût été honteuse de ce qu'elle allait dire, je pars ce soir par le dernier convoi, et je ne vous défends pas de me suivre.

— Encore une d'empaumée! se dit le Koffmann en allumant un cigare dont il lançait au loin les orgueilleuses bouffées.

Cependant Zoé avait rejoint son amie.

— Tu y a mis le temps! lui dit cette dernière.

— Trop, selon toi?

— Non, mais assez... Eh bien?

— Eh bien! ma chère, pris, lié et garrotté en un instant!... Je n'en ai fait qu'une bouchée de ton monsieur Koffmann...

— Quoi! vraiment, comme cela, tout de suite?

— Je suis venue, j'ai vu, j'ai vaincu!... Dieu! que les hommes sont bêtes!... D'abord, je le remorque ce soir à Paris, et t'en voilà débarrassée pour aujourd'hui.

— C'est affaire à toi!

— Ensuite, je compte bien lui donner un rendez-vous pour demain, vers midi, au Luxembourg, au jardin des plantes, au bout du monde s'il est possible.

— Et tu iras?

— Du côté opposé! je le laisserai bayer aux corneilles tout à son aise. L'essentiel est qu'il soit écarté d'ici, et qu'il ne vienne pas, au dernier moment, contre-carrer tes projets de fuite. Hein! Hein! suis-je une bonne et sincère amie?

— Parfaite! reprit Thérésa.

Cependant, je ne sais quoi de guindé dans le regard et dans la voix témoignait contre la sincérité de cette parole.

Peut-être trouvait-elle que la victoire de Zoé avait été un peu bien prompte, et sa vanité de femme ne s'en arrangeait-elle que tout juste.

— Après cela, dit Zoé, sais-tu que, véritablement, il ne s'y prend pas trop mal, ce monsieur?

— Tu trouves?

— Mais il n'en résulte pas moins que j'avais raison de te dire que c'est un trompeur, un perfide, un de ces hommes sans honneur et sans foi.

— Hélas! à qui le dis-tu?

— Il n'y a qu'une chose qu'il a oubliée, c'est de m'offrir sa main... mais cela viendra.

Thérésa, songeuse et reconnaissante tout au plus, laissait jaser son amie sans lui répondre autrement que par monosyllabes et du bout des lèvres.

Eugène était toujours aux prises avec la tenace curiosité de madame Vaugelas. Deux de ses boutons avaient déjà succombé ; mais nous devons rendre au jeune commis la justice de dire que, nonobstant son respect pour sa future tante, il restait muet comme une carpe.

Heureusement que la cloche du dîner vint mettre un terme à sa torture, et aussi à celle de Thérésa, dont le système nerveux paraissait singulièrement agacé.

Il n'y avait que Zoé et Fritz qui fussent radieux...

Zoé, parce qu'elle venait de mystifier un fat,

Fritz, parce qu'il espérait inscrire une victime de plus au martyrologe de ses conquêtes.

Quant à madame Vaugelas, elle était sous l'influence d'une curiosité rentrée qui lui faisait faire la plus étrange mine du monde.

Le soir, Fritz, Eugène et Zoé partirent comme il avait été convenu.

— Tu vois, dit Zoé à son amie, en lui donnant le baiser d'adieu, je t'enlève ton amant. A demain! je verrai ton père, et nous viendrons te prendre.

Thérésa ne rendit le baiser que du bout des lèvres, et ne répondit rien.

Seulement, rentrée dans sa chambre :

— Si elle me l'enlevait en effet! pensa-t-elle ; si tout cela n'était qu'une trahison, une ruse de sa part pour me supplanter!

Puis, ce serpent dans le cœur, elle se jeta sur un fauteuil et fondit en larmes.

XII

LUEUR D'ESPOIR.

Revenons rue Sainte-Avoie, où nous trouvons que la détresse la plus complète a succédé à la misère que nous y avons laissée.

Maintenant que Julien dépense tout son temps, toute son âme, toutes ses épargnes à l'infructueuse recherche de Thérésa, il arrive bien souvent à la huche d'être veuve de pain.

Les pratiques sont allées ailleurs ; l'ouvrage, qui n'abondait guère, manque absolument.

D'ailleurs, qui le ferait?

Brand s'adonnait au vin, il s'y vautre à présent. C'est tout au plus si quelques rares éclaircies luisent encore çà et là dans son esprit. Il sort plus que jamais dès le matin, et ne rentre que fort avant dans la nuit... quand il rentre et que le seuil d'une porte ne lui sert pas d'oreiller.

Après cela, rien de plus simple : Brand, on le sait, buvait en raison de ses chagrins ; or, la disparition de sa fille avait dû tripler sa soif.

Toutefois il avait rendu toute son estime à Julien, et ne croyait plus aux perfides insinuations que Fritz, on se le rappelle, s'était permises contre le loyal garçon.

Quant à Henri, on ne le voyait plus ni chez lui, ni à l'atelier. Le rapin s'enfonçait, à grandes enjambées, dans la bourbe des estaminets de bas étage.

Les choses en étaient là lorsque, le lendemain de la promesse faite à Thérésa par Zoé, celle-ci se présenta rue Sainte-Avoie.

Il était à peine sept heures du matin. L'excellente fille n'avait pu fermer l'œil, tant elle était impatiente de voir son amie rendue à sa famille.

Au moment où elle entra, Julien allait sortir et recommencer ses recherches quotidiennes.

La souffrance avait pâli, nous dirions presque embelli ses traits. On voyait qu'il était rongé par une de ces pensées désorganisatrices qui arrivent au même résultat que le poison. Son œil cave et mélancolique provoquait d'abord l'attention, puis l'intérêt. Ce n'était plus seulement un homme, c'était une douleur.

Ajoutons, pendant que nous y sommes, que ce n'était plus tout à fait l'agreste ouvrier des anciens jours. L'amour, la jalousie, la concurrence avaient opéré là une de ces métamorphoses dont ils sont coutumiers. Ainsi, plus de pantalon de velours vert-bouteille, plus de veste à petites basques en velours pareil au pantalon, plus de souliers ferrés, plus de rouennerie en guise de cravate. Maintenant Julien était à peu près mis comme tout le monde, simplement, proprement bien entendu, et avec cette mesure des natures d'élite qui devinent d'instinct les bornes qu'elles ne doivent pas franchir.

Il n'y a que l'*Enfer* du Dante à l'entrée duquel on laisse l'espérance. Julien espérait toujours ; à chaque pas léger qu'il entendait frôler l'escalier, dès que quelqu'un s'arrêtait à l'étage et qu'une main tournait le bouton de la porte, il se disait : « Si c'était elle ! »

Aussi, en voyant se dessiner, dans la pénombre de l'espèce de cabinet noir qui servait d'antichambre, une tournure de jeune fille, il se prit à tressaillir et ferma les yeux, comme pour aider au doute et prolonger l'illusion.

— Monsieur Brand ? demanda Zoé.

— Il n'y est pas, répondit Julien dont l'espoir s'envola.

Le digne garçon n'osa pas dire que son patron cuvait le vin de la veille.

— Quel contre-temps ! reprit la jeune fille. Où pourrait-on le trouver ?

— Je crains que ce soit bien difficile, mademoiselle... Mais ne pourrais-je savoir... ?

C'était une grave démarche que Zoé faisait là : la moindre parole tombée dans l'oreille d'un indifférent pouvait compromettre Thérésa. Aussi n'était-ce pas au premier venu qu'il fallait s'adresser. La jeune fille hésita.

— Seriez-vous monsieur Henri ? dit-elle.

— Non, mademoiselle, je ne suis que Julien, mais...

Zoé connaissait par Thérésa cette providence de la famille Brand ; elle savait les actives recherches faites par l'ouvrier, et que, dans tous les cas, lui dire un secret c'était le confier à la tombe.

— Julien ! s'écria-t-elle en lui prenant affectueusement les deux mains ; ah ! je vous connais !

— Je n'en puis dire autant.

— Julien ! c'est-à-dire le dévouement, l'honneur, la vaillance personnifiés !...

— Ah ! mademoiselle !

— Mais ce n'est pas de cela qu'il s'agit ; je viens ici envoyée par Thérésa.

— Par Thérèse !... répéta Julien pris tout à coup d'un éblouissement et forcé de recourir au dossier d'une chaise pour ne pas tomber ; vous savez où elle est !... Oh dites !... dites !...

— Oui, reprit Zoé ; elle implore le pardon de son père, et ne demande qu'à rentrer ici.

— Déjà ! dit amèrement Julien.

— Comment déjà ?

— Oui, poursuivit le jeune homme ; je lui avais prédit l'abandon, mais je ne savais pas voir ma prédiction se réaliser si tôt.

— Ce que vous dites là est mal, monsieur Julien. On ne quitte pas Thérésa ; son retour est spontané ; ses yeux se sont ouverts à temps, Dieu merci ! et ce n'est pas même le remords d'une faute qu'elle n'a pas commise qui la ramène au bercail.

Ces mots parurent profondément retentir dans le cœur du jeune homme, car il n'avait cru retrouver que la femme, et il retrouvait la jeune fille.

— Vous garantissez qu'elle sera bien reçue ? demanda Zoé.

— Les corps sans âme, reprit Julien, s'avisent-ils jamais d'adresser des reproches à l'âme qui leur revient ?

— Je savais bien, moi ! s'écria Zoé ; mais il n'y a pas un instant à perdre ; et puisque monsieur Brand n'est pas là, c'est vous que j'emmène...

— Allons ! dit Julien.

Et ils se dirigèrent en toute hâte vers l'embarcadère de la rue Saint-Lazare.

En route, Zoé le mit au courant de toutes les circonstances que nous savons, et lui raconta par quel hasard elle avait, la veille même, retrouvé son amie.

Julien, en quelque sorte suspendu aux lèvres de la jeune fille et l'œil dardé sur elle, dévorait cette lamentable histoire de la crédulité en butte à l'imposture.

Son cœur se chargeait de haine et de sourde rage contre Fritz Koffmann, comme les nuages se chargent d'électricité. Vienne le choc, et l'explosion sera terrible !

— Par où ? dit-il en arrivant à Auteuil.

Et il se prit à courir comme un fou.

Zoé avait peine à le suivre.

Comme la vie refleurissait chez le pauvre ouvrier ! comme tout se parait à ses yeux des couleurs vertes de l'espérance ! quelle joie d'enfant succédait tout à coup aux douleurs qui le martyrisaient depuis huit jours ! car n'est-il pas vrai que l'amour sincère offre de constantes similitudes avec l'enfance, dont il a l'irréflexion, l'ingénuité, l'imprudence, le rire et les larmes sans cause ? Il allait la revoir !

Mais, arrivé à quelques pas de la villa meublée, son impatience s'éteignit pour faire place à cette espèce d'appréhension que l'on éprouve souvent au seuil des félicités si grandes qu'on craint de n'y pouvoir résister.

Les désastres, parbleu ! on y résiste toujours... mais le bonheur !... Avez-vous jamais entendu dire que l'on soit devenu fou de chagrin ? Non. Et à la suite de lots gagnés à la loterie ? Je le crois bien ! on ne voit que cela.

— Eh bien ! demanda Zoé, vous étiez si pressé tout à l'heure, et maintenant... qu'avez-vous donc ?

— Rien, reprit le jeune homme en contenant à grand'peine les bonds de sa poitrine.

— Oh ! que si ! dit Zoé en riant ; je m'y connais un peu : vous l'aimez !

Julien ne répondit rien ; mais son regard fut un long poëme.

Cependant ils entrèrent, et la première personne qui vint à leur rencontre fut madame Vaugelas ; elle était rouge comme un homard, et paraissait sous la très vive impression d'une colère récente.

— Grâce au ciel, te voilà ! dit l'ex-mercière à sa nièce ; je vais enfin savoir...

— Tout à l'heure, ma tante, tout à l'heure!...

— Thérèse! s'écria Julien; où est mademoiselle Thérèse?

— Elle vient de partir, reprit madame Vaugelas.

— De partir!... pour de bon?

— De beau monde, sur ma parole! et dont je suis bien heureuse d'avoir purgé ma maison.

— Que voulez-vous dire? demanda Zoé.

— Figure-toi, mon enfant... mais je suis étonnée que vous ne les ayez pas rencontrés.

— Elle n'est donc pas partie seule? demanda Julien, retombant du ciel bleu dans une nuit profonde.

— Et avec qui voulez-vous donc qu'elle soit partie, si ce n'est avec ce prétendu vicomte, ce je ne sais qui, ce voleur, cet escroc, que tout le monde connaît, sauf moi?

— Et vous dites qu'ils ne peuvent être loin?

— A quelques minutes tout au plus: un petit coupé vert, les stores baissés...

— Un coupé vert! mais, en ce cas, nous venons de nous croiser à l'instant, reprit Zoé.

— Courons! s'écria Julien.

— Courons! répéta Zoé.

Et tous deux disparurent, au grand ébahissement de madame Vaugelas.

— Décidément, se dit-elle avec une sourde rage, il y a quelque chose... mais il est écrit là-haut que je ne saurai rien.

XIII

COMME QUOI L'AMOUR-PROPRE EST UN ESCROC QUI NE MANQUE JAMAIS SA DUPE.

Fritz était parfaitement homme à courir deux lièvres à la fois: Thérésa et Zoé, Zoé et Thérésa; l'une n'empêchait pas l'autre.

D'ailleurs cela change, et rien ne repose d'une blonde comme une brune, et *vicé versâ*.

Ensuite, pour ce qu'il accordait d'amour à chacune de ses conquêtes de hasard, c'était véritablement si peu de chose, qu'il pouvait en éparpiller et en garder encore.

Nous avons vu, la veille au soir, Zoé monter en vagon, en compagnie de Fritz et d'Eugène.

A peine assise:

— Ce monsieur, dit la jeune fille à son prétendu en désignant Koffmann, ce monsieur va me faire la cour, mais tu n'y feras pas attention. — Et le pauvre Eugène d'écarquiller de grands yeux stupéfaits. — Non-seulement tu n'y feras pas attention, poursuivit Zoé, mais je t'engage à regarder beaucoup par la portière, pour lui laisser le champ plus libre.

— D'abord, il faudrait pour cela que je fusse dans un coin. Ensuite...

— Je vais t'en procurer un.

— Tu n'y penses pas, reprit le commis.

— J'y pense beaucoup, au contraire.

— Joli rôle que tu me destines là!

— Songe que c'est le fils de ton patron, reprit l'espiègle en souriant, et qu'il mérite des égards.

— Je ne souffrirai pas...

— C'est ce qui te trompe, mon petit chat; tu souffriras tout ce qu'il me plaira que tu souffres.

— Nous verrons un peu!

— C'est tout vu! J'ajoute même que je suis disposée à accueillir très favorablement ses douceurs, que je les provoquerai au besoin.

— Tu veux donc que je le jette par la portière? demanda Eugène en se troussant les manches.

Eugène était aussi bon et aussi pacifique que possible; mais il y avait certaines choses sur lesquelles sa droite et loyale nature n'entendait pas facilement raison.

D'un autre côté, en fille prévoyante qui veut établir solidement sa domination, Zoé prétendait être obéie sans murmure.

C'était comme un essai qu'elle tentait, pour évaluer quelle serait sa part de haut-de-chausse dans la communauté.

— Il est même possible que je lui accorde un rendez-vous... s'il me le demande; mais il me le demandera, reprit-elle.

— C'est par trop fort! dit Eugène en se levant à demi.

La jeune fille le força à se rasseoir.

— A-t-on, oui ou non, foi en sa petite Zoé? — demanda-t-elle de sa voix câline. Eugène, indécis, ne savait trop que répondre. — Fais attention à une chose, reprit-elle; c'est que je ne serai jamais la femme d'un méfiant ni d'un jaloux.

— Jaloux! jaloux! tout cela est bel et bon!... mais quand on sait et quand on voit...

— Allons, vite, monsieur, à votre poste, je le veux! — Et comme, cette fois, Eugène se préparait à obéir sans murmure, elle approcha si fort ses lèvres de son oreille que ce fut presque un baiser, et elle ajouta: — Grand niais! ne vois-tu pas qu'il s'agit d'une gageure, et crois-tu bonnement que si je voulais te tromper ce serait à la barbe d'Israël? — Puis, s'adressant à Fritz, à qui les dispositions du vagon n'avaient pas permis de prendre place auprès d'elle et qui se morfondait dans un coin. — Venez donc vous mettre à côté de moi! lui dit-elle gracieusement; Eugène aime le grand air; il va vous céder sa place.

— Quelle gaillarde! pensa Fritz.

Et l'échange s'opéra.

Lorsqu'ils arrivèrent à Paris, rendez-vous était pris, pour le lendemain à midi, au jardin des plantes, en face le palais des singes.

Ceci était une délicate attention de Zoé, qui voulait que son galant pût au moins se distraire *en société*, pendant la cruelle attente qu'elle lui réservait.

L'essentiel était que, étant à Paris, il ne pourrait être à Auteuil.

Mais on ne prévoit guère tout en ce monde, à moins d'être employé chez le Hasard, qui fait généralement ses affaires lui-même et n'emploie personne.

Or, rentré chez lui, Fritz se regarda très vraisemblablement dans un miroir, où il se trouva des airs de pacha; puis il fut se coucher, enchanté de lui-même, et se livra aux capiteuses réflexions que voici:

« J'ai produit sur cette petite mon effet accoutumé, et cela devait être. Seulement, Zoé étant l'amie de Thérésa, il faut, si je veux mener de front les deux intrigues, que je les empêche de se retrouver ensemble. Sans cela, la rivalité aidant, elles s'arracheraient bientôt les yeux sous le prétexte de s'arracher ma personne. Ensuite, voilà mon incognito trahi ou sur le point de l'être chez madame Vaugelas, à qui Eugène, le commis de mon père, ne peut manquer de dire que le vicomte Octave se nomme Fritz Koffmann. De là à mettre les Brand et ce Julien sur les traces de Thérésa, il n'y a qu'un pas... Il faut donc absolument que la colombe quitte Auteuil le plus tôt possible et que je lui trouve un nid bien discret, bien enfoui, bien obscur, où rien ne vienne contre-carrer mes plans, comme cela est constamment arrivé depuis huit jours. Aussi je jure bien que cette vieille Vaugelas me le payera tôt ou tard! » Ici Fritz éprouva le besoin de se regarder encore pour se mieux confirmer dans cette pensée qu'il était irrésistible. La glace n'était plus à portée, et c'eût été véritablement chose pénible que de se soulever de l'oreiller moelleux pour aller à elle. Mais tranquillisez-vous! Fritz ne se séparait jamais d'un petit miroir de poche toujours prêt à lui rendre ses grimaces. Il n'eut donc qu'à étendre la main et put, tout à son aise, se sourire, s'adresser de tendres regards, se froncer les sourcils d'un air olympien, passer du grave au doux, du plaisant au sévère, et jouer au Narcisse épris de sa propre image. « Voyons, dit-il, continuant de parler à sa personne, comme disent les huissiers ; dressons un peu nos batteries : demain, à midi, rendez-vous au jardin des plantes, palais des singes... Eh parbleu ! de huit heures du matin à midi j'aurai tout le temps d'aller chercher Thérésa et de transplanter cette fleur délicate dans un terrain moins fertile en indiscrétions de tous genres. Oui, c'est cela ! *Time is money*, comme disent les Américains ; le temps est de l'argent... De cette façon, je mettrai l'une en cage, pendant que j'achèverai de me faire adorer de l'autre.

Le lendemain matin, il prit un coupé et se rendit à Auteuil.

Thérésa, comme on le pense bien, était loin de l'attendre.

Cependant, le dirons-nous ? la vue de son suborneur lui faisait du bien, car la tempête qui grondait en elle depuis la veille allait pouvoir éclater.

Ensuite c'était une espèce de preuve que la victoire de Zoé n'avait pas été complète.

Or, il paraît que tout hommage dont une femme prive une autre femme a, pour la première, d'irrésistibles saveurs.

Quand Fritz arrivait, il allait habituellement à Thérésa, lui prenait la main et la baisait au front.

Cette fois, la jeune fille l'écarta d'un geste qui semblait dire : « Votre main est encore moite d'un autre contact. »

— Que signifie cette froideur ? demanda Fritz.

— Elle signifie, monsieur, qu'après la cour assidue que vous avez faite hier à Zoé, après l'empressement que vous avez mis à la suivre hier à Paris, je vous soupçonnais pour ce matin une plus douce corvée que celle de venir ici.

— Ah ! que c'est bien cela ! reprit Fritz en riant ; toutes les femmes sont *la même* !... on ne peut pas regarder la plus insignifiante des poupées sans que...

— Je sais tout, monsieur, interrompit Thérésa.

— Tout ne doit pas être grand'chose.

— Et comme je ne veux pas être un obstacle à vos nouvelles amours, reprit la jeune fille, je vous déclare que j'ai pris le parti de retourner aujourd'hui même chez mon père.

— Un coup de tête !

— Un coup de raison, monsieur. Une heure plus tard, et vous ne me retrouviez plus ici.

Fritz comprit l'urgence d'un grand mouvement oratoire.

— On n'échappe pas à un amour comme le mien, reprit-il avec l'inflexion d'Antony soufflant la passion à madame d'Hervey. Je vous aurais suivie et retrouvée, fût-ce au bout de la terre ! Croyez-le, chère moitié de moi-même, le ciel crée des âmes jumelles, qui se rejoignent tôt ou tard. La vôtre et la mienne sont de celles-là.

— Vous ne nierez cependant pas... répliqua la jeune fille.

— Parbleu ! Pourquoi voulez-vous que je nie ? Quand bien même j'aurais conté fleurette à cette petite fille ; quand bien même, la voyant votre amie et maîtresse de notre secret, j'aurais cherché par quelques flatteries adroites à la mettre de notre bord, où serait le grand mal ?

— Je sais que votre esprit est fertile en excuses, reprit Thérésa.

— Quand les raisons sont bonnes et les excuses vraies, chère amie, elles sont toujours faciles à trouver. C'est d'ailleurs sur des faits et non sur de futiles apparences que je vous prie de juger : ma présence ici, aujourd'hui et à cette heure, est le démenti le plus péremptoire que je puisse donner à vos soupçons... Ainsi je viens vous chercher, et savez-vous pourquoi ?

— Comment le saurais-je ?

— Parce que j'ai jugé que mon trésor n'était plus en sûreté dans cette maison ; parce que Zoé est, à ce qu'il paraît, la nièce de madame Vaugelas ; parce qu'Eugène est le commis de mon père ; parce que je ne veux pas que la réputation de ma Thérésa reste exposée aux morsures envenimées de ces indiscrets ; parce que, à la possession de ce trésor dont je parle, sont attachés mon bonheur, ma vie, mon avenir, et qu'il n'est rien que je ne sois prêt à faire pour le disputer à ceux qui voudraient me le ravir.

— Thérésa ne demandait qu'à croire, c'est-à-dire qu'elle était déjà à demi convaincue avant que Fritz ne parlât. — N'en doutez point, poursuivit ce dernier, on ne craint pas tant pour ceux qu'on n'aime pas.

— Et c'est bien vrai que vous veniez me chercher ?

— La voiture est en bas. Et si je vous disais, reprit Satan en enroulant Ève de ses anneaux fascinateurs, si je vous disais, ingrate que vous êtes, que j'ai vu mon père ce matin, que je l'ai pressé, conjuré de renoncer au mariage qu'il projette pour moi, que je l'ai presque convaincu, et que ces grands fantômes d'obstacles qui nous faisaient si peur sont sur le point de s'évanouir !

— Ce n'est cependant pas là ce que m'a prédit Zoé, reprit inconsidérément Thérésa.

— Je l'aurais parié, s'écria Fritz, qu'il y avait quelque anguille sous roche ! Je vois ce que c'est, maintenant ! La petite rouée vous aura dit de moi mille horreurs : que je suis un infâme, un parjure, que je vous planterai là un de ces quatre matins, en ne vous laissant que les yeux pour pleurer... — Thérésa ne répondait rien ; mais, à chacune des allégations de Koffmann, elle confirmait d'un mouvement de tête. — Je l'entends d'ici souffler dans tous les cornets à bouquin de la calomnie, continua Fritz. Je l'entends rappeler à votre esprit crédule toute la friperie mélodramatique des boulevards, où les jeunes-premiers avalent chaque soir je ne sais combien d'héroïnes toutes crues ! C'est très adroit de sa part, cela, et je compte bien lui en adresser mes félicitations.

— Fritz, je vous en prie, pas un mot de cela ! Vous me feriez repentir de ma franchise, et je passerais aux yeux de Zoé pour l'avoir trahie.

Thérésa ne disait déjà plus monsieur ; elle disait Fritz tout court.

— Ce serait en vérité dommage, reprit Koffmann ; trahir une si tendre amie ! Et voulez-vous savoir maintenant pourquoi elle tenait tant à me démolir dans votre affection ? Parce qu'elle enrage d'en être réduite à épouser un saute-ruisseau, alors que vous allez, vous, occuper une brillante position dans le monde... On est amies, presque sœurs ou même sœurs tout à fait, on s'adore, on se comble de caresses, mais ce n'est pas une raison pour qu'on ne se vole pas un mari quand l'occasion s'en présente.

Ces paroles confirmaient un soupçon qui, depuis la veille, avait fait de grands ravages chez Thérésa, ce qui ne l'empêcha pas de répondre un peu jésuitiquement :

— Quoi ! vous soupçonneriez...

— Tout, lorsqu'il s'agit d'une coquette qui s'est en quelque sorte jetée à ma tête, sans rime ni raison.

— Zoé a fait cela ?

— C'est inouï, n'est-ce pas ? Vous faites là un dur apprentissage des turpitudes de ce monde ! — Puis, tirant sa montre, il songea qu'il n'avait plus que deux heures à lui pour colloquer Thérésa quelque part et aller à son rendez-vous. — Eh bien ! chère amie, demanda-t-il, êtes-vous prête ?

— Le temps de faire mon paquet, reprit Thérésa en souriant ; vous savez qu'il n'est pas lourd.

— Je sais, je sais... Une fois à Paris, vous achèterez tout ce que vous voudrez ; sans compter que la corbeille... Et maintenant, s'interrompit Koffmann, oserez-vous encore douter de votre Fritz ?

— A quoi bon ! puisque vous n'avez qu'à paraître et à parler pour que mes doutes s'évanouissent.

Pendant que Thérésa faisait ses préparatifs de départ, Fritz descendit régler ses comptes avec madame Vaugelas.

— Eh quoi ! dit l'ex-mercière, vous me quittez déjà ?

— Une circonstance imprévue...

— Est-ce que monsieur le vicomte ramènerait madame en Irlande... ou à Saint-Pétersbourg ?

— Non pas.

— Je m'attache comme le lierre, moi, monsieur le vicomte, à ce point que j'en suis bête... Vous ne me croyez peut-être pas ?

— Parfaitement, au contraire.

— Quand un de mes pensionnaires s'en va, ça me fait comme une révolution... Et vous allez ?

— Nous partons pour Chandernagor, reprit Fritz avec un sérieux magnifique.

— Bah !

— Une charmante ville, maman Vaugelas, où l'on récolte du coton, du musc et de la rhubarbe... Si vous voulez, je vous en rapporterai.

— De la rhubarbe ?

— Oui.

—Monsieur le vicomte est bien bon. Et c'est... c'est loin d'ici ce... comment appelez-vous cela ? Chander...

— Nagor, acheva Fritz. C'est à trois mille six cents lieues plus loin que le bout du monde.

— Une simple promenade, reprit l'ex-mercière ; je ne me doutais pas que ce fût si près.

Tout en causant, elle transcrivit la note de Thérésa, et ne manquait pas d'y ajouter quelque chose à chaque bourde que lui lançait Fritz.

— Tant pour Chandernagor, se disait-elle en elle-même, tant pour la rhubarbe, tant pour m'avoir appelée *maman* Vaugelas, tant pour le secret qu'on ne veut pas me dire...

— Diable ! dit Fritz en allant au total ; est-ce que vous ne vous êtes pas trompée ?

— Je ne me trompe jamais, monsieur.

— Ni moi, répliqua Koffmann, en jetant quatre louis sur la table au lieu de cent dix francs qu'on lui demandait.

La Vaugelas se campa le poing sur la hanche.

— On ne marchande pas chez moi ! cria-t-elle. Je vous citerai devant la justice de paix !...

— En attendant, vous n'aurez pas une obole de plus.

— C'est une infamie !

— Adieu, maman Vaugelas.

— C'est une abomination !

Et comme Thérésa venait de descendre, il lui fit signe de monter dans le coupé, où il prit place à côté d'elle.

Thérésa ne se le fit pas répéter deux fois, car, autant elle redoutait, la veille, que la soudaine arrivée de Fritz ne vînt mettre obstacle à sa rentrée sous le toit paternel, autant elle craignait maintenant l'intervention de Zoé.

O femme ! ô labyrinthe, d'où je défie tous les pelotons de fil de la terre de vous faire jamais sortir !

L'ex-mercière jetait feu et flammes.

— Ça un vicomte ? criait-elle ; plus souvent !... le marquis d'Argentcourt, je ne dis pas !... ça veut faire des embarras et ça n'a pas le sou dans sa poche !... Ça escroque le pauvre monde !... Et cette péronnelle qui arrive soi-disant de Saint-Pétersbourg !... Une gourgandine ramassée je ne sais où !... C'est du propre !... Et ça ose se présenter dans une maison honnête !... Cocher, faites-vous payer d'avance... Mais on te connaît, vilain grigou, et tu auras bientôt de mes nouvelles... à Chandernagor !...

Elle mentait, mais c'était un brandon d'inquiétude qu'elle se figurait lancer à l'ennemi.

Le départ du coupé put seul mettre un terme à ce torrent d'injures.

Thérésa, rouge de honte, tremblait comme une feuille et pleurait à chaudes larmes.

Fritz sifflait une marche et riait de grand cœur.

Voilà comment il se fait que Julien et Zoé n'avaient plus trouvé la pie au nid lorsqu'ils étaient venus l'y chercher.

XIV

CHASSE A COURRE.

Nous avons laissé Julien et Zoé courant à perdre haleine dans la direction où ils avaient rencontré le coupé vert à stores baissés, lequel ramenait à Paris Fritz et Thérésa.

Julien dévorait l'espace. S'il est vrai que l'impatience fait pousser des ailes, il devait en avoir d'une fière envergure. Passe pour un amoureux, mais pour une simple amie !... Aussi fallait-il tout le réel intérêt que la vaillante Zoé portait à Thérésa pour lui donner la force de fournir ainsi, à toute vapeur, cette course désordonnée.

Cependant rien ne paraissait à l'horizon. Les longs rubans de sable du bois de Boulogne se déroulaient au loin à l'état de solitude et veufs de tout véhicule.

Il est vrai que c'était l'heure matinale des promenades anonymes faites sous le prétexte d'aller au bain, l'heure des bancs de gazon moussu, des charmilles discrètes et des petits chemins ombragés.

Julien interrogeait à la fois les perspectives et fouillait du regard les allées transversales.

Que s'il découvrait au loin une voiture quelconque, n'importe dans quelle direction, il faisait signe à Zoé de l'attendre et partait comme une flèche.

Souvent la voiture était bleue ou brune, au lieu d'être verte ; souvent même ce n'était pas un coupé ; mais il voulait en avoir le cœur net et allait jusqu'au bout.

Puis, il revenait tristement et disait :

— Ce ne sont pas eux !...

Quelquefois il s'en prenait aux rares promeneurs, et leur demandait s'ils avaient vu un coupé comme ceci et comme cela.

Les uns répondaient oui, les autres disaient non, si bien qu'il en résultait de nouvelles fouilles à droite et à gauche, des marches et des contre-marches auxquelles on ne se serait jamais figuré que le souffle d'un homme pût suffire.

Ils arrivèrent ainsi au rond-point de la porte Maillot, exténués de fatigue, mouillés comme des fleuves, et sans qu'il leur restât la moindre chance de rejoindre les fugitifs.

Julien se laissa tomber sur un tertre, les coudes sur les genoux et les poings sur les yeux, dans l'attitude de cette colossale statue de la Douleur que tout le monde se rappelle avoir vue, en 1855, dans un couloir obscur, à l'exposition universelle des beaux-arts.

Disons toutefois que Julien était mieux, que sa douleur était une vraie douleur, et que la plus complète prostration morale se devinait sous ses poings noueux et crispés.

Et cela se comprend, n'est-ce pas ?

Le matin même, une étoile avait lui dans sa tristesse, un phare s'était allumé dans les ténèbres de son esprit, une dernière épave s'était offerte à lui dans le naufrage de ses espérances, et voilà que phare, étoile, épave, tout lui manquait à la fois.

Figurez-vous un mort que l'on ressuscite, qui se cramponne à une vie nouvelle, et à qui l'on dit impitoyablement : « Tu vas *re*mourir sur l'heure ! »

Zoé, de son côté, ne comprenait rien au revirement survenu dans le parti si fermement pris la veille par Thérésa de rentrer dans sa famille.

Cependant un éclair lui traversa l'esprit.

— Voulez-vous la retrouver ? demanda-t-elle à Julien.

Le jeune ouvrier se leva d'un seul bond, comme sous l'impulsion d'un ressort.

— Quelles flammes faut-il traverser ? dans quel gouffre faut-il se jeter la tête la première et les yeux fermés ?

— Dans aucun. Quelle heure est-il?

Julien interrogea l'oignon d'argent que nous lui connaissons.

— Dix heures et demie, reprit-il.

— Bien. Vous allez prendre une voiture et vous faire conduire au jardin des plantes.

— Au jardin des plantes?

— Oui.

— Pourquoi faire?

— Attendez donc! Vous rôderez, vers midi, autour du palais des singes, et là vous verrez...

— Thérésa!

— Non pas elle, mais son ravisseur.

— Comment pouvez-vous savoir?

— Ceci est mon secret, reprit Zoé. D'ailleurs, que vous importe, pourvu qu'il y soit?

— Je crains bien...

— J'en réponds.

C'était une brave enfant que cette Zoé; mais elle n'en avait pas moins son grain de vanité comme les autres, et se disait avec raison que lorsqu'une jolie fille accorde un rendez-vous à un Koffmann quelconque, il faut que l'heureux mortel soit aux trois quarts mort pour n'y pas aller.

— En ce cas, son affaire est claire, reprit Julien, d'un air et avec un certain geste qui ne présageaient rien de bon.

— Que voulez-vous dire?

— Je veux dire, mademoiselle, que, s'il y est, je vais lui faire passer un drôle de quart d'heure. J'ai là, voyez-vous, au bout de mes poings, une démangeaison d'entamer sa peau!...

— Et puis? demanda Zoé.

— Et puis encore, et puis toujours! Tenez, mademoiselle, je suis doux comme un agneau, mais si je pouvais seulement lui ouvrir les veines une à une et y couler du plomb fondu!...

— Et puis? répéta Zoé.

— Ma foi! il en arrivera ce qui pourra.

— Ce sera très avantageux pour tout le monde, dit ironiquement Zoé; pour Thérésa surtout.

— Il faut que je me venge!

— Tout cela est bel et bon; mais Thérésa?

— Je la vengerai du même coup.

— Soit, mais vous ne la retrouverez pas.

— Je saurai bien le forcer...

— Joli moyen que vous emploierez là!... En effet, ce sera bien le moins que, après avoir été assommé, il vous témoigne sa reconnaissance en vous disant où est Thérésa.

— Mais comment le savoir, alors?

— Savez-vous ce que je ferais, moi, à votre place?

— Dites, mademoiselle.

— J'irais au jardin des plantes.

— Je vais y aller.

— Je chercherais et je trouverais le Koffmann susdit.

— C'est entendu.

— Je ne lui adresserais pas la parole, et je ne ferais pas même semblant de le voir.

— Il faudra donc que je me tienne à quatre?

— Tenez-vous à dix, s'il le faut. Ensuite j'épierais ses mouvemens, ses allées et venues... Je vous préviens qu'il aura d'abord l'air très contrarié, et que, à mesure que le temps s'écoulera, il deviendra d'une colère féroce.

— Cela me chiffonne, que vous sachiez tout cela d'avance.

— Je suis un peu sorcière.

— Je n'en mettrais pas ma main au feu.

— Il attendra une heure, peut-être deux; vous attendrez aussi...

— Alors je pourrai tomber dessus?

— Gardez-vous en bien! Enfin, quand il se décidera à partir, vous le suivrez...

— Sans qu'il s'en aperçoive?

— Certainement.

— Ce sera difficile.

— Pourquoi donc?

— Parce qu'il me connaît.

— En ce cas, vous le ferez suivre par un autre. Cet autre ne le quittera pas plus que son ombre : si le Koffmann s'arrête, il s'arrêtera; s'il marche, il marchera; s'il entre dans quelque maison, il en prendra l'adresse pour vous la donner, et attendra qu'il en sorte...

— Quelle maîtresse femme! pensa Julien; décidément je ne suis qu'une bête, et mon maître, le voilà!

Il parodiait Beaumarchais, sans le savoir.

— Et ainsi de suite pendant toute la journée, poursuivit Zoé; or, comme il ira nécessairement chez sa belle, il faudra bien que vous finissiez par découvrir le sanctuaire où il l'a cachée.

— Et alors, dit Julien en fermant le poing, le gredin n'aura pas perdu pour attendre!

Comme ces plantes qui, après l'orage, se redressent au premier rayon de soleil, Julien se raccrochait à l'espoir et reprenait courage : comparaison vermoulue qu'il serait bien temps de remplacer par une autre.

Il serra la main de Zoé, son amie depuis le matin, sa sœur pour toujours, et reprit sa course vers le jardin des plantes, pendant que la jeune fille rentrait à son magasin, où l'attendait sans doute, vu l'heure avancée, une semonce de madame et les railleries de ses compagnes.

Ainsi trébuche à chaque pas, dans ses arrêts, l'opinion, presque toujours ivre.

Fritz se promenait parfaitement, en long et en large, devant le palais des singes, ainsi que l'avait prédit Zoé.

Déjà il avait attendu pendant toute la durée d'un cigare, et il ranimait sa patience éteinte aux bouffées bleuâtres d'un second havane, lorsque Julien l'aperçut.

Résolu à suivre les conseils de son Égérie, l'ouvrier s'était avancé avec précaution, protégé par les arbres, et de façon à voir sans être vu.

Cet ennemi implacable, ce rival odieux qui lui enlevait non-seulement celle qu'il aimait, mais qui de la jeune fille sage et pure allait bientôt faire une femme perdue, était là sous sa main; il planait sur lui comme le milan sur sa proie; il n'avait qu'un pas à faire pour le prendre au collet et régler sur l'heure le compte formidable de sa colère et de sa jalousie.

Tant qu'il ne l'avait pas eu sous les yeux, il avait espéré pouvoir se contenir facilement. La distance est une espèce de conciliatrice : la poudre n'éclate que lorsque l'étincelle en approche. Or, la poudre, c'était Julien; l'étincelle, c'était Fritz.

Cependant l'ouvrier se dompta, et ce fut à coup sûr plus méritoire pour lui que pour ceux à qui le savoir-vivre impose de se saluer jusqu'à terre avant de s'égorger.

Mais ce n'était pas tout : Fritz débusqué, il fallait un limier à lancer sur sa piste.

Où le trouver?

Julien regarda autour de lui, et vit à quelques pas un de ces marchands ambulans de cerceaux et de ballons qui font la joie de ce charmant petit peuple d'enfans roses et joufflus que nous aimons tant à voir s'ébaudir dans les jardins publics, sous la surveillance de leur mère qui brode, ou de leur bonne qui file l'amour avec un troupier.

Le marchand avait une de ces bonnes et franches figures qui provoquent tout de suite la confiance.

Julien alla droit à lui.

— Mon brave, lui demanda-t-il, combien à peu près gagnez-vous par jour?

— Cela varie de 50 sous à 3 francs 50, répondit le marchand.

— Il est midi et demi, reprit Julien. Voulez-vous me consacrer votre temps d'ici à ce soir? je vous donnerai 10 francs.

— A ce prix-là, bourgeois, vous pouvez disposer de moi tous les jours que Dieu donne. Et que faut-il faire?

— Voyez-vous ce monsieur, là-bas?

— Cravate blanche, carreau sur l'œil, cigare en bouche, et qui se promène comme s'il avait des fourmis dans les bottes?

— Justement. Eh bien! vous ne le perdrez pas un instant de vue, et vous viendrez me rendre compte ce soir, rue Sainte-Avoie, 61, de tout ce qu'il aura fait dans le courant de la journée.

Le marchand se gratta l'oreille.

— Diable! fit-il.

— Cela ne vous convient pas?

— Entendons-nous: les dix francs me conviendraient fort, mais je ne voudrais cependant pas les gagner au prix de... au prix d'une...

— Au prix de quoi? demanda Julien.

— Dame! bourgeois, il me semble qu'il y a un mot pour cela, un vilain mot...

Julien frappa du pied avec colère:

— Il ne s'agit pas de cela, reprit-il; il s'agit...

— D'une amourette? acheva le marchand; alors l'affaire pourrait s'arranger.

— Pas même d'une amourette, répliqua Julien. Cet homme que vous voyez là a enlevé une jeune fille, une honnête ouvrière, et l'a cachée on ne sait où.

— Diable!

— S'il l'aimait véritablement, il n'y aurait peut-être que demi-mal; mais c'est tout simplement un caprice qu'il veut satisfaire, et que la pauvre enfant, si on n'y met ordre, payera du malheur et du repos de toute sa vie.

— Diable! diable!

— Or, ce dont il est question, poursuivit-il, c'est de la retrouver, de l'arracher à son séducteur et de la rendre à sa famille.

— J'en suis, reprit le marchand: et, pour peu que cela vous gêne de me donner dix francs...

Julien lui prit la main, et la serra dans les siennes.

—Non, mon ami, reprit-il, cela ne me gêne pas; ce qui me gênerait serait d'arracher un brave homme comme vous à sa petite industrie et de ne pas l'indemniser de son temps perdu.

— Perdu! allons donc! Est-ce qu'on perd son temps quand on tire une jeunesse des griffes de ces gaillards-là!... Cela m'amuse, moi!... Et si même vous voulez que, par-dessus le marché...

Le marchand compléta sa phrase par un geste qui ressemblait fort à une mise en compote de membres quelconques.

— Cela me regarde, dit Julien.

— Vous avez naturellement la préférence, bourgeois; mais si, par hasard, il en restait, je me recommande.

Décidément, si monsieur Fritz Koffmann échappe aux râclées qu'on lui destine, c'est qu'il aura de la chance.

— Il n'en restera pas, reprit froidement Julien.

Puis il compléta ses recommandations, mit des points sur tous les *i*, donna cent sous d'arrhes au marchand, qui parut ne les accepter qu'à contre-cœur, et fut attendre, rue Sainte-Avoie, sur un escabeau bourré d'impatience et bardé d'épines, le résultat de cette nouvelle campagne.

Gare aux bottines qui, ce jour-là, lui passeront par les mains!...

XV

A QUOI LES INUTILES TUENT LE TEMPS.

La journée se passa, la nuit vint et se passa, lente, fiévreuse, seconde à seconde, comme avait passé la journée, sans que l'homme lancé à la poursuite de Fritz vînt rendre compte du résultat de ses démarches.

Était-ce un faux frère qui s'était contenté d'empocher les arrhes sans plus se préoccuper des clauses du marché?

Quelque circonstance imprévue lui avait-elle fait perdre la piste de Koffmann?

Une circonstance plus imprévue encore l'empêchait-elle de venir, ainsi qu'il avait été convenu, mettre au moins un terme à l'impatience de Julien?

Toutes ces choses étaient à la fois possibles et improbables...

Mais l'ouvrier avait désappris le bonheur. Il en était désormais venu à compter sur l'adversité, laquelle semblait mettre le plus grand soin à justifier sa confiance.

La réussite la plus vulgaire en quoi que ce fût l'eût à coup sûr bien plus étonné que la chute d'une cheminée sur sa tête, au détour d'une rue.

Il y a des gens comme cela, qu'une piqûre de mouche condamne à l'amputation, et qui se noyeraient dans le Mançanarès, où il ne manque que de l'eau.

Cependant le marchand arriva vers les six heures du matin, au moment où Julien songeait à aller à sa recherche au jardin des plantes, sans songer que, si l'émissaire infidèle avait réellement abusé de sa confiance, il ne viendrait sans doute pas bêtement s'offrir à la gueule du loup.

Mais on sait que, dans les contredanses de ce monde, où nous sautons tous plus ou moins, avec ou sans orchestre, l'amour et la raison ne sont jamais que dos à dos.

— Il y a longtemps que je vous attendais, dit Julien.

— Il y a aussi longtemps que je désirais venir, reprit le marchand; mais l'homme propose...

— Eh bien?

— Il peut se vanter de m'avoir fait faire du chemin, votre mirliflor!

— Qui vous a empêché de venir hier soir?

— Ceci est une autre histoire; mais je demande à commencer par le commencement.

— Avez-vous au moins découvert quelque chose? demanda l'impatient Julien.

— Peut-être que oui, peut-être que non... Nous disons donc que vous m'avez laissé hier, avec le particulier en question, en face le palais des singes?

— Oui, après?

— Il y est resté jusqu'à deux heures, allant et venant, regardant de droite et de gauche comme s'il attendait quelqu'un; tirant sa montre à tout bout de champ, marmottant des malédictions à je ne sais qui ou quoi, jetant avec colère des cigares à moitié fumés, en rallumant un autre deux secondes après, et dépensant ainsi en cendre et en fumée plus qu'il ne faudrait pour donner de l'occupation à bien des estomacs que je connais et qui n'ont rien à faire.

— Enfin, à deux heures...

— A deux heures, il est parti par la grille du jardin qui fait face au pont d'Austerlitz.

— Après?

— Puis a longé les quais de la rive gauche jusqu'à la Tournelle, où nous sommes montés dans l'omnibus qui va de la barrière de la Gare à la place Cadet.

— Après! après!...

— Je dis nous, poursuivit le marchand, parce que j'ai beau être campé sur deux jambes de race qui ne boudent pas, elles n'auraient jamais pu suivre les deux percherons de l'omnibus; là, étant assis en face de lui, je l'ai regardé tout à mon aise, dans le blanc des yeux, et je déclare qu'il a du vice dans la tête...

— Ensuite?

— Ensuite nous avons mis pied à terre à la porte Saint-Martin. Au boulevard Bonne-Nouvelle, à peu près à la hauteur du Gymnase, il a traversé la chaussée pour aller regarder sous le nez une petite dame en chapeau rose et en mantille noire, qui s'arrêtait à chaque magasin comme pour en dévorer l'étalage...

— Vous me faites mourir à petit feu!

— Attendez donc! Après avoir longé le boulevard Poissonnière et le boulevard Montmartre, il a tourné à gauche, par la rue Neuve-Vivienne.

— Peu importe; arrivez au fait!

— Si vous embrouillez mon écheveau, bourgeois, je finirai par ne plus m'y retrouver; ne m'avez-vous pas recommandé de ne pas le perdre un seul instant de vue, d'éplucher toutes ses démarches?

— Certainement, mais...

— Ne m'avez-vous pas dit que l'incident le plus insignifiant en apparence peut quelquefois...

— Je ne dis pas non; cependant...

— Rue Neuve-Vivienne, reprit l'obstiné marchand, il s'est croisé avec une autre petite dame en chapeau lilas et en robe grise; celle-ci ne s'occupait guère des magasins, mais elle trottait menu sur l'asphalte, trop étroit pour ses falbalas, et souriait à presque tous les passans, ce qui ferait supposer que c'est une femme très répandue dans le monde...—Julien, ne pouvant plus rester en place, se prit à marcher en long et en large par l'appartement.— Notre homme, poursuivit le marchand sans se douter du martyre qu'il infligeait au jeune ouvrier, notre homme a rebroussé chemin pour suivre cette péronnelle à travers tout le passage des Panoramas, jusqu'aux Variétés; puis il est revenu sur ses pas, et allait, je suppose, entrer à la Bourse, lorsqu'il a rencontré deux ou trois de ses amis qui en sortaient...—Julien prit l'héroïque parti de se rasseoir, et se campa le pied gauche sur le genou droit. — Pour lors, continua le marchand, ils se sont mis à causer, à gesticuler comme des télégraphes et à prendre des notes au crayon. C'est là, bourgeois, que j'ai appris ce que notre homme était allé faire au jardin des plantes...

— Ah! et comment cela?

— Parce que j'ai surpris au vol le dialogue suivant:

« Tu arrives bien tard, cher ami, disait l'un; la bourse vient de finir.—Figure-toi, mon bon, reprit votre muscadin, que j'avais un rendez-vous au bout du monde, par delà les ponts. — Ah! mon Dieu! tu m'effrayes! Et cela valait-il au moins le voyage? — Ravissante, mon ami! un pied, des yeux, une bouche!...— Tout cela! — Et de plus, jeune, riche, spirituelle, considérée... — Mariée? — Chut! — Heureux mortel! — Alors, tu comprends, le temps de l'entortiller, de la mener chez Bréban, de lui faire boire du champagne pour l'étourdir... — Je comprends parfaitement. Adieu, Lovelace. — Au revoir, mon bon. »

— J'en ai conclu, reprit le marchand, que notre homme venait de faire le pied de grue pendant deux heures, et que, faute d'avoir pu croquer la particulière, il égratignait sa réputation. Voilà comme ces freluquets écrivent l'histoire! — Julien changea de position, et ce fut au tour du pied droit à se camper sur le genou gauche. — Une seule fois, continua le trop ponctuel narrateur, il est allé boire un verre de madère et manger trois petits gâteaux, — je les ai comptés,—chez le pâtissier qui fait le coin de la rue des Filles-Saint-Thomas.

— C'est très utile à savoir.

— Puis il est entré chez le marchand de tabac, à côté du Vaudeville; puis il a acheté une rose qu'il a mise à sa boutonnière; puis il est allé rajuster sa cravate devant le trumeau qui est à l'angle de la rue de la Bourse... Voilà ce que j'appelle un homme occupé!...

— Avec des renseignemens comme ceux-là...

— Enfin il a remonté les boulevards jusqu'à la rue de Lancry, sans autre incident qu'une reconnaissance poussée, dans la rue Hauteville, à la remorque d'un chapeau vert et d'un cachemire noir dont la cambrure orageuse avait attiré ses regards. Du reste, il n'en accostait aucune, et j'ai idée que ce gaillard-là doit faire plus bruit que de besogne. Rue de Lancry, il est entré au nº 18. Voulez-vous que je vous dépeigne la maison?

— C'est inutile, je la connais.

— Une petite fille jouait sous la porte cochère; je lui ai demandé si le jeune homme qui venait d'entrer n'était pas M***, un nom en l'air, le premier qui m'a passé par la tête. Elle m'a répondu que c'était M. Fritz Koffmann, un des locataires de la maison.

— Parfaitement.

— Au bout d'un quart d'heure, il est ressorti, et, redescendant les boulevards jusqu'à la rue Le Peletier, il est allé s'installer devant le café Riche, où il s'est fait servir du feu, un journal et de l'absinthe; quant aux femmes, il en passait de tant de couleurs, et il s'est tant de fois levé avec précipitation pour les suivre un instant ou pour faire semblant de les suivre, qu'ici mes souvenirs se brouillent...

— Il n'y a pas de mal, reprit Julien, au contraire. Continuez.

— Vers six heures, il est entré, non loin de là, chez un restaurateur qui s'appelle... que diable! comment donc s'appelle-t-il?

— Allez toujours! dit Julien.

— Un nom d'honnête homme, reprit le marchand en se grattant le front; attendez donc, Bon... Bonne... Bonnefoy... c'est cela!... Là, il s'est mis à table devant une fenêtre dont les rideaux étaient levés, si bien que j'ai pour ainsi dire assisté à son dîner...

— Il va me donner le menu! pensa douloureusement Julien en reprenant sa première position, c'est-à-dire en restituant le pied gauche au genou droit.

— Deux sardines, reprit le marchand, huit radis, un rond de beurre grand comme une pièce de cent sous, un soupçon de quelque chose comme un bifteck et deux doigts de vin... En voilà un de repas, et que j'aurais avalé d'une seule bouchée!... ce qui n'a pas empêché notre homme de rester pendant un quart d'heure sur le perron du restaurant, un cure-dent à la bouche et le gilet ouvert, comme s'il avait quelque chose à digérer... Saltimbanque, va!... Quand il a été bien constaté pour les flâneurs qu'il avait dîné comme un prince, notre homme est retourné prendre le café là où il avait pris l'absinthe. Puis, vers neuf heures, il s'est dirigé vers les quais, par...

— Ah! dit Julien, faites-moi grâce de l'itinéraire, et arrivons tout de suite!...

— Comme vous voudrez, bourgeois; vous saurez seulement que, au débouché du pont Notre-Dame, nous nous sommes trouvés au milieu d'un encombrement de voitures et que j'ai tout à coup perdu de vue le particulier... il avait disparu comme une muscade.

— Ceci est par trop fort! s'écria Julien.

— Vous pensez bien que je n'étais pas homme à me laisser brûler la politesse par cet étourneau. Quand je tiens, je tiens ferme. J'ai donc couru à droite, couru à gauche, comme un chien de berger qui cherche à rallier ses moutons, et j'ai fini par le découvrir qui se dirigeait vers la rue Saint-Jacques.

— Abrégez, je vous en supplie!

— Connaissez-vous la rue d'Ulm?

— Non.

— Eh bien! je ne la connaissais pas non plus, mais je la connais à présent; c'est une rue déserte qui perche au haut du faubourg Saint-Jacques. Elle donne, d'un côté, sur la place du Panthéon, et, de l'autre, sur les jardins de l'école normale; on y entend voler les mouches, et rien n'empêcherait d'y planter des choux; c'est aussi un charmant endroit pour y rosser quelqu'un sans que les passans s'en mêlent... car on n'y passe pas. Notre homme s'est arrêté là, au nº 42. Au moment de franchir le seuil, il a peigné ses favoris et s'est regardé dans un miroir de poche, d'où j'ai naturellement conclu qu'il allait en conquête. Il est entré, je suis entré après lui, et j'ai usé de la même ficelle que rue de Lancry; cela ne rate jamais: « Madame, n'avez-vous pas ici un nommé...n'importe qui?—Non, monsieur. — Il m'avait pourtant semblé le voir entrer, il n'y a qu'un instant. — Connais pas! — Vous êtes bien sûre?... » — Sur ce, poursuivit le marchand, la portière a consulté un registre et m'a royalement jeté ces mots à la tête: « Vicomte et vicomtesse Octave, arrivés ce matin, venant d'Auteuil.»

— A quelle heure est-il sorti de cette maison? demanda

Julien, se réveillant en sursaut de l'idée fixe qui paraissait l'obséder.

— Dame! je ne sais trop, moi; tout ce que je puis vous dire, c'est que, comme je continuais tranquillement ma faction, en fumant ma pipe, j'ai vu une croisée du premier s'ouvrir, puis un jeune homme et une jeune femme s'y accouder côte à côte; une lumière éclairait le fond de l'appartement, de telle sorte que j'ai pu reconnaître le vicomte Fritz... c'est-à-dire Octave Koffmann. Je m'y perds, moi, dans tous ces noms! Ils causaient trop bas pour que je pusse les entendre; quand je dis qu'ils causaient, il me semble bien que le particulier faisait à lui seul tous les frais de la conversation. — Julien subissait une de ces tortures intimes que l'on échangerait volontiers contre la garrotte ou l'estrapade. — Toutefois, reprit le marchand, la jeune dame ne paraissait pas d'une humeur très folâtre. Alors notre homme défilait un nouveau chapelet de phrases que j'essayais en vain de saisir au passage. Parfois aussi le jeune homme se penchait vers sa compagne, comme s'il eût voulu l'embrasser.

— Taisez-vous! s'écria Julien, d'une voix et avec un accent de rage qui firent reculer de deux pas le narrateur foudroyé.

— Vous me dites de parler, vous me dites de me taire, hasarda le marchand; jusqu'ici on n'a pas encore trouvé de procédé pour faire l'un et l'autre à la fois.

— Je vous demande des renseignemens utiles, catégoriques, sérieux, et non que vous vous arrêtiez sans cesse à de puérils détails sans portée.

— Du moment qu'ils sont sans portée, reprit le marchand, j'achève en deux mots. Comme il était près de minuit, et qu'il me restait une lieue à faire pour rentrer chez moi, je n'ai pas jugé convenable d'aller vous réveiller à cette heure indue...

— Me réveiller! pensa Julien.

— J'ai remis ma visite à ce matin, et me voilà.

— C'est bien; voici votre argent.

Et il gagna l'escalier, sortit et se dirigea vers les hauteurs du faubourg Saint-Jacques.

XVI

ENTREVUE RUE D'ULM.

Julien, nous pourrions nous dispenser de le dire, allait chez Thérésa, qu'il n'avait pas revue depuis le jour où elle était sortie de chez son père pour n'y plus rentrer.

Peut-être y rencontrerait-il Fritz; mais cette crainte, qui n'eût pas manqué d'arrêter un homme moins résolu que lui, n'était pas faite pour l'émouvoir.

Ce qu'il allait dire, ce qu'il allait faire en face de cette séduction, accomplie sans doute, et que tous ses efforts n'avaient pu prévenir, Julien l'ignorait.

Mais Thérésa l'attirait invinciblement; il aurait suivi ses traces jusqu'au bout du monde, à pied, sans argent, même avec la certitude de ne rien recueillir de son dévouement: *rien* étant d'ailleurs la moisson habituelle de cette sublime folie qui consiste à déserter sa vie, à soi, pour vivre en un autre. A plus forte raison allait-il au bout de Paris.

Elle était l'aimant, il était le fer.

Selon toute apparence, il sortirait le cœur plus meurtri que jamais de cette inutile entrevue. Mais tout se résumait pour lui en ce seul mot : La voir! Il n'y avait rien au delà. La mort l'aurait attendu au retour, sur le seuil, qu'il ne lui aurait pas même fait l'honneur de se détourner d'un seul pas.

Il y a, au moral comme au physique, des nécessités implacables que l'on subit fatalement.

C'est ainsi que, à la retraite de Moscou, les soldats exténués et transis cédaient à l'invincible attrait de quelques broussailles enflammées. Ils savaient bien que, une fois assis, ils ne se relèveraient plus; mais ils ne s'en asseyaient pas moins.

Il était environ onze heures du matin lorsque Julien arriva rue d'Ulm.

On voit qu'il y avait mis le temps, et que cela ne ressemblait guère à sa course dévergondée de la veille à travers les méandres du bois de Boulogne.

— Vicomtesse Octave? demanda Julien.

— Au premier, la porte à gauche, répondit le concierge.

Julien monta lentement.

Il n'y avait pas de clef à la serrure. Le long de la porte pendait un cordon terminé par un pied de biche; des arabesques de cuivre entouraient le pêne: personne ne se fût arrêté à ces détails vulgaires, mais le jeune homme les étudiait à l'égal d'un voleur méditant l'effraction. Cette porte avait vu passer Thérésa, cette porte seule le séparait d'elle... et c'était cependant tout un monde à franchir.

Il sonna.

La vibration du timbre lui communiqua une sorte d'étincelle électrique qui le parcourut de la tête aux pieds.

Quelques instans s'écoulèrent sans que le moindre mouvement se fît entendre à l'intérieur.

Enfin des pas légers traversèrent l'antichambre, et la porte s'ouvrit. A la vue de Julien, Thérésa recula de deux pas :

— Vous! s'écria-t-elle.

— Moi, — reprit Julien d'une voix sourde. Et, passant rapidement devant elle, il alla jusqu'au fond de l'appartement, dont il fureta tous les coins. — Il n'y est pas, murmura-t-il, mais assez haut pour que la jeune fille l'entendît.

— Non, reprit-elle, il n'y est pas; mais quand il y serait! — Cela fut dit d'un air de reine, qui ne présageait rien de bon. Julien voulut répondre, mais sa gorge se serrait. Il sentait je ne sais quoi à la racine des cheveux. Une sueur glacée perlait sur son front. Quant à Thérésa, elle n'avait jamais été plus belle. Ses cheveux cendrés s'échappaient au hasard d'une élégante cornette de nuit; un peignoir flottait négligemment autour de sa taille; une fraise d'enfant à petits plis, maintenue par une cravate de foulard nouée à la hâte, encadrait son cou. Ses pieds se jouaient dans des mules de maroquin mordoré à filigranes d'argent. Son regard semblait animé d'une existence nouvelle. Son teint s'embellissait d'une moiteur rosée, parfaitement innocente de toute complicité avec une poudre de riz quelconque. Sa pose, sa démarche, ses mouvemens, avaient cette nonchalante langueur qui va si bien à l'amour et à la beauté. Ce n'était plus la Thérésa qu'il avait connue; c'était une Thérésa transformée, radieuse, épanouie : Galatée passée du marbre à la vie. — Eh bien? demanda-t-elle.

Julien frisait l'idiotisme; il était à deux pas de la folie.

Près de défaillir, il s'était laissé tomber sur une chaise.

Cependant, au bout de quelques instans, il s'essuya le front, se leva, et fut à un guéridon se verser un verre d'eau qu'il avala d'un trait.

Ses dents mordaient le cristal.

Puis il embrassa l'ensemble de l'appartement d'un dernier coup d'œil, et se dirigea sans mot dire vers la porte de sortie.

Mais Thérésa courut à lui, le prit par la main, et, le ramenant de vive force dans sa chambre,

— C'est pour cela que vous êtes venu? lui demanda-t-elle.

— Oui.

— Ce n'était guère la peine.

— J'ai voulu savoir, et... je sais.

— Voilà tout ce que vous aviez à me dire?

— Oui, reprit Julien en tentant un léger effort pour se dégager.

— Comment se porte mon père?

— Mal.

— Et Henri?

— Plus mal encore.

— Expliquez-vous donc?... vos demi-mots m'exaspèrent!...

Julien ne s'était pas calmé, mais il avait repris quelque pouvoir sur lui-même.

— Le bonheur habite ici, dit-il amèrement; je ne veux pas y introduire les larmes.

— Écoutez, Julien, reprit la jeune femme, vous ne me demandez aucun compte du parti que j'ai pris, et voilà précisément pourquoi il me plaît d'entrer en explications. — Elles veulent toujours ce qu'on ne veut pas, ces charmantes petites têtes sans cervelle! — J'aime et je suis aimée, — poursuivit Thérésa. Julien fit un nouveau pas vers la porte. — Oh! vous ne sortirez pas que vous ne m'ayez entendue! Oui, j'aime et je suis aimée; j'ai ajouté foi aux promesses d'un homme d'honneur, dont je serai bientôt la femme légitime. — Julien eut un geste de doute. — Vous n'y croyez pas?

— Je n'ai rien dit, reprit l'ouvrier.

— Mais votre pensée?...

— Ma pensée est à moi, je la garde. D'ailleurs les médecins n'ont plus que faire là où la mort a passé.

— Ce qui signifie?...

— Rien! reprit l'ouvrier.

— Soit! L'avenir se chargera de disculper ma confiance ou de légitimer vos soupçons. Toujours est-il que j'étais vouée à la misère et à l'abandon, lorsque le bonheur ou le semblant du bonheur est venu à passer à côté de moi; il m'a tendu la main, et je l'ai saisie. Mais de là à vous oublier, Julien, de là à oublier mon père, à renier ma famille...

— Votre fuite, interrompit le jeune homme, a mis le comble à nos désastres. Vous étiez le dernier lien, et ce lien s'est rompu; votre père demande plus que jamais l'oubli à l'affreuse consolatrice que vous savez; Henri ne rentre plus au logis, et Dieu sait ce qu'il devient!..... Quant à moi...

— Oui, interrompit Thérésa, je sais que vous avez consacré vos veilles et perdu votre temps à chercher et à découvrir ma retraite. Mais, je vous en prie, mon ami, cessez ces poursuites qui ne peuvent avoir aucun des résultats que vous en espérez; reprenez votre existence laborieuse et calme...

— Oh! pour calme, reprit avec une sorte d'égarement Julien, je vous en réponds! Ma vie sera désormais unie comme une glace... je marcherai sur des roses... sans épines... Quel heureux coquin je vais faire! Ma parole, ce sera trop de félicité pour un homme seul! Rien que d'y penser, je... j'en deviendrai fou.

A ces derniers mots, sa voix s'altéra malgré lui; deux larmes brûlantes jaillirent du coin de ses paupières.

Il voulait être fort, et rude, et impassible, le pauvre garçon! mais je ne le vous donne pas pour un héros, et ce n'était qu'un homme, après tout.

— Julien, reprit Thérésa de sa voix la plus caressante, vous me faites mal; soyez raisonnable!...

— C'est vrai, cela, dit le jeune homme, je ne suis bon qu'à vous chagriner, tandis que je voudrais... mais soyez tranquille...! à l'avenir D'ailleurs, maintenant que vous êtes la... comment dirai-je?... la prétendue de cet homme, mes devoirs changent, et je saurai... Il faudra bien qu'il vous épouse ou qu'il dise pourquoi.

— C'est moi que cela regarde, reprit Thérésa avec cet impérieux sourire de la femme qui se sait belle et qui a confiance dans le philtre enivrant que verse son regard.

— J'ai mon idée là-dessus.

— Et vous dites donc que tout va bien mal à la maison? demanda Thérésa, pour changer d'entretien.

— Il y restait peu de chose; il n'y reste plus rien. On a tout saisi et vendu, tout! jusqu'aux meubles de votre chambre,

— Heureusement qu'il n'y en avait pas lourd.

— Votre toilette, vos jolies chaises bleues, votre jardinière...

— Ma toilette! mes jolies chaises bleues!... Décidément, mon pauvre Julien, vous perdez la tête!

Julien se rappela que Thérésa avait en effet disparu le jour même où il achetait ces modestes magnificences, et qu'elle devait naturellement ignorer ce dernier sacrifice ajouté à tant d'autres.

Il dédaigna de l'en instruire.

— C'est juste, dit-il, mes idées s'égarent... je bats la campagne.

Thérésa se leva vivement, et fut à un secrétaire où elle prit un petit rouleau.

— Pauvre père! — dit-elle. Et, revenant un peu confuse vers Julien: — Mon ami, reprit-elle, si j'osais...

— Quoi? demanda l'ouvrier.

— Puisque je suis la cause de ces nouveaux malheurs, il est bien juste que... — Julien ouvrit deux grands yeux, qu'il pointa sur elle comme des armes chargées. — J'ai là cent écus que Fritz m'a donnés; ils étaient destinés à l'achat de quelques bagatelles dont je puis fort bien me passer.

— Après? demanda le jeune homme.

— Prenez-les, — hasarda Thérésa en lui tendant le rouleau. L'ouvrier recula d'un pas et retira ses mains comme au contact d'un fer rouge. — Prenez donc! répéta la jeune femme.

— Ce n'est pas sérieusement que vous m'offrez cela? demanda Julien.

— Mais très sérieusement, au contraire.

— Tant pis!

— Pourquoi donc?

— Parce que vous n'auriez pas dû croire possible que j'acceptasse.

— Nous avons bien accepté, nous, pendant si longtemps, votre dévouement, vos veilles, votre argent même...

— C'était de l'autre argent, reprit Julien; de l'argent qui s'accepte.

Thérésa ne put s'empêcher de baisser les yeux devant ce regard pur et clair qui pesait sur elle.

— Vous êtes dur, dit-elle.

— J'ai du cœur, voilà tout.

— Mais si je vous offre cette somme, c'est pour qu'elle vous aide à faire vivre mon père.

— La honte est une mauvaise nourricière; nous vivrons sans cela.

Des pas se firent entendre sur l'escalier, et l'appartement retentit d'un vigoureux coup de sonnette.

Ce ne pouvait être que le maître qui sonnait ainsi.

Thérésa devint pâle comme une morte.

— Lui! dit-elle; ce ne peut être que lui! — Julien pâlit aussi, mais non de la même pâleur. — Que faire? où vous cacher?

— Me cacher!... Et pourquoi?

On sonna une seconde fois, plus vigoureusement encore.

Thérésa n'avait pas l'habitude de ces imbroglios dont les femmes d'expérience se tirent si habilement.

Son éducation pratique était à faire; mais l'instinct y était, comme chez tout ce qui porte une crinoline.

— Ici! dit-elle en ouvrant un cabinet de toilette.

— Impossible! dit résolûment Julien. Je ne suis d'ailleurs pas fâché de le voir; j'ai à lui parler.

— Mon ami, reprit la jeune femme d'une voix suppliante et joignant les mains, je vous en conjure!

Julien ferma les yeux pour ne pas voir, et se boucha les oreilles pour ne pas entendre.

C'est l'unique moyen quand on ne veut pas succomber; et encore ne le donnons-nous pas pour infaillible.

On ne sonnait plus, on carillonnait.

Chaque seconde de retard compliquait la situation et grossissait l'orage qui allait nécessairement éclater lorsque Fritz et Julien seraient en présence.

Thérésa le comprit, et alla ouvrir.

Le jeune Koffmann entra comme une bourrasque. A la vue de Julien, il pâlit à son tour, mais c'était de peur, comme avait pâli Thérésa, et non de colère, comme avait pâli l'ouvrier.

— Que faites-vous ici ? demanda-t-il à Julien.

— Et vous-même ? demanda ce dernier.

— Je viens chez mademoiselle.

— J'y viens aussi.

— Pourquoi ne m'avez-vous pas ouvert tout de suite ? demanda Fritz à Thérésa.

Thérésa était en progrès : elle avait pressenti que c'était le cas de se trouver à peu près mal, et ne répondit pas.

— Mademoiselle a tardé à ouvrir, reprit Julien, parce qu'elle redoutait une scène entre vous et moi; mais elle s'est méprise sur mes intentions.

Ce calme apparent de Jullien fit monter un peu de vaillance au cœur de Koffmann.

— J'ai le droit de savoir... commença-t-il.

— Vous auriez le droit de rougir, interrompit Julien, car vous m'avez lâchement accusé l'autre jour d'une vilaine action dont vous étiez le coupable; mais je sais que c'est un droit dont vous n'userez pas.

— De l'insolence !...

— Non, monsieur, mais un simple avis; le mal est fait, et je ne troublerai plus vos amours...

— C'est fort heureux, ma foi !

— Seulement, vous avez promis à mademoiselle de l'épouser, n'est-ce pas ?

— Je n'ai pas de comptes à vous rendre.

— C'est fâcheux, car j'en aurai peut-être à vous demander. Je disais donc que vous avez promis à mademoiselle de l'épouser. Je le sais, j'en suis sûr; sans cela, elle n'eût jamais cédé à vos poursuites. Elle croit en vous comme en Dieu, la pauvre enfant! eh bien ! faites que sa confiance ne soit pas déçue; c'est le seul moyen de vous débarrasser de moi.

— Ah ! vraiment !

— Et je vous déclare que je suis tenace en diable.

— C'est un ordre que vous m'intimez ?

— Aujourd'hui ce n'est encore qu'un conseil.

— Et plus tard ?

— Plus tard, ce pourrait être un ordre, comme vous dites.

— Et quel est le délai que monsieur daigne m'accorder ? demanda ironiquement Koffmann. Est-ce aujourd'hui ?... est-ce demain ?... était-ce hier ?... je croirais assez que c'était hier.

Julien fit un mouvement pour sauter sur son adversaire; mais il eut la force de se contenir.

— Je ne fixe pas, reprit-il.

— C'est fort aimable à vous.

— Les événemens détermineront l'époque.

— Ah ! très bien !

— Dans tous les cas, le moment venu, si la chose n'est pas faite, je me réserve de vous avertir.

— Vous serez mille fois bon ! Et alors ?

— Alors il faudra que ce soit.

— Même si je ne voulais pas ?

— Surtout si vous ne vouliez pas.

— Vous parlez comme un oracle, cher monsieur. Et vous serez de la noce, j'imagine ? ce sera bien le moins !...

— Peut-être; mais vous en serez à coup sûr, vous.

— Parbleu !... le marié !...

Thérésa venait d'entr'ouvrir le quart d'un œil.

Étonnée de ce qu'on n'avait pas songé à lui mettre un flacon sous les narines, comme cela se pratique en pareille occurrence, elle fit un mouvement pour en prendre un sur la cheminée, et laissa tomber le rouleau de cent écus qu'elle n'avait pas eu le temps de restituer au tiroir.

Les pièces d'or s'éparpillèrent sur le parquet.

— Qu'est-ce que cela ? demanda Koffmann en se précipitant pour les ramasser; mon argent ?...

Puis il reporta son défiant regard de Thérésa à Julien, qui tous deux gardaient le silence.

— Je vois ce que c'est, reprit-il; monsieur le redresseur de torts, monsieur l'homme vertueux venait me dépouiller, pleurnicher, crier misère...

— Fritz ! cria Thérésa d'un ton de reproche amer.

Et, se levant d'un bond, elle mit le dos de sa main sur la bouche de l'insulteur.

— Misérable ! dit Julien, qui s'enfonçait les ongles dans la poitrine pour avoir occasion de déchirer quelque chose.

— Il faut vous défier de ces surprises-là, chère amie, reprit Fritz; que diable ! je ne puis pas entretenir toute la famille, moi ! Chacun a ses pauvres...

Et il remit prudemment l'argent dans sa poche, en digne fils d'usurier qu'il était.

Julien écoutait et regardait avec un suprême dégoût.

— Eh bien ! demanda-t-il tristement à Thérésa, cela ne vous dessille pas les yeux ? que pouvez-vous attendre d'un pareil homme ?

Thérésa s'était caché le front dans les mains.

— Je ne sais ce qui me retient ! menaça Koffmann.

— Oh ! mon Dieu, ne vous retenez pas ! ce n'est guère la peine... Vous êtes même très drôle à voir lorsque vous voulez faire semblant d'avoir du courage. — Fritz leva la main. Julien fit deux pas vers lui et se croisa les bras. — Ah ! dit-il, si vous pouviez me frapper !... mais frappez-moi donc !... frappez donc !... Vous voyez bien que je n'attends que cela pour avoir le prétexte de vous démolir... ce serait le seul vrai service à rendre à cette pauvre enfant.

Fritz pensa que le nœud de sa cravate blanche souffrirait peut-être d'une collision sérieuse; il revint aux idées de prudence qui faisaient le fond de son caractère.

— Est-ce tout ? demanda-t-il.

— Tout pour le moment, reprit l'ouvrier.

— En ce cas, cher monsieur... votre présence nous est assurément fort précieuse, à mademoiselle et à moi; mais, si vous aviez quelque affaire ailleurs, nous serions désolés de vous retenir.

— C'est vous qui serez désormais mon unique affaire, monsieur Koffmann; triste affaire, n'est-ce pas ?... vilain ouvrage... mais j'en serai quitte pour me laver les mains quand ce sera fini.

— Je crains qu'elles ne restent longtemps sales, cher monsieur.

— C'est ce que nous verrons, dit l'ouvrier.

Et il se dirigea vers la porte.

— Mais, le cas échéant, acheva ironiquement le Koffmann, je vous recommande le savon de guimauve à la rose, vous vous en trouverez parfaitement.

— Julien, repartit Thérésa, dites à mon père...

— Je ne lui dirai rien, reprit l'ouvrier; il finira par croire que vous êtes morte... cela vaudra mieux.

Et il sortit.

XVII

COUP DE JARNAC. — UN AN PLUS TARD.

Quinze jours environ après l'entrevue que nous venons de raconter, au petit jour, Julien fut réveillé en sursaut par des agens de l'autorité qui venaient lui faire une visite... domiciliaire.

Il était fort question, à cette époque, d'une de ces sociétés, secrètes ou non, dont le résultat le plus sûr, en raison de leurs folles tentatives, est précisément de faire faire une halte aux idées dont elles prétendent hâter l'avénement.

Des rapports étaient parvenus à la police qui signalaient Julien comme un des affiliés les plus actifs à ces menées souterraines.

L'éveil donné, on l'avait suivi pendant quelque temps, et ses allures avaient dû paraître étranges, en effet, car l'ouvrier, depuis quelques semaines, s'occupait bien moins de son état que d'éplucher la conduite de Fritz et de lui emboîter, en quelque sorte, le pas comme son ombre.

Quant à s'occuper de théories politiques, quant à être une des laves qui, dans les grands centres, bouillonnent toujours au fond d'un cratère quelconque, Julien n'y avait jamais songé.

Tout entier à son travail pendant les premières années de son arrivée à Paris, il était maintenant tout à Thérésa, qu'il s'était imposé la tâche cruelle et difficile de faire respecter.

Grande fut donc sa stupéfaction à la vue de l'officier de paix et de ses agens; mais grande fut aussi sa sécurité, car il se savait pur de toute faute et se croyait naturellement à l'abri de toute poursuite.

— Voyez, messieurs, dit-il, cherchez, visitez; je m'occupe si peu du gouvernement que je ne m'explique en vérité pas qu'il s'occupe de moi... Ce ne peut être que le résultat d'une erreur. — Les agens visitent en effet, et ne trouvaient rien. — Allez toujours! reprenait l'ouvrier; ceci est une armoire... voilà le cabinet que j'habite... Voulez-vous que j'ouvre ma malle... que je découse le matelas?... Ah! vous avez oublié ce tiroir... C'est mal meublé, n'est-ce pas?... mais que voulez-vous!... tout le monde n'est pas riche, et votre tâche en sera d'autant plus vite faite.

Et il leur faisait pour ainsi dire avec empressement les honneurs du logis.

Il est vrai que c'était peut-être l'empressement de les voir partir.

Un agent fouillait un dernier placard; il en tira deux poignards et trois baïonnettes.

— Qu'est-ce que cela? demanda l'officier de paix.

Julien prit les armes une à une, les examina curieusement, les retourna, les palpa, et les rendit avec ce haussement d'épaules et ce regard écarquillé qui signifient: je n'en sais rien.

L'agent continuait son exploration; il exhuma de la poudre et des balles.

— Et cela? demanda le chef de l'escouade.

Julien répéta son geste et son regard.

Le ciel se fût effondré sur lui, le sol se fût ouvert sous ses pas, il eût été soudain métamorphosé en cerf comme Actéon ou changé en statue de sel comme la femme de Loth, que son étonnement n'eût pas été plus profond.

— Ces objets vous appartiennent-ils?

— Ni à moi ni à personne de la maison.

— Qui en est le propriétaire?

— Je l'ignore.

— Qui les a déposés là?

— Voilà ce que je me demande.

— Ils n'y sont cependant pas venus seuls?

— C'est probable.

Le placard était une véritable boîte de Pandore. Après de nouvelles fouilles, l'agent en tira un vieux portefeuille usé, entouré d'une ficelle en guise de fermoir.

Ce portefeuille contenait des listes de noms, un manifeste incendiaire, et plusieurs lettres d'une exaltation et d'une obscurité fort compromettantes, à l'adresse de Julien.

Il est vrai que ces lettres ne portaient pas l'empreinte de la poste, et que les signatures, de même que les noms, étaient illisibles. Seulement l'adresse semblait moulée par Joseph Prudhomme, l'élève de Brard et de Saint-Omer.

Il n'y avait pas moyen de s'y tromper.

— Vous êtes bien le nommé Julien? dit le magistrat.

— Oui, monsieur.

— D'où vous viennent ces papiers?

— Du diable, j'imagine.

— Ce n'est pas une réponse.

— C'est la seule que je puisse faire.

— Vous comprenez que ceci est l'évidence, reprit l'officier de paix; le mieux serait que vous fissiez des aveux complets.

— Des aveux sur qui?... sur quoi?

— Mais sur vos complices, sur...

— J'ai donc des complices? Je ne m'en doutais guère.

— Encore quelque chose, dit l'agent en tirant du placard un béret et une cravate rouges.

— Tiens, reprit Julien, je ne me croyais pas si riche!

— Avouez-vous cette fois?

— J'avoue qu'il y a là des poignards, des baïonnettes, de la poudre, des balles, des lettres à mon adresse, un béret et une cravate rouges.

— Le quart de cela suffirait pour vous convaincre.

— Mais j'ajoute que si vous aviez découvert chez moi un milliard en or, je n'en serais pas plus surpris... Seulement, je le serais plus agréablement.

— Je regrette, reprit le magistrat, que vous persistiez dans la voie des dénégations. Vous êtes un bon ouvrier, les renseignemens vous sont favorables, mais depuis trois à quatre semaines il appert que vous vous dérangez, que vos allures sont suspectes, et que vous êtes préoccupé de quelque grave et mystérieux intérêt.

— C'est vrai, dit Julien.

— A la bonne heure. Et ce grave intérêt?

— S'il ne s'agissait que de moi, monsieur, reprit l'ouvrier, je vous le dirais très volontiers; mais c'est le secret d'une autre.

— Dites de plusieurs autres; on vous aura fait faire un serment terrible.

— Un serment, oui.

— Je m'en doutais.

— Un serment que je me suis fait à moi-même et qui ne m'a été imposé par personne, mais que je n'en garderai pas moins.

Pour comble de malheur, en ce moment même la portière monta un pli à l'adresse de Julien.

Un inconnu venait de l'apporter, avec recommandation expresse de le remettre à l'instant.

C'était un rendez-vous assigné à l'ouvrier, pour le soir même, par ses complices, dans je ne sais quelle carrière abandonnée des environs de Paris.

Le mot d'ordre, un peu lugubre, était *mort et cercueil*.

Le signe de ralliement était une carte triangulaire, enrichie de deux stylets en croix surmontés d'un bonnet phrygien.

Or, une pareille carte se trouvait dans le portefeuille dont nous avons parlé.

— Nierez-vous encore? demanda l'officier de paix.

— Plus que jamais, reprit Julien.

Il fut donc arrêté, et cela devait être.

La carrière fut cernée par une escouade d'agens de la police, mais on n'y trouva personne, ce qui fut attribué à l'éveil donné par l'arrestation de Julien.

A l'audience, il se borna à renouveler ses protestations d'innocence, sans rien expliquer toutefois, puisqu'il était plus ébahi que personne de se voir si coupable, et se tenant sur la réserve la plus absolue quant à ses allées et venues bizarres pendant les deux ou trois semaines qui avaient précédé son emprisonnement.

Julien était trop franc, trop primitif, trop loyal même, pour imaginer qu'un piége pouvait lui avoir été tendu; à plus forte raison pour s'aventurer à clouer un nom sur la face du traître.

Comme Socrate, tout ce qu'il savait, c'était qu'il ne savait rien. Peut-être ces engins de guerre étaient-ils depuis longtemps dans ce placard inexploré par lui, peut-être avait-il des accès de somnambulisme révolutionnaire, peut-être un autre Julien avait-il habité autrefois le même logement...? Très bien! Mais cette lettre de convocation qui lui était parvenue si à point, si mal à propos, veux-je dire?... C'était là le diable; aussi Julien affirmait-il qu'il y avait de la sorcellerie dans cette affaire.

Or la sorcellerie n'a plus cours, et Thémis elle-même, l'épée nue dans une main et la balance dans l'autre, n'eût pas manqué de donner une leçon sévère à cet obstiné jeune homme qui se bornait à *ne pas savoir*.

Julien fut condamné à quinze mois de prison.

A coup sûr, il se fût condamné lui-même, tant il se trouvait stupide d'avoir toutes les apparences de la culpabilité sans être coupable.

Cependant, au moment où il sortait du prétoire entre deux gendarmes, il crut apercevoir dans la foule la triomphante figure de Fritz, qui semblait le narguer du haut de sa grandeur et de sa liberté.

A cette vue, un soupçon naquit dans son cœur, mais à l'état d'atome, comme ces points dans l'espace qu'il faut regarder longtemps pour en embrasser les détails.

Nous ne dirons rien des souffrances de Julien pendant sa captivité, si ce n'est que son martyre fut doublé par l'impuissance où il était de poursuivre, à l'endroit de Thérésa, l'œuvre tutélaire qu'il avait commencée.

Nous raconterions à plaisir, pendant deux pages encore, ses révoltes contre le destin, ses larmes secrètes, ses découragemens, ses rages, que cela n'y ajouterait absolument rien.

Au bout d'un an, il obtint sa grâce, et sortit de prison plus épris, plus jaloux, plus ensorcelé que jamais.

Et quel amour, juste ciel! l'amour fomenté dans l'absence et dans l'isolement! les aspirations chauffées à des degrés d'ébullition dont tous les grils de l'enfer ne sauraient donner l'idée! L'univers est alors moins vaste qu'une seule rêverie du cœur de l'homme. Ce cœur est d'ailleurs aussi aveugle qu'infini dans les stupides écarts que l'imagination lui fait faire; il grandit les pygmées, crée des perfections là où il n'y a que des défauts, et fait admirablement refleurir les roses desséchées, jusqu'à ce que l'illusion cesse, bien entendu, et que du mensonge nous retombions dans le vrai : ce qui s'appelle l'*inconstance*.

Orosmane, Werther, Othello, belles glacières que ces amans! L'amour implacable, affreux, l'amour qui calcine, qui ronge, qui tue, ce n'est pas d'aimer une femme noble et pure; c'est de se dire : J'aime une traîtresse, une dévergondée, une perdue; c'est de penser aux tendresses qu'elle prodigue à un autre.

Quel chimiste moral analysera jamais la puissance, l'âcre saveur, le dissolvant, le prestige des grandes pécheresses!

Serait-ce...?

Mais à quoi bon soulever des questions qu'on ne peut pas résoudre!

Une fois libre, Julien courut à la rue d'Ulm, c'est-à-dire là où commençait et finissait pour lui l'univers.

Thérésa l'habitait encore, par miracle, car ces existences décousues perchent volontiers, comme l'oiseau, mais ne demeurent guère.

Il pouvait être huit heures du soir.

Une pluie fine et pénétrante tombait en longues aiguilles sur le pavé glissant. Les réverbères apparaissaient de loin en loin, dans l'atmosphère épaisse, comme des torches funèbres agitées par le vent. La rue était morne et déserte comme une allée de cimetière.

Rue propice aux amans et aux voleurs; temps fait exprès pour les crimes et les rendez-vous.

A peine l'ouvrier eut-il franchi le seuil du n° 42, que des cris douloureux, entremêlés de plaintes étouffées, parvinrent jusqu'à lui.

Ce n'étaient que des cris; mais, pour ceux qui perçoivent à la fois par l'ouïe et par le cœur, les cris ont un accent.

Julien ne pouvait pas s'y tromper.

Il glissa quelque argent dans la main crochue de la portière et apprit ce qui suit :

Thérésa était en mal d'enfant. Le vicomte Octave ne venait plus que très rarement. Il était resté un mois entier sans donner de ses nouvelles. La jeune femme avait envoyé lettre sur lettre et message sur message sans rien obtenir. Cependant, il venait d'arriver avec une sage-femme, ce qui était assurément un magnifique trait de sa part.

Somme toute, et comme renseignemens généraux, Thérésa sortait rarement, voyait peu de monde, paraissait sage, avait quelques dettes dans le quartier, et ne payait que difficilement son modique loyer.

— A preuve, ajouta la portière, que mon mari s'est *échiné* à aller je ne sais combien de fois pour elle rue de Lancry, et qu'il n'a pas encore pu parvenir à se faire payer de ses courses.

Le pouls de Julien galopait une fièvre infernale; il voyait des atomes vertigineux tournoyer devant ses paupières.

Sa première inspiration fut de monter et d'apparaître tout à coup, comme le *Mané Thécel Pharès* du festin de Balthazar.

Mais il pensa que, dans l'état où se trouvait la jeune femme, ce serait lui occasionner peut-être une émotion dangereuse, et il regagna la rue.

Il alla d'abord se blottir sous la grande porte de l'école normale, mais, dans la disposition d'esprit où il se trouvait, il aurait littéralement fallu le clouer quelque part pour qu'il y restât... et encore se serait-il décloué.

Alors il se prit à monter une garde furieuse, allant et revenant dans un rayon d'une trentaine de pas.

Il pleuvait bien un peu, et même beaucoup par intervalles, mais la Seine se fût avisée de sortir de son lit, de monter le faubourg Saint-Jacques et de venir folâtrer rue d'Ulm, que Julien ne s'en serait pas aperçu.

Il y a des instans comme cela, où l'on vit en dedans, à l'abri de toute influence extérieure. Il y en a aussi où l'on brûle sous la glace et où l'on grelotte dans le feu.

Le lecteur se dit peut-être que ce Julien arrivait là fort à point. Mais que le lecteur apprenne une chose s'il ne la sait pas : c'est que, quoi que nous inventions, nous ne serons jamais à la hauteur des combinaisons du hasard et des hardiesses capricieuses de la vérité.

De temps à autre, des cris aigus déchiraient l'espace. Alors Julien s'arrêtait, et c'était comme autant de coups de poignard qu'on lui assénait dans le cœur.

Peu à peu cependant les doléances devinrent moins vives, et le silence finit par se rétablir tout à fait.

Des silhouettes passaient et repassaient derrière les rideaux, s'allongeant fantasquement, puis disparaissant tout à coup, comme aux Ombres chinoises.

Trois heures, trois siècles s'écoulèrent ainsi goutte à goutte.

Vers minuit, une voix grêle demanda le cordon; la porte s'ouvrit.

C'était la sage-femme.

Il s'écoula une seconde éternité de soixante minutes, après quoi la porte roula de nouveau sur ses gonds.

Cette fois, c'était Fritz.

Un caban l'enveloppait, sous lequel il paraissait porter quelque chose d'assez volumineux.

Il prit la rue des Ursulines, et s'arrêta devant le porche de l'église Saint-Jacques du Haut-Pas.

Julien le suivait à distance, de façon à ne pas lui donner l'éveil, tout en le gardant à vue.

Là, Fritz parut se consulter; puis il poursuivit sa route vers les quais, traversa le pont Neuf, et s'arrêta sur le parvis de Saint-Germain-l'Auxerrois.

Décidément, il en voulait aux églises.

Julien se tenait dans l'ombre, adossé aux grilles du jardin de l'Infante.

Koffmann jugea sans doute qu'il était, cette fois, assez loin de la rue d'Ulm pour dépister les recherches; il écouta le silence, interrogea du regard la rue des Prêtres et la place de l'Ecole, puis rampa vers le cloître, comme s'il eût eu peur de son ombre et du bruit de ses pas.

Un instant après, il disparaissait par la rue de Rivoli, et Julien trouvait, aux pieds d'une madone que l'indignation n'avait pas fait descendre de son ciel d'azur, une pauvre petite créature empaquetée de langes.

Julien la prit et l'emporta.

XVIII

DANS LEQUEL FRITZ VOUDRAIT BIEN SE DISPENSER DE PARAITRE.

Julien s'était d'abord trouvé fort embarrassé de son précieux fardeau.

Au beau milieu de Paris, en pleine nuit, à quelle nourrice se vouer?

Le brave garçon, on le comprend de reste, n'avait aucune des qualités de l'emploi.

Cependant il se rappela un sellier, Béarnais comme lui, auquel il avait été recommandé à son arrivée du pays, et dont il avait eu plusieurs fois l'occasion d'apprécier l'affectueuse obligeance.

C'était même chez ce sellier que Julien avait commencé son apprentissage.

Il pensa donc, avec raison, que ce digne homme et sa femme ne refuseraient pas de recueillir, ne fût-ce que pour quelques heures, l'enfant abandonné, et courut au passage Brady, quartier Saint-Denis, où demeurait le sellier.

Son espoir ne fut pas trompé.

Tranquille sur ce point, Julien prit trois heures de repos, et se dirigea, au petit jour, vers la rue Sainte-Avoie.

En province, au bout d'un quart de siècle, vous avez quelque chance de retrouver les gens là où vous les laissâtes autrefois; souvent ils seront encore assis dans le même fauteuil, lisant le même journal, prenant du tabac dans la même boîte, et les pieds sur les mêmes chenets. Mais un an, pour Paris, c'est l'éternité. Dix oiseaux de passage, pendant ce temps en apparence si court, ont laissé de leurs plumes au même nid, et s'en sont allés Dieu sait où!... La Seine, dans son cours, n'entraîne pas plus de flots que le gouffre parisien n'absorbe d'existences.

Il y avait plus de six mois que le rapin d'abord, et ensuite Brand, avaient disparu de la rue Sainte-Avoie.

On n'en avait pas eu de nouvelles depuis cette époque.

Restait une visite à faire rue de Lancry.

Julien, on le voit, aimait à faire vite et connaissait la valeur du temps.

Il était à peine sept heures du matin qu'il sonnait à la porte de Fritz Koffmann.

Il ne daigna pas même répondre au domestique qui l'interpellait, et fut droit à l'appartement de Fritz, qu'il connaissait pour y avoir été introduit le jour où, à la recherche de Brand, il avait misérablement trouvé ce dernier aux prises avec le *petit bourgogne*.

Fritz dormait, absolument comme s'il n'eût pas exposé la veille son enfant nouveau-né sur les dalles d'une église.

Secoué vigoureusement par Julien, il se réveilla en sursaut, envoyant à tous les diables l'importun qui se permettait une pareille incartade.

— C'est moi, dit l'ouvrier.

Cette voix fit tressaillir Koffmann, qui reconnut son adversaire avant que ses yeux, encore mal ouverts, eussent eu le temps de le regarder.

L'apparition était foudroyante, car il avait compté être débarrassé de Julien pour quinze mois au moins, remettant au dernier moment à faire déménager Thérésa pour la soustraire aux nouvelles recherches dont il se doutait bien qu'elle serait l'objet.

Or, le compte n'y était pas : il n'y avait que douze mois au lieu de quinze.

— Je vous croyais en prison, monsieur le conspirateur, dit dédaigneusement le Koffmann.

— J'y étais en effet, reprit l'ouvrier, mais je n'y suis plus, et vous ne tarderez pas à vous en apercevoir.

— Encore des menaces!...

— Quant à la prétendue conspiration dont il paraît que je faisais partie, poursuivit Julien, nous en causerons tout à l'heure.

— Parfaitement inutile, mon cher; je n'aime pas à fourrer le nez dans ces sortes d'affaires.

— C'est que je crois que ce sont un peu les vôtres.. Mais nous avons d'abord un autre compte à régler.

— Désolé, reprit Fritz en s'enfonçant sous les couvertures, mais je tombe de sommeil. Au revoir, cher monsieur, je ne vous retiens pas.

— Quand on se couche aussi tard... commença Julien.

— Hein! s'écria Fritz en faisant un bond dans son lit, qu'en savez-vous?

— Je le sais; cela doit suffire. Vous rappelez-vous, continua l'ouvrier, que je m'étais chargé de vous avertir lorsque le moment serait venu pour vous d'épouser mademoiselle Thérèse.

— Je me rappelle, en effet, cette mauvaise plaisanterie.

— Eh bien! le moment est venu.

— Bah!

Julien se croisa les bras sur la poitrine et marcha gravement vers Koffmann.

— Avouez, dit-il, que vous êtes un bien grand misérable!

— Je vais tout simplement vous faire mettre à la porte, reprit Fritz; ce sera le plus court.

Et il leva le bras pour sonner.

— Si vous faites un mouvement, dit Julien en tirant un pistolet de sa poche, vous êtes mort!

Le bras retomba, inerte et tremblant.

— Vous assassinez! dit Koffmann.

— Qu'est devenu l'enfant que Thérèse a mis au monde cette nuit? demanda Julien sans daigner répondre.

Fritz devint blafard, de pâle qu'il était déjà.

— Qui vous a dit?...

— Personne.

— Il est mort, et c'est ce qui pouvait lui arriver de plus heureux.

— Vous en avez menti! Un homme est sorti cette nuit, furtivement, de la rue d'Ulm, portant cet enfant sous son manteau; il l'a abandonné, comme un lâche qu'il est, sous le porche de Saint-Germain-l'Auxerrois... Cet homme c'était vous!

— On vous a mal informé, balbutia Koffmann.

— J'ai vu! reprit l'ouvrier. Mais vous n'avez donc rien là? continua-t-il, en se frappant le cœur; mais vous n'avez donc senti ni remords ni pitié en livrant ainsi aux souffrances et aux hasards de l'abandon cette chétive créature, votre sang et votre chair?

— Ceci est une question.

— Assez!... Maintenant, levez-vous et écrivez.

— Que j'écrive quoi?

— Que vous reconnaissez votre enfant, et que vous promettez solennellement d'épouser la mère.

— Qui? moi! épouser... jamais!...

— Ainsi, vous refusez?

— Absolument.

— Je vais en ce cas vous dénoncer à la justice.

Au ton dont cela fut dit, nul doute que Julien allait mettre à exécution sa menace.

Koffmann fit ces rapides réflexions: que le danger était imminent, que le plus pressé était de gagner du temps, que l'avenir est un grand destructeur de projets, et qu'il trouverait toujours bien quelque biais pour éluder sa promesse.

— Et cet enfant, demanda-t-il, qu'en a-t-on fait?

— On le produira en temps et lieu.

— Eh bien ! reprit Fritz, je cède à vos instances. — Il appelait cela des instances. — Oui, poursuivit-il, je reconnais que j'ai cédé à une mauvaise inspiration... Thérèse est, au surplus, une charmante femme, et je ferai son bonheur.

— J'en doute ; mais ceci est une question secondaire et que nous examinerons plus tard. — Fritz écrivit donc et signa sous la dictée de Julien, non sans frémir de rage et sans broyer plus d'une plume, qu'il s'engageait sur l'honneur à épouser mademoiselle Brand, séduite et enlevée par lui, et qu'il se reconnaissait le père de la petite fille à laquelle elle venait de donner le jour. Julien plia le papier en quatre et le mit dans sa poche. — Maintenant, reprit l'ouvrier, revenons à ma condamnation. Vous savez ce qu'on a trouvé chez moi et ce qui l'a motivée ?

— Vaguement... Il a couru bien des bruits ; mais je me défie toujours de l'exagération.

— C'est fort sage ; cependant vous étiez au tribunal, ce me semble ?

— Moi !

— Vous-même ; je vous y ai vu.

— En effet, je crois me souvenir... je passais par hasard.

— Je connais ces hasards-là, reprit Julien ; c'est par un hasard du même genre que je suis venu chez vous ce matin.

— Quel intérêt vouliez-vous que j'eusse... ?

— Figurez-vous que Henri, votre beau-frère futur, est venu me voir pendant ma captivité. Et savez-vous ce qu'il m'a raconté ?

— J'attends que vous preniez la peine de me le dire.

Ce matamore de Fritz était devenu obséquieux comme un solliciteur et souple comme un gant.

— Il m'a raconté que, quelques jours avant la perquisition faite rue Sainte-Avoie par la police, vous l'aviez invité à dîner chez vous, en tête-à-tête.

— C'est bien possible.

— Au dessert, il a cédé à une somnolence invincible.

— Je ne me rappelle pas.

— Parbleu ! la mémoire n'est pas faite pour cela !... Quand il se réveilla, au bout de quelques heures, vous n'étiez plus là. Au moment de partir lui-même, il s'aperçut que sa clef lui manquait, et la chercha vainement sur tous les meubles et dans toutes ses poches. Vous entendez... ?

— Parfaitement.

— La clef de chez lui, qui était aussi la clef de chez moi... A votre retour, Henri cherchait encore ; vous cherchâtes avec lui, et, presque aussitôt, la clef fut retrouvée à une place déjà fouillée vingt fois.

— Et vous en induisez ?

— Rien de bien positif. Seulement, ces circonstances données, je me dis que rien ne vous eût été plus facile que de vous introduire chez moi et d'y cacher, dans un placard je suppose, tout ce que vous auriez voulu.

— Et vous me croyez capable...

— Je vous crois capable de tout ! Malheureusement je ne suis pas sûr...

En ce moment le domestique entra.

— Qu'y a-t-il ? demanda Fritz.

— Un des fournisseurs de monsieur.

— Qu'il revienne !

— Il prétend que voilà la dixième fois qu'il revient.

— Eh bien ! cela fera la onzième ; le beau malheur ! Il fallait lui dire que je n'y étais pas.

— Monsieur ne m'avait pas donné d'ordres.

— Qu'il aille au diable !

— Je suis fatigué d'y aller, monsieur, dit un homme d'environ cinquante ans qui poussa la porte restée entr'ouvert, et entra résolûment dans l'appartement.

— Ah ! c'est vous, Durand, dit Koffmann.

—Moi-même, monsieur, reprit l'industriel en tirant de sa poche un mémoire.

— Vous me prenez dans un mauvais moment.

— Les bons sont rares, ce me semble.

— Ensuite, dit Fritz, il y a là plusieurs articles dont les prix sont exorbitans : c'est un compte à refaire.

— Je n'ai pas deux prix, monsieur ; le béret seul est peut-être un peu cher, mais j'ai eu beaucoup de peine à me le procurer, et vous le vouliez de suite.

— Un béret ! s'écria Julien en faisant un bond vers le marchand qui tenait la facture, un béret rouge ?

— Oui, monsieur.

— Il doit y avoir une ceinture de la même couleur ?

— Oui, monsieur.

— A quelle époque avez-vous fourni ces objets ?

— Il y a treize mois environ.

Fritz ressemblait à un suaire ; ses dents jouaient des castagnettes, ses regards creusaient le parquet.

— Payez, dit Julien au coupable, et que cela finisse ! — C'était plus qu'un ordre. Koffmann ouvrit un tiroir et paya machinalement, pour ainsi dire sans compter. Il lui semblait être attaché aux ailes d'un moulin à vent et tournoyer dans l'espace. — Croyez-vous qu'il y ait une Providence ? — demanda Julien lorsqu'ils furent seuls. Fritz se tut. — C'est donc vous qui m'avez fait arrêter, condamner, languir en prison pendant une année entière !... Je cherchais une preuve ; elle vient de s'apporter elle-même.

— Mais qui vous dit... Ne puis-je donc avoir acheté cette ceinture et ce béret pour moi ?

— Dans quel but ?

— Par caprice. Ensuite, quelques amis et moi nous avions un canot ; c'était l'uniforme.

La ruse et la raison lui revenaient à la fois.

Au fait, c'était chose possible, sinon vraisemblable.

— En ce cas, vous devez les avoir conservés ? demanda Julien.

— Sans doute.

— Où sont-ils ?

— Là, je suppose, dit Koffmann en entrant dans un cabinet de toilette où l'ouvrier le suivit.

Il remua tout de fond en comble, et ne trouva rien. Des gouttes de sueur inondaient sa face.

— Vous êtes maladroit, reprit Julien. Il fallait au moins dire qu'ils étaient restés dans un canot quelconque, au Pecq, à Asnières, n'importe où... Du reste, je ne suis pas en peine de les trouver ; ils sont au greffe du tribunal.

— Je proteste... dit Fritz en étalant vertueusement sa main sur sa poitrine immonde.

— Ne vous donnez pas cette peine ; ce qui vous accuse ici, ce n'est pas le guet-apens dans lequel est tombé Henri, ce n'est pas sa clef perdue et retrouvée, ce n'est pas même cette ceinture ni ce béret... c'est vous-même ; c'est votre attitude, c'est votre regard qui fuit le mien, c'est ce grelottement que Dieu vous inflige, c'est votre humilité, votre honte, votre couardise en face d'une accusation qui devrait vous faire bondir d'impatience et de rage si elle ne frappait pas juste.

— Le calme prouve plus que la colère, reprit Fritz ; le bon droit ne s'emporte pas.

— Dans de certaines limites, c'est possible ; mais on ne boit pas ainsi l'humiliation quand on ne se l'est pas versée... Je devrais donc, à divers titres, poursuivit Julien, vous envoyer là d'où je sors. Rendez grâce à Thérèse de ce que je mets sa réhabilitation au-dessus de votre châtiment. Je vous donne six semaines pour l'épouser.

— C'est entendu, dit Koffmann ; je l'eusse d'ailleurs fait sans votre initiative.

— Vous en preniez singulièrement le chemin. Mais ce n'est pas tout : vous pensez bien que, si je veux que vous répariez le tort que vous avez fait à Thérèse, je n'entends pas par là la condamner à subir un mari tel que vous ; le remède serait pire que le mal. Il lui faut un nom, ainsi qu'à son enfant ; je n'exige rien de plus ! Mais cela, je l'exige. Quant à laisser un malfaiteur tel que vous libre et démuselé au sein de la société, il n'en saurait être question. Donc, au sortir de la cérémonie nuptiale, je vous insulterai ; nous nous battrons, et je vous tuerai !

— Plaît-il ! s'écria Fritz, sortant de la prostration où cette scène l'avait jeté.

— Je dis que je vous tuerai ! répéta Julien avec cette froide et calme conviction qui s'impose.

Il sortit sans ajouter un mot de plus. Il est vrai que c'était assez significatif comme cela.

— C'est ce que nous verrons ! dit Koffmann en menaçant du poing l'ouvrier parti, comme ces roquets qui n'aboient que quand on leur tourne le dos.

XIX

LE QUART D'HEURE DE RABELAIS.

Il y a longtemps que nous avons perdu de vue le rapin.

Et, en vérité, c'est fort mal à nous, car c'était déjà un charmant sujet, promettant beaucoup, comme on dit.

Sa tenue est de plus en plus fantaisiste et bizarre : un pourpoint de velours violet le serre à la taille ; il porte un vaste pantalon à la mameluk, dans lequel ses jambes se retrouvent à peine ; un chapeau pointu à larges ailes surmonte l'espèce de forêt vierge et saccagée qui lui complète une tête léonienne.

Il vit on ne sait où ni de quoi.

Son atelier est plus que jamais le billard, où il achève d'acquérir cette touche vaporeuse et légère laquelle, à ce qu'il prétend, doit faire un jour de lui le plus illustre des peintres... qui ne peignent pas.

Il s'est introduit dans je ne sais quelles coulisses de bas étage, où son cœur achève de se corrompre au contact de ces liaisons éphémères et faciles qui sont à l'amour vrai ce que la fange du ruisseau est à la prairie verdoyante et constellée de fraîches marguerites.

On le voit, le soir, parmi les farouches *romains* qui applaudissent sous le lustre et fournissent l'enthousiasme à ceux qui l'achètent.

Nous le retrouvons aujourd'hui eu partie carrée dans l'île de Saint-Ouen.

Les convives, à part lui, sont un étudiant de dixième année et deux figurantes quelconques.

Appelons-les du nom que vous voudrez : Julia et Angelina, Esther et Coralie, n'importe comment.

Va pour Esther et Coralie.

L'étudiant de dixième se nomme Edouard, circonstance indifférente d'ailleurs, et que nous ne mentionnons que pour savoir par quel nom le désigner dans la scène qui va suivre.

Le couvert est mis sous les arbres, au bord de l'eau. A en juger par les bouteilles orphelines et la table dévastée, l'action a dû être chaude.

Les deux femmes sont en train de polker, un chapeau d'homme sur la tête et le cigare à la bouche. Henri est coiffé d'une serviette en guise de turban.

Edouard a les deux pieds croisés sur la nappe.

— Tu ne sais pas une chose ? dit le rapin à son ami.

— Je sais que j'ai soif.

— Moi aussi.

— Garçon, du champagne !

— Mais ce n'est pas précisément là ce que je voulais dire : nous buvons sur un volcan, cher ami.

— Le Vésuve ou l'Etna ? demanda l'ami.

— Pire que cela. Parole d'honneur ! j'ai oublié ma bourse.

— Diable ! oublier sa bourse !... voilà une imprudence que je ne comprends pas, par exemple !...

— De sorte que toi ?...

— Moi, reprit Edouard, c'est ma bourse qui m'a oublié.

— C'est toujours la même chose.

— C'est bien différent, au contraire ; le manque de mémoire n'est pas de mon fait.

— Soit, mais le résultat... ?

— D'ailleurs, reprit l'étudiant, tous les Français sont égaux... Je ne vois pas pourquoi j'aurais de l'argent, puisque tu n'en as pas.

— Et la carte ?

— Mais puisque c'est une carte à payer... objecta Edouard.

— Justement.

— Eh bien !

— Eh bien ? quoi ?

— Tu ne comprends donc pas que, si nous la payions, ce ne serait plus une carte *à payer ?* Donc...

— C'est stupide ce que tu dis là !

— C'est de la logique la plus pure.

— Voyons, dit Henri, si j'offrais au bourgeois de faire son portrait ? Voilà une occasion d'utiliser mes talens.

— Tu as des talens ?

— Je m'en flatte.

— A Ahènes, reprit l'étudiant, le talent d'argent valait de cinq à six mille francs ; le talent d'or valait dix fois autant. Si tu en avais, nous ne serions pas embarrassés.

— Tout cela est bel et bon, mais...

— J'ai une autre proposition à te faire, interrompit Edouard. Tu vas chercher à notre hôte une querelle d'allemand...

— Bien.

— Dans la chaleur de la discussion, tu lui donneras un coup de poing...

— C'est facile. Après ?

— On dressera procès-verbal.

— Ensuite ?

— Je me chargerai de plaider la cause de l'insulté, et le dîner sera en à-compte sur mes épices.

— C'est cela ! Et je serai condamné à autant de centaines de francs qu'il y aura eu de doigts dans le coup de poing. Ton moyen est ingénieux.

— Tâche d'en trouver un meilleur.

— Nous courons joliment risque d'aller coucher au violon.

— Et ces dames *dito*. Si elles aiment la musique, ça fera leur affaire.

— Fi ! l'horreur ! dit Esther qui s'était rapprochée.

— Tiens, il y a une escarpolette ! dit Coralie. Edouard, voulez-vous me lancer ?

— Que dirait Henri ?

— Je me moque pas mal d'Henri.

— Lance-la, mon ami, reprit le rapin, lance-la, je te le permets.

Ce disant, le rapin suivait des yeux une nacelle qui venait de quitter l'autre rive et se dirigeait vers l'île.

L'embarcation contenait deux personnes : un jeune homme et une jeune femme, plus le marinier.

— Si mes yeux ne me trompent pas, dit-il à Edouard, voilà des gens que je connais. C'est le ciel qui nous les envoie, comme on dit dans toutes les pièces du Théâtre-Français.

Henri courut au débarcadère.

C'étaient en effet Fritz et Thérésa qu'il avait aperçus de loin.

Celle-ci quittait la chambre pour la première fois, et venait respirer l'air de la campagne.

Henri serra la main de sa sœur, puis celle de Koffmann, car il en était déjà venu à accepter toutes les hontes et à n'en plus rougir.

— Vous êtes un bon garçon, vous, n'est-ce pas ? dit-il à Fritz en le prenant à part.

— Mais j'aime à le croire.

— Eh bien ! supposons que vous soyez à dîner ici avec de grandes artistes et que vous ayez oublié votre bourse ; que feriez-vous ?

— D'abord, je n'oublierais pas ma bourse.

— Soit; mais le cas échéant?

— J'offrirais ma montre en garantie jusqu'au lendemain.

— Et si elle était chez l'horloger, ou ailleurs, comme la mienne?

— Alors j'enverrais un commissionnaire ou un garçon chercher de l'argent chez moi.

— Vous êtes charmant, sur ma parole! Est-ce que tout le monde a de l'argent chez soi? Qui vous dit, par exemple, que, si j'en envoyais chercher, on en trouverait, à moins qu'il y en eût de caché, ce que j'ignore.

Fritz crut comprendre.

— Il y aurait un moyen plus simple encore, reprit-il.

— Voyons le moyen.

— Ce serait de rencontrer à point nommé un ami, et de lui dire: « Voilà la chose. » L'ami répondrait: « Voici ma bourse, prends ce qu'il te faut », et tout serait dit.

Fritz, joignant le geste à la parole, tira son porte-monnaie et le tendit au rapin.

Cette munificence était si peu dans le caractère de Koffmann, qu'elle devait être à coup sûr doublée de machiavélisme. S'il semait ainsi, c'est qu'il était sûr de récolter.

— Voilà un service dont je ne m'acquitterai jamais, dit le rapin en serrant la main du jeune homme. C'est beau comme l'antique!

— Viens demain matin rue de Lancry, reprit Fritz; un artiste d'avenir comme toi ne devrait pas être ainsi dans la gêne. Je tâcherai de te faire avancer quelques sous par mon père.

— Hurra! cria le rapin en se livrant à une cabriole échevelée.

— Avec qui es-tu là? demanda Koffmann.

— Avec un ami et deux grandes cantatrices: Esther et Coralie.

— Esther! mais je la connais!... C'est une femme qui m'a beaucoup regretté.

— Entendez-vous ces éclats de rire?

— Oui.

— Eh bien! c'est elle qui se livre à ses regrets; elle a la douleur très gaie.

— Je ne serais pas fâché de la revoir; je suis sûr que ma présence va lui produire un effet!

Ils s'étaient rapprochés de Thérésa.

— Par quel hasard te trouves-tu là? demanda-t-elle à son frère.

— Il est en partie fine, reprit Koffmann; le gaillard s'amuse.

— Voulez-vous que je vous présente? proposa Henri.

— Volontiers, dit Fritz.

Thérésa éprouvait une répugnance visible.

— A quoi bon? reprit-elle.

— Mais à vous distraire, chère amie; à rire un peu, que diable!

— C'est vrai, fit observer le rapin, tu as l'air d'un enterrement.

— Mais quelles sont ces femmes?

— Bah! ne dirait-on pas que tu es une princesse du sang!

Thérésa comprit qu'elle n'avait pas le droit de faire la difficile.

— Monsieur et madame Fritz, capitalistes! dit Henri en présentant sa sœur et Koffmann.

— Charmante profession! dit Édouard en saluant.

Les dames firent la révérence.

— Mademoiselle Coralie, poursuivit le rapin en continuant ses présentations, pensionnaire de l'Académie royale de musique, où elle chante faux dans les chœurs!

— C'est toujours comme cela qu'on chante dans les chœurs, dit Koffmann.

— Mademoiselle Esther, continua Henri, issue d'une baronne allemande et d'un prince incognito! Monsieur Édouard de Clochegourde, appui de la veuve et défenseur de l'orphelin!

— Si j'ai jamais un procès, monsieur... dit Fritz.

— C'est cela, reprit Henri, si tu as jamais un procès, tu confieras à mon ami la cause... de ta partie adverse: ce sera le plus sûr moyen de gagner la tienne.

— Ça va bien, Esther? demanda Koffmann en lui tendant la main.

— Pas mal, et toi? — Puis se rapprochant et lui parlant à l'oreille: — Elle a joliment l'air de faire sa tête, ta nouvelle épouse! Où l'as-tu pêchée? demanda l'impudente fille.

— Chut! c'est une prude.

— Oh! oh! je te conseille en ce cas de la faire voir comme une curiosité, toi qui aimes l'argent.

— Tu connais donc monsieur? demanda l'appui de la veuve en désignant Fritz.

— Que vous importe?

— Monsieur et madame, reprit Henri, se sont rencontrés quelquefois... par hasard... dans le monde... n'est-ce pas, Esther?

— Vous m'ennuyez.

— Après cela, poursuivit le rapin, il y a réellement des positions forcées où un homme et une femme ne peuvent guère se dispenser de faire connaissance.

Coralie était retournée à l'escarpolette.

— Je passerais ma vie là-dessus, moi, interrompit-elle, sans boire ni manger.

— Excepté aux heures des repas.

— Dieu que vous avez l'esprit bête!

— C'est ma spécialité, chère amie; mais pardon, je suis à vous à l'instant.

Et le rapin disparut.

Coralie, tout essoufflée, était descendue de l'escarpolette, en disant que son cœur *tournait*.

— Il n'y a rien d'étonnant à cela, dit l'étudiant, toutes les girouettes tournent: c'est leur état.

Les trois femmes, Esther et Coralie d'une part, Thérésa de l'autre, s'observaient et se regardaient du haut de leur dédain réciproque, comme des coqs avant le combat.

Une femme, d'ailleurs, trouve toujours un coin par où mordre une autre femme, même son amie intime, pour une chose ou pour une autre.

Henri reparut bientôt, l'air conquérant et se frottant les mains.

— Eh bien! demanda-t-il à Édouard, et la carte? As-tu trouvé un appareil de sauvetage pour nous tirer de l'abîme où nous sommes?

— Je n'en vois plus qu'un, reprit l'étudiant: c'est de nous installer ici au mois ou à l'année. Ce serait bien le diable si, dans l'intervalle, il ne nous tombait pas du ciel quelque Californie!

— On prétend qu'il a plu autrefois des sauterelles en Égypte, reprit le rapin; il pleut, par-ci, par-là, des aérolithes et des cheminées, mais, quant à de la monnaie, cela ne s'est jamais vu. Ton expédient ne vaut rien.

— Trouves-en un meilleur.

— Il est trouvé. La carte se monte à soixante francs, n'est-ce pas?

— Je ne l'ai pas même regardée; à quoi bon!

— Tu vas voir. Garçon!

— Voilà, m'sieur!

— Servez-nous soixante francs au rhum, leste et chaud!

— En or ou en argent? demanda le garçon.

— N'importe comment, reprit Henri, pourvu que le compte y soit.

— A l'instant, m'sieur.

— Je parie qu'il ne les apporte pas, dit l'étudiant.

— Je parie qu'il les apporte... Le perdant enverra sa redingote au chef, qui la hachera menu et la fera sauter aux champignons.

— Parlez d'autre chose, dit Coralie; ce serait dur en diable... Mon cœur ne tourne plus; je retourne à l'escarpolette.

— Je t'engage à y rester, repartit le rapin ; ça t'évitera les allées et venues.

Le garçon revint, portant glorieusement un plateau tout empanaché de flammes bleues.

Douze pièces de cinq francs nageaient dans le rhum.

— Vive Henri ! Hurra pour Henri ! cria l'assistance.

Esther prit un savarin resté sur la table et le posa sur la tête du rapin :

— Aux grands hommes les estomacs reconnaissans !

— Il faut convenir, dit Edouard, que voilà un restaurant bien tenu. Décidément, je m'y installe ; j'en serai quitte pour demander, de temps en temps, des hors-d'œuvre en espèces.

— Et tu crois bonnement, demanda le rapin, qu'on s'amusera à te faire sauter, en veux-tu, en voilà ! des écus de cent sous dans une lèchefrite ?

— Dame !...

— Cet argent est à nous, poursuivit le rapin en se posant ; si le hasard ne m'avait pas fait rencontrer une bourse avec mon ami ici présent...

— Monsieur, dit Edouard en s'inclinant, je vous rends mille grâces.

— Tu ferais mieux de lui rendre ses soixante francs.

— Bagatelle ! reprit Koffmann.

Fritz prit congé, sous le prétexte que Thérésa était souffrante.

— Et surtout, dit-il au rapin, n'oublie pas que je t'attends demain, dans la matinée.

— L'oublier ! s'écria le rapin ; la mort seule ou l'esclavage peuvent me retenir.

XX

KOFFMANN PÈRE ET FILS.

Nous sommes dans le cabinet, dans le laboratoire d'usure, si vous le préférez, de monsieur Koffmann le père.

Cela est meublé d'acajou et de ponceau ; il y a cinq pendules : une sur la cheminée, deux sur une console et deux sur le secrétaire. Tout un magasin de bijouterie se prélasse dans une armoire à vitres. Des tableaux de prix tapissent les murailles ; des armes damasquinées d'argent gisent dans un coin.

On voit que toutes ces choses ne sont pas chez elles ; elles ont je ne sais quoi de triste, d'abandonné, de tumulaire, comme ces épaves que les flots jettent sur le sable après une tempête.

Autant vaudrait avoir à nettoyer toutes les écuries d'Augias que d'énumérer les infamies prodigieuses qui se sont commises dans ces douze pieds carrés.

Que de personnes y sont entrées furtivement, le soir, ou le matin de bonne heure, car elles avaient l'instinct du mauvais lieu où elles allaient !

Les uns, timides, le chapeau à la main, parlant bas, à la veille d'une échéance ou d'un manque de pain ;

Les autres, bruyans, casseurs, le cigare en bouche, descendant de leur coupé, où les attendait avec impatience un charmant petit vampire ayant soif de cachemires, d'avant-scènes, de soupers fins et de bouquets.

Comptez que de gros patrimoines dont la première assise s'est détachée là s'y sont effondrés de fond en comble.

Votre père vous gêne ; on vous l'escompte.

« Quel âge a ce testateur si peu exact à vous céder la place ? Soixante-cinq, soixante-dix, quatre-vingts ans ? C'est un gaillard tenace, à ce qu'il paraît. Est-il au moins bien cassé, bien infirme ? Quel est son tempérament ? Est-il souvent malade ?... Oh ! il a cette passion-là !... Parfait ! délicieux !... cela tue très vite les vieillards... Eh bien ! je vous donne tant ; cela vous convient-il ? Cela convient toujours.

Puis on entre du bout du pied dans cette fange, puis jusqu'à mi-corps, puis jusqu'au cou, puis jusqu'à dix pieds par-dessus la tête.

C'est de ce genre de démolitions patrimoniales que Samuel Koffmann s'était depuis vingt-cinq ans fait l'entrepreneur acharné. Il va sans dire que, tout en démolissant d'un côté, il avait construit de l'autre, et même très solidement.

Cet homme de proie, grand, gros, soufflant comme un phoque, onglé comme un vautour, les phalanges semées de bouquets barbus, bâti de bronze au moral comme au physique, pouvait avoir soixante ans.

Décidément les détritus de toute sorte sont un engrais pour les hommes comme pour les plantes. De la pluie à celles-ci, des larmes à celle-là, et tout pousse à miracle,

Lèvres charnues, joues pendantes, œil vert, en dessous, sardonique, des broussailles grises sur la tête, un pantalon guillotinant l'aisselle, un brillant fixé à la chemise en guise d'enseigne et d'appeau, une robe de chambre en flanelle, une toque de velours à gland d'or, les pieds dans une chancelière, prisant comme Sganarelle, et les narines illustrées d'opales... voilà l'homme extérieur...

Quant au dedans, nous respectons trop le lecteur pour l'introduire dans cette espèce de Montfaucon des iniquités sociales.

Une des opérations favorites de Samuel Koffmann est de faire souscrire, à trois mois de date, une valeur de mille francs, qu'il escompte comme suit :

Espèces, quatre cents francs ;

Plus une montre non repassée, qu'il exhume précieusement d'un petit sac de peau, et qu'il cote six cents francs : cela fait le compte.

La montre vaut soixante-dix francs comme un liard.

Si vous tenez à ce qu'elle marche, et en général on a cette faiblesse, il ne vous en coûtera que dix livres pour la faire repasser.

On a le sac de peau par-dessus le marché.

Puis Samuel prend un air paternel, et vous décoche cette naïveté féroce :

— Remarquez que j'aurais le droit de vous retenir les intérêts de mon argent, et que je n'en use pas.

Il y a des imbéciles qui remercient.

Au moyen de cette industrie charmante, on fait annuellement suer quatre cents pour cent à son pauvre petit argent. Dix mille francs de capital rapportent quarante mille livres de rentes.

Ce n'est guère, mais que voulez-vous !

Nous avons vu une note d'apothicaire fournie par ledit Samuel, sur laquelle figurait, parmi beaucoup d'autres, cet audacieux article, qui peut à bon droit passer pour le sublime du genre :

« *Item*, cent vingt francs pour m'avoir fait manquer un rendez-vous où je devais gagner pareille somme. »

Quelquefois Samuel ajoute, comme appoint, pour deux à trois cents francs de cigares. Puis, le bordereau signé, il les remet négligemment dans une armoire en disant :

— Bah ! que feriez-vous de ces méchans cigares ?... Vous êtes un gourmet, vous ; il vous faut de véritables *puros*.

Or, la vanité s'arrange du compliment, et la pilule s'avale de bonne grâce.

Nous sommes donc dans le cabinet de Samuel.

Il est huit heures du matin.

Le père et le fils, séparés par un guéridon, prennent une tasse de thé et s'entretiennent à cœur ouvert, comme une paire d'amis.

— Moi qui ai fait tout au monde pour arranger ce mariage ! disait le père. Echouer au port !... une femme d'un demi-million !...

— Laide à faire peur, objecta Fritz.

Samuel haussa les épaules.

— Un demi-million ! reprit-il.

— Contrefaite, ajouta Fritz.

— Vingt-cinq mille louis!

— Bête comme une huître.

— Cinq cent mille francs! de quoi se pelotonner, en opérant bien, un revenu royal de deux millions! Il faut que tu ne sois pas mon fils pour faire d'aussi puériles objections...

— Certainement qu'un pareil mariage est très alléchant, et s'il ne dépendait que de moi... mais il y a autre chose.

— Quoi! cette petite fille de la rue d'Ulm?...

— S'il ne s'agissait que d'elle encore!

— Julien?

Fritz répondit par un signe de tête qui signifiait que c'était là que le bât le blessait.

— Ecoute, reprit Samuel, je ne prétends pas te faire de la morale, mais tu t'es comporté là comme un véritable niais. Moi aussi, que diable! j'ai été jeune; moi aussi j'ai compromis, par-ci, par-là, quelques filles de rien; mais je me serais certainement coupé la main droite plutôt que de signer jamais une promesse de mariage.

Il faut convenir qu'il avait bien raison de ne pas vouloir faire de la morale, ce digne monsieur Koffmann.

— Si tu crois que c'est de mon plein gré que je me suis mis dans un pareil pétrin, reprit Fritz, tu te trompes diablement. Les circonstances m'ont débordé. Ce Julien, que le ciel confonde! m'a vu abandonner l'enfant sur le parvis de Saint-Germain-l'Auxerrois; il l'a recueilli...

— C'est donc une espèce de Vincent de Paul que ce garçon?

— Il touche de plus à la preuve du piége dans lequel je l'ai fait tomber, et à la suite duquel il vient de faire un an de prison... Tu dois penser si sa reconnaissance m'est acquise.

— Tout cela a été bien mal combiné, dit le père en hochant la tête.

— Il en résulte que je suis, pieds et poings liés, dans sa dépendance.

— Si on l'achetait?

— Il n'est pas à vendre.

— Bah! beaucoup de gens sont à vendre; cela dépend du prix qu'on y met... il est vrai que je ne voudrais pas que ce fût trop cher.

— Toute ta fortune n'y suffirait pas.

— Sois tranquille, je ne lui donnerai pas la peine de la refuser. Mais pourquoi cet acharnement? d'où naît l'intérêt qu'il porte à cette fille?

— Il l'aime, je suppose.

— Qu'il l'épouse, en ce cas; nous ne demandons pas mieux.

— C'est peut-être son intention.

— Je n'y comprends plus rien.

— C'est cependant bien simple; il veut que je reconnaisse l'enfant et que je donne mon nom à Thérèsa, que j'ai déshonorée, selon lui.

— Déshonorée! s'écria Samuel; est-ce qu'on déshonore ces espèces?

— Puis, le mariage conclu, l'avarie réparée, il m'a tout simplement promis de me tuer; après quoi il prendrait ma survivance, j'imagine.

— Il n'est pas si bête, ce garçon; l'enfant reconnu, la femme hériterait de toi; en sorte qu'il épouserait alors ta fortune et ta veuve.

— Je ne pense pas qu'il fasse ces calculs.

— C'est-à-dire que tu crois encore au désintéressement, triple sot que tu es!

— J'y crois comme aux éclipses; elles sont rares, mais il y en a. Ne t'ai-je pas vu à toi-même des accès de générosité?

— A cinquante pour cent, c'est possible... quand je ne pouvais pas mieux.

— L'essentiel est que je ne suis encore ni marié, ni mort.

— Oui, mais comment en sortir?

— Ah! voilà... Cependant, il y aurait peut-être un moyen.

Lequel?

— Si Julien est inaccessible aux sourires de ton coffre-fort, je n'en dirai pas autant d'Henri.

— Quel Henri?

— Le frère de la jeune femme en litige. Je parie qu'avec quelques piles d'écus miroitant bien au soleil...

— Et quand nous ferions l'acquisition de cet Henri, alors qu'il s'agit d'acheter Julien, à quoi cela nous avancerait-il?

— Ecoute, reprit Fritz: Henri est un jeune drôle qui jette sa gourme, et Dieu sait s'il en a! Beaucoup d'appétits de toute sorte, et pas un écu pour les satisfaire; de la convoitise plein le cœur, et rien dans la bourse... Or, mon avis est qu'un pareil sujet doit aller de confiance à Brest ou à Toulon, pourvu qu'on se donne seulement la peine de lui en indiquer le chemin.

— Et quand il y serait? demanda le père Koffmann.

— S'il y était, poursuivit Fritz, cela n'arrangerait en rien nos affaires, au contraire. La famille de ma femme s'enrichirait d'un forçat, et ce n'est pas précisément là une illustration désirable.

— Alors, explique-toi.

— Ce qu'il faudrait, c'est qu'il se fût mis dans un cas pendable, que nous tinssions la cour d'assises suspendue sur sa tête, qu'il dépendît de nous de le perdre ou de le sauver, et que, donnant donnant, nous nous fissions mutuellement remise de nos peccadilles.

— Fort bien; mais, encore une fois, c'est de Julien et non d'Henri qu'il s'agit. En quoi les bêtises de celui-ci pourraient-elles modifier l'hostilité de l'autre?

— Julien s'est incarné à la famille Brand; il n'y a rien qu'il ne fasse pour sauver un de ses membres du bagne et de l'infamie.

— Il devrait se faire voir pour de l'argent, ce garçon!

— J'ai donc combiné un plan, et le voici: Henri dînait hier à Saint-Ouen, où je l'ai tiré d'un mauvais pas, car il avait plus consulté son estomac que sa poche; je l'ai engagé à venir ici, ce matin, en lui faisant espérer que tu ferais quelque chose en sa faveur.

— Moi!

— Une bagatelle: quatre à cinq cents francs.

— Bagatelle! bagatelle!... si encore cela pouvait aboutir.

— Cela te regarde.

— Explique-toi.

— Dame! je ne sais pas trop, moi; mais tu as tant de ficelles à ton arc, il y a si longtemps que tu fouilles dans les turpitudes sociales et que tu mènes les hommes par le bout du nez de leurs passions...

Le vieux Samuel fut sur le point de s'attendrir.

— A la bonne heure, dit-il, je reconnais mon sang, et, si je réussis, tu me promets d'épouser la bru de mon choix?

— Je te le promets.

— Les yeux fermés?

— Oh! bien fermés, je t'en réponds! car, si je les ouvrais, je n'en aurais peut-être pas le courage.

— Ne la regarde qu'à travers ses cinq cent mille francs.

— Oui, le point de vue sera plus flatteur.

Ils en étaient là de ce colloque, lorsque la porte s'entr'ouvrit.

— Monsieur Henri Brand! annonça Eugène.

On se rappelle qu'Eugène Leconte, fiancé de Zoé, était employé chez Koffmann, où il cumulait les fonctions disparates de saute-ruisseau et de premier commis.

Le vieux juif avait d'ailleurs des motifs pour n'introduire que lui dans la caverne obscure qu'il appelait ses comptes.

— A toi le goujon, dit Fritz à son père, prépare le filet.

Henri fit une entrée grave et solennelle, en harmonie avec la circonstance: un premier salut dès le seuil, un second quelques pas plus loin. Il arrondissait le bras et allongeait la jambe pour accomplir classiquement sa troisième révérence, lorsque Fritz l'arrêta :

— Assez, mon ami, assez !

— Messieurs, dit le rapin, j'ai bien l'honneur...

— Monsieur Henri Brand, peintre d'avenir ! reprit Fritz en présentant le jeune homme à son père.

— D'avenir et d'histoire, acheva plaisamment Henri.

— Donnez-vous donc la peine de vous asseoir, dit le vieux Samuel ; tel que vous me voyez, jeune homme, j'adore les arts et les artistes.

— Cela se voit, reprit Henri en promenant ses regards par l'appartement. Sur ma parole ! voilà des toiles *chic*... un peu trop de cinabre et de terre de Sienne, pas assez de cobalt, mais c'est bien brossé.

— As-tu déjeuné ? demanda Fritz.

— J'aurais déjeuné que je déjeunerais encore. A propos, ajouta le rapin en se penchant vers Koffmann fils, tu sais pourquoi je viens ?

— Parfaitement.

— As-tu tâté le bonhomme ?

— Nous causerons de cela au dessert. Mon père aime les francs buveurs, de sorte que si tu veux te mettre bien avec lui...

— Tu me demandes précisément là une des choses qui sont le plus dans mes moyens. Tu verras quel gobelet je fais !

Nous franchirons lestement ces préliminaires pour retrouver nos convives à table, environ trois heures plus tard.

Henri n'a rien négligé pour captiver la bienveillance du vieux Samuel, tellement qu'il en est arrivé à se croire le pivot d'une valse échevelée tournant autour de lui. Il cherche à saisir au vol l'heure que marque la pendule, et n'y peut parvenir.

— La question est celle-ci, dit Fritz : Henri a tout ce qu'il faut pour parvenir ; il ira très loin...

— Pas aujourd'hui, interrompit le rapin ; je sens que mes jambes refuseraient le service.

— Or, poursuivit le jeune Koffmann, il est évident que les premiers pas dans la carrière des arts sont fort difficiles, et que souvent les intelligences les mieux douées restent en chemin, faute d'un bras tutélaire qui les soutienne...

— Je compte sur le tien pour m'en aller, dit Henri, lequel essayait en vain de faire prendre feu à un cure-dents, qu'il prenait pour une allumette.

— Au siècle où nous sommes, continua Fritz, une modique somme est quelquefois pour le génie ce qu'étaient, au moyen âge, le cheval de combat et l'armure que Rébecca procure à Ivanhoë.

— Bien parlé ! je suis Rébecca, c'est-à-dire, non, je suis Ivanhoë, soyez Rébecca.

— Supposons que Cimabué n'eût pas rencontré Giotto dessinant ses moutons au lieu de les garder, Giotto restait un berger médiocre au lieu de devenir un grand peintre.

— C'est pourtant vrai, cela ! reprit Henri. Que Cimabué eût eu ce jour-là l'idée de faire une partie de carambolage au lieu d'aller se promener dans la campagne, et Giotto restait dans le troisième dessous.

— Où voulez-vous en venir ? demanda Samuel.

— A votre caisse, respectable israélite. Vos écus doivent s'y ennuyer comme des éperlans dans une guitare.

— Et vous vous chargeriez volontiers de leur faire prendre l'air ?

— L'air d'abord, digne vieillard, et autre chose ensuite.

— La vérité, reprit Fritz, est que le pauvre garçon a une vaste composition dans la tête... n'est-ce pas, Henri ?

— Colossale, mon vieux ! c'est-à-dire que la *Smala* de Vernet ne sera qu'un Meissonnier en comparaison de mon œuvre.

— Assurément, reprit le jeune Koffmann, c'est déjà énorme que d'avoir conçu un tableau, d'en avoir le sujet là, dans la tête, frappant avec impatience aux parois du cerveau pour en sortir, comme Minerve armée de pied en cap ; mais ce n'est pas tout : il faut une toile, des modèles, un atelier, des couleurs...

— Des couleurs surtout, interrompit le rapin. C'est là que j'excelle, ô juif de mon cœur ! je vous en ferai voir tant que vous voudrez.

— Ce barbouilleur est bien insolent, dit Samuel à son fils en je ne sais quel raboteux patois qui ressemble à l'allemand.

— Il est gris comme un Polonais, répondit Fritz dans la même langue. D'ailleurs que nous importe ! il n'en donnera que mieux dans le piége.

— Ça ne vous gratte pas le gosier, en passant, de parler cette langue ? demanda Henri.

— Je me résume, continua Fritz sans s'arrêter à cette interruption ; notre ami a besoin d'argent ; je propose de lui en prêter. La France nous devra un grand artiste...

— Et moi je vous devrai cinq cents francs, acheva le rapin ; c'est simple comme bonjour. Sans compter que, si la France et la postérité ne sont pas ingrates, elles vous décerneront la moitié de mes couronnes. Je vois d'ici le père Koffmann ployant sous les lauriers, comme le bœuf gras.

— Tout cela est bel et bon, mais quelles garanties ? demanda Samuel.

— Son talent d'abord, répondit Fritz, son honneur ensuite.

— Deux crânes hypothèques ! ajouta le rapin.

— C'est que l'argent est si rare ! objecta Samuel, et si cher !...

— Cher à ton cœur, n'est-ce pas, vieux grigou ?... Et au mien, donc !

— Si l'affaire se faisait, vous me souscririez naturellement un billet ? demanda l'usurier.

— Vingt billets, cinquante billets, autant de billets que vous voudrez !

— Valeur reçue comptant ?

— Content et satisfait.

— C'est que ce n'est guère un nom, cela : Henri Brand. Êtes-vous connu dans le commerce ?

— Par-ci, par-là, chez les bottiers et les tailleurs.

— Avantageusement ?

— Très avantageusement... sous le rapport physique ; je ne mesure que trente-cinq centimètres à la taille, et j'ai un pied de chinoise : regardez plutôt.

— C'est que, voyez-vous, mon garçon, je ne conserve jamais de valeurs en portefeuille...

— Ni moi, dit le rapin.

— Il faut que mes fonds circulent.

— C'est leur droit et leur devoir.

— Or, quand je donne un bordereau en banque, et que les signatures ne conviennent pas, savez-vous ce qui arrive ?

— On les refuse, je parie ?

— Justement.

— Quelle petitesse !... refuser une signature parce qu'elle ne vaut rien ! Mais si elle était bonne, quel mérite y aurait-il à la prendre ?

— Il y a donc mille à parier qu'on ne m'escompterait pas la vôtre.

— Les Vandales ! qu'ils viennent un jour me demander leur portrait, et je le leur ferai payer au poids du diamant.

Samuel coula un regard oblique vers son fils, comme pour lui dire : « Voilà le moment de frapper juste. »

— Je ne vois qu'un moyen, reprit-il : ce serait de signer d'un nom plus ronflant que le vôtre, un de ces noms historiés de particules et de couronnes perlées devant lesquels on s'incline, et qui provoquent tout de suite la confiance on ne sait trop pourquoi.

Henri avait le nez plongé dans sa tasse et se gorgeait de rhum, sous le fallacieux prétexte de boire du café.

A cette insinuation de l'usurier, il avala de travers et fit un haut-le-corps.

— Un faux ! s'écria-t-il.

— Pas le moins du monde un faux, reprit Fritz.

— Cependant...

— Il n'y a pas de cependant qui tienne ! Supposons un instant que tu veuilles secourir quelque pauvre diable aux abois...

— Suppose, mon ami, suppose ; cela ne coûte rien.

— Tu lui envoies cent francs dans une lettre...

— Ce n'est pas assez, je lui en envoie mille.

— Va pour mille ! Tu signes cette lettre : duc de Malipiéri, ou comte de Malatesta...

— Bien.

— Sera-ce là un faux comme la loi l'entend ?

— Dame ! je ne sais.

— Ce sera une bonne œuvre, et rien de plus. Le faux que la loi punit sous-entend l'intention de tromper, de nuire ou de s'approprier tout ou partie de la fortune d'autrui.

— C'est évident, confirma Samuel.

— Donc, puisque c'est l'escompteur, puisque c'est mon père lui-même qui, dans le seul but de faciliter la négociation de ton papier, te suggère un expédient qui ne doit faire de tort à personne, je voudrais bien savoir où est le faux ; j'ajoute que je te trouve bien audacieux de nous attribuer ainsi, à la légère, de criminelles intentions.

— C'est ce que j'allais dire, reprit le vieux Samuel en se levant de table. Je ne vois pas, au surplus, quel intérêt nous aurions à prêter de l'argent à ce jeune homme, et puisqu'il fait le récalcitrant...

— Mais à l'échéance ? demanda le rapin.

— Mon père payera, reprit Fritz, cela va sans dire, et tu feras des renouvellemens jusqu'à ce que tu sois en position de rembourser.

— J'accepte, dit Henri à qui cette logique frelatée sembla péremptoire.

— Et moi je refuse, dit Samuel. Il serait par trop curieux qu'il fallût se mettre aux pieds de monsieur pour lui rendre service.

Sur cela, s'enveloppant majestueusement de sa robe de chambre, comme un Romain de sa toge, il rentra dans son cabinet, dont la porte se referma brusquement derrière lui.

Le rapin et Fritz restèrent en face l'un de l'autre.

— Tu fais de belles choses, dit ce dernier ; il y a réellement plaisir à s'occuper de toi.

— Il ne me reste plus qu'un parti à prendre, reprit Henri en dénouant sa cravate et en avisant une patère ; je vais me pendre.

— Pends-toi si cela te fait plaisir, mais je t'engage à ne pas choisir notre appartement pour procéder à cette opération.

— Adieu ! dit le rapin d'un air sombre.

— Voyons ! mon père est un brave homme au fond ; veux-tu que je tente un dernier effort ?

— Va, cher ami, et que la persuasion coule à pleins flots de tes lèvres conciliatrices. Dis à l'auteur de tes jours que je signerai : *Le Père éternel et compagnie*, pour peu que cette raison sociale lui convienne.

Fritz fut rejoindre son père, et revint cinq minutes après.

— Eh bien ! demanda le rapin, qui venait de supputer mentalement tout ce qu'on pouvait acheter de délices dans Capoue pour vingt-cinq louis.

— J'ai eu de la peine, reprit Fritz, mais mes efforts ont été couronnés de succès. Viens.

On devine ce qu'avaient dû être ce qu'il appelait ses efforts.

Henri sauta au cou du jeune homme, et faillit l'étouffer dans ses transports de reconnaissance.

Dès lors cette œuvre d'infamie marcha comme sur des roulettes.

Cinq belles piles de pièces de cinq francs étaient alignées au cordeau sur le marbre de la cheminée.

Henri, vivement impressionné de leurs charmes, signa tout ce qu'on voulut.

Les quatre premières piles avaient déjà disparu dans la profondeur de ses poches, peu faites à recevoir tant et de si nobles étrangères, et déjà il mettait sa griffe sur la dernière, lorsque le vieux Samuel l'arrêta.

— Vous fumez, n'est-ce pas, jeune homme, demanda-t-il.

— Oui, manne céleste.

— Voulez-vous que je vous fasse un cadeau ?

— Je veux tout ce que vous voulez, vénérable Crésus.

— Eh bien ! voici une caisse de deux cent cinquante cigares.

— Tant de bontés !

— De véritables *planteurs*, poursuivit l'arabe ; cela n'a pas de prix ; moi, je vous les *donne* pour cent francs.

Cela valait bien douze franc cinquante, et encore !

— C'est pour rien, fit observer Fritz.

Si précieuse que parût l'occasion, Henri aurait peut-être préféré ne pas la saisir et palper la somme entière ; mais c'eût été s'exposer à faire prendre la mouche au père Koffmann, qui paraissait irascible.

Le rapin se garda de tenter l'aventure.

La pile chatoyante retourna donc vers ses sœurs dans le gouffre d'airain. Puis le rapin s'en alla, riche à toujours, pensait-il, et content comme un roi... en admettant que les rois soient parfaitement d'accord avec nous sur leur bonheur proverbial.

XXI

QUE LES PETITES FICELLES FONT SOUVENT MOUVOIR DE GRANDES MARIONNETTES.

Julien avait fini par épuiser ses ressources à cette poursuite insensée d'un amour qui le fuyait.

Il est vrai que nous ne nous acharnons jamais, pauvres fous que nous sommes, qu'après ce qui nous échappe. Les bonheurs qui viennent au-devant de nous, nous n'en voulons pas.

Il était retourné au travail, et, pour premier bienfait, le travail, ce suprême guérisseur des souffrances morales, avait comme assourdi les battemens de son cœur.

Il prenait bien encore, de temps à autre et machinalement, le chemin de la rue d'Ulm, mais il était rare que le calme et la raison ne lui revinssent pas à moitié route.

Par exemple, il ne manquait jamais d'aller régulièrement, chaque semaine, aux mairies des cinquième et douzième arrondissemens, voir si les noms de Fritz Koffmann et de Thérésa Brand figuraient sous cette cage emblématique, laquelle semble dire par avance aux futurs époux qu'ils vont s'emprisonner dans le mariage.

Reste à savoir seulement si les chaînes seront légères ou lourdes, de fleurs ou de fer, et s'il restera suffisamment d'espace entre les barreaux pour que l'air y circule avec liberté.

Or, un jour, après bien des courses infructueuses, Julien vit briller le nom de son heureux rival parmi la nouvelle fournée des navigateurs téméraires qui allaient s'embarquer, devant monsieur le maire, à la recherche du bonheur à deux.

Seulement, Thérésa n'était pas du voyage. Fritz épousait une jeune personne de Valenciennes dont le nom n'importe pas au dénoûment de cette histoire.

Cette nouvelle trahison mit Julien dans une rage féroce. Fritz, s'il se fût trouvé là, sous la main de l'ouvrier, ne se serait certainement marié nulle part, pas plus à Valenciennes qu'à Paris.

Arrivé rue de Lancry dans l'intention d'y tout démolir, il apprit que Koffmann était parti de la veille, pour on ne savait où.

C'est-à-dire qu'on le savait parfaitement, mais qu'on ne jugeait pas à propos de le dire.

Toutefois, il est permis d'augurer, sans de grands frais d'imagination, que le jeune homme était allé rejoindre sa future.

Comme il fallait une issue quelconque à la colère de Julien, à défaut du fils il demanda le père.

Samuel était *en affaires*, nous savons lesquelles.

Julien déclara qu'il ne s'en irait pas sans l'avoir vu, et que l'affaire pour laquelle il venait, lui, devait marcher avant toutes les autres.

Le père Koffmann n'aimait pas le bruit, et sans doute avait-il ses raisons pour cela. Tout chez lui se passait doucement, moëlleusement, comme à la sourdine. Sa grande adresse était d'égorger avec art, proprement, sans laisser de traces et sans faire crier.

En entendant une voix dépasser le diapason habituel, il sortit de son cabinet, et allant vers Julien :

— Monsieur désire?... lui demanda-t-il.

— J'aurais désiré tuer votre fils, reprit l'ouvrier ; mais puisqu'il n'y est pas...

— Donnez-vous donc la peine d'entrer, monsieur, je vous en prie.

Julien entra dans un petit salon, dont la porte matelassée se referma comme sur des gonds de velours.

— A qui ai-je l'honneur...? commença le vieil usurier.

— Où est votre fils?

— Monsieur a manifesté tout à l'heure à son égard une intention si... si peu aimable, que je ne sais, en vérité, si je dois...

— Votre fils, interrompit Julien, est le plus infâme gredin que la terre ait jamais porté...

— Ah! monsieur!...

— Il a séduit une pauvre jeune fille, il l'a rendue mère, il a abandonné son enfant, la nuit, sur les dalles d'une église... Saviez-vous tout cela?

— Hélas! monsieur, si vous disiez vrai, ce qu'à Dieu ne plaise! je serais assurément le dernier à qui mon fils eût osé se confier. Il connaît trop la rigidité de mes principes...

— Cela se trouve bien que vous ayez les principes rigides, reprit le naïf Julien ; vous serez de mon côté au lieu d'être du sien.

— Je serai du côté de l'honneur et du bon droit, cher monsieur ; je n'en connais pas d'autre.

— En ce cas, poursuivit l'ouvrier, vous n'avez pas un moment à perdre. Je vous demandais tout à l'heure où est votre fils, mais je le sais : il est à Valenciennes, d'où il ne doit revenir que marié.

— Et pouvez-vous me donner des preuves de cette séduction dont vous l'accusez?

— C'est moi qui ai recueilli l'enfant.

— Ce n'est pas positivement une preuve.

— J'en ai mille autres, sans compter cette déclaration et cette promesse écrites de sa main.

Samuel lut attentivement le papier que lui présentait Julien sans le lâcher.

— Oui, reprit-il en exhumant un profond soupir, c'est bien là son écriture... Ah! le malheureux! Faites donc des sacrifices pour élever vos enfans!... Figurez-vous, monsieur, qu'il n'a jamais eu sous les yeux que des exemples d'abnégation et de vertu...

— Il en a bien mal profité!

Le vieux Samuel eut le talent de faire jaillir une goutte d'eau du coin de sa paupière : sa voix était émue, cassée, tremblante, à ce point que Julien, venu pour tout briser, se sentit gagner par l'émotion, et recula devant la pensée de raconter à ce pauvre père le guet-apens criminel à la suite duquel il venait de subir un an de prison.

Il craignait que le coup fût trop violent pour cet homme vertueux.

— Et la jeune fille est honnête? demanda Samuel.

— Un ange, dit Julien.

— Bien élevée?

— Parfaitement.

— Pauvre sans doute?

— Hélas! oui.

— Qu'à cela ne tienne, reprit le vieux juif ; l'honnêteté marche avant l'argent. Tel que vous me voyez, je refuserais l'alliance d'un millionnaire, si ce millionnaire avait seulement un quart d'écu dont l'origine fût suspecte.

— Voilà ce qui s'appelle parler, dit Julien ; cela me raccommode un peu avec l'humanité.

— Je vais donc rappeler mon fils immédiatement.

— Vous êtes un digne homme, monsieur, reprit Julien ; permettez-moi de vous serrer la main.

Le vieux forban se laissa faire et garda magnifiquemen son sérieux.

Déjà il avait étalé une belle feuille de papier devant lui, et sa plume s'apprêtait à fulminer, à l'adresse de Fritz, un ordre de rappel et les plus sanglans reproches, lorsque soudain il s'arrêta :

— Et le nom de la jeune fille séduite? demanda-t-il à Julien. C'est bien le moins que je prouve à ce mauvais sujet que je sais tout.

— Thérèse Brand, reprit l'ouvrier.

— Brand! répéta Samuel en faisant mine de chercher dans ses souvenirs ; il me semble que j'ai vu ce nom-là quelque part.

Samuel se leva, ouvrit son secrétaire, feuilleta une liasse de billets, et poursuivit machinalement :

— Est-ce que son père n'a pas fait faillite dans le temps, boulevard des Italiens?

— Oui, monsieur, répondit Julien ; mais une faillite forcée, sincère, honnête, et de laquelle il ne lui est resté que de la misère sans opprobre.

— Diable! diable! cela me chiffonne... On a beau dire, c'est toujours une faillite, et une faillite, voyez-vous...

— Soit! mais la pauvre Thérèse...

— Je sais ce que vous allez m'objecter, cher monsieur ; toutefois, vous m'accorderez que la société est cousue de ces solidarités morales, que je déplore, mais qui n'en clouent pas moins toute une famille au pilori d'un seul de ses membres.

— Le monde est bien mal bâti, reprit Julien.

— Je ne dis pas non, cher monsieur ; mais qu'y faire? Cependant, voyons, il y aurait peut-être un moyen... Elle ne devait pas être bien considérable, cette faillite?

— Je ne sais pas au juste.

— Une vingtaine de mille francs?

— Tout au plus.

— Si je désintéressais les créanciers, capital et intérêts? si je faisais réhabiliter monsieur Brand? alors plus rien ne s'opposerait...

— Quoi! vous seriez assez généreux pour...

Samuel eut un sourire amer et presque triste.

— C'est drôle! reprit-il, mes actions les plus simples passent pour des miracles de vertu. La rigide probité des anciens temps s'est-elle donc éteinte?

Julien fut sur le point de tomber aux pieds du vieux juif et de l'adorer.

— Ce que j'en fais là, poursuivit Samuel, est tout simplement de l'égoïsme. Ne trouveriez-vous pas naturel qu'un voyageur fît combler à l'avance les précipices d'une route qu'il va parcourir?

— Certainement.

— Eh bien! avant de m'allier à une famille quelque peu véreuse, je la purifie : voilà tout.

— En vérité, je vous admire! dit chaleureusement Julien.

— Admirez, mon jeune ami, admirez ; mais cela n'en vaut pas la peine, je vous jure.

Le vieux Samuel n'avait pas cessé de feuilleter des paperasses.

— Tiens, s'écria-t-il tout à coup, voilà qui est bizarre !

— Quoi donc ? demanda Julien.

— Mais non, c'est impossible !

— Ne peut-on savoir ?

— Quelque ressemblance de nom, j'imagine ; le hasard joue de ces tours-là. Mademoiselle Brand a-t-elle un frère ?

— Oui, monsieur.

— Que fait-il ?

— Il se destine à la peinture.

— Que m'apprenez-vous là ! Et il se nomme ?

— Henri.

— Le misérable !

Et Samuel retomba sur son fauteuil, le front dans les mains, en proie en apparence à la plus profonde affliction.

Julien était sur des charbons ardens.

Ce pauvre Julien, il devait commencer à s'y habituer, car c'était son état normal depuis bientôt quinze mois !

— Monsieur ! supplia-t-il.

— Tenez, reprit Samuel, voici de sa calligraphie... Un faux, rien que cela ! au moyen duquel il m'a volé cinq cents francs.

— Un faux ! s'écria Julien.

— Cinq ans de travaux forcés, — ajouta le vieux juif pour compléter le coup de massue. Julien était cramoisi de honte, comme s'il eût été le coupable. — Passe pour la faillite, poursuivit Samuel : je l'aurais effacée. Mais je ne puis replâtrer l'honneur ébréché de toute la famille. D'ailleurs, que voulez-vous que je pense de la sœur, après tout cela ?

— Ah ! monsieur ?

— Un faussaire, juste ciel ! Mais je le sauverais cette fois, monsieur, qu'il recommencerait peut-être demain.

Julien avait les larmes aux yeux. Voilà que toute son œuvre si laborieusement édifiée s'écroulait de nouveau.

— Monsieur, reprit-il, Henri est bien jeune encore, il est étourdi ; bien certainement il se sera laissé entraîner par quelque perfide conseil, et n'aura pas eu la conscience de ce qu'il faisait.

— Et mes cinq cents francs ?

L'usurier avait beau faire, il déteignait sur le philanthrope.

— Je vous demande trois à quatre mois pour les rembourser, reprit Julien.

— C'est bien long !

— Je donnerais mon sang pour vous payer aujourd'hui même, poursuivit l'ouvrier ; mais c'est impossible.

— Le fait est que le sang ne s'escompte guère au temps où nous sommes.

— Donnez-moi votre parole, demanda Julien, que, d'ici à l'expiration du délai que je vous demande, vous ne déposerez aucune plainte.

— Je ne donne jamais ma parole, reprit Samuel, tant je redoute d'être forcé de la reprendre. Au surplus, votre conduite dictera la mienne.

— Que voulez-vous dire ?

— Je veux dire que vous êtes en possession d'une promesse de mariage et d'une reconnaissance de paternité signées par mon fils. L'usage que vous en ferez déterminera ma conduite à l'égard du jeune Brand.

— Je vous propose l'échange pur et simple du billet contre la promesse.

— Non pas, reprit l'usurier, je préfère attendre et voir. Mais, dans tous les cas, vous devez comprendre que mon fils est délié de sa parole, et que toute alliance est désormais impossible entre les Brand et nous.

— Je le comprends, monsieur, reprit l'ouvrier.

Et il s'en alla à reculons, honteux, courbé, tremblant, portant à lui seul tout le fardeau des iniquités qu'il n'avait pas commises.

Pendant qu'il descendait l'escalier, pour ainsi dire sans voir et sans entendre, comme il arrive quand on est encore sous le coup d'une catastrophe récente, il fut heurté par un jeune homme qui montait quatre à quatre.

— Tenez, lui dit précipitamment ce dernier sans s'arrêter et en lui glissant une lettre, lisez ceci lorsque vous serez chez vous.

Le jeune homme était cet Eugène Leconte, le commis de Koffmann et le docile futur de Zoé, que le lecteur se rappelle sans doute, malgré l'insignifiance du rôle qu'il a joué jusqu'ici.

Mais ainsi va le monde que ce sont souvent les petites ficelles qui font mouvoir les grands événemens.

XXII

L'EXPIATION.

Voici ce que contenait le laconique billet d'Eugène :

« Ce sont des gredins ; ils ont grisé Henri et profité de » sa pénurie pour lui faire commettre le faux dont on » l'accuse ; moyennant quoi ils ont une arme contre » vous, qui en aviez une contre eux.

» J'ai tout entendu. »

Le premier mouvement de Julien fut de retourner rue de Lancry et d'étrangler le vieux juif ; le second fut de reconnaître qu'il n'était pas de force à lutter d'astuce avec Samuel, et que, l'étranglât-il, cela ne raccommoderait en rien l'accroc fait à la vertu de Thérésa.

Ce fut donc au cœur de la place qu'il résolut de porter ses coups.

Le cœur de la place, c'était Fritz Koffmann.

Or, Fritz devait être à Valenciennes, et la bourse inhabitée de Julien ne contenait plus une obole au service de son dévouement.

Quel parti prendre ?

Il y en a qui seraient allés tout bonnement chez leur banquier, mais Julien n'avait pas de banquier. Son capital était au bout de ses bras, qui ne rapportaient guère depuis que l'Amour, d'abord si souriant, lui faisait la grimace.

C'est toujours ainsi, à grand renfort de jolies petites mines, de gracieuses courbettes et de voix flûtée, que le traître parvient à se faufiler. On l'a pris pour un chaud rayon de soleil qui va tout embellir et tout vivifier : c'est au contraire un orage qui bouleverse et déracine tout.

Si encore il ne s'était agi que de faire vingt lieues par jour et d'aller à pied ! mais il n'y avait pas un instant à perdre, et peut-être était-il déjà trop tard.

Cependant Julien eut une idée : ce fut de recourir encore au maître sellier béarnais, son compatriote, dont la femme élevait au biberon l'enfant de Thérésa.

Entre pauvres, il est rare que l'on ne se rende pas mutuellement service, quand on le peut, et même quand on ne le peut guère.

Julien eut donc de quoi prendre le chemin de fer, et partit sur l'heure.

Quant à savoir s'il reviendrait et comment il reviendrait, peu lui importait. Le tout était d'arriver.

Il arriva.

Julien était compagnon du Devoir ; il eut bientôt fait de trouver deux frères, deux compagnons comme lui, deux gaillards solidement trempés, à qui il raconta ce qu'il voulut de son histoire, et qui ne demandèrent pas mieux que de s'associer, corps, âme et bourse, à sa trop juste vengeance.

Et, à vrai dire, la vengeance n'eût pas été juste qu'ils s'y seraient associés tout de même, ne fût-ce que par esprit de corps, et pour se dégourdir un peu les bras à une autre besogne que celle de tous les jours.

Renseignemens pris, on sut que Fritz habitait l'*hôtel du Canard*, situé à deux pas de ce vieux beffroi qui s'est écroulé avec tant de fracas, il y a quelques années.

Le vœu de Julien était de se trouver face à face avec Koffmann sur le terrain, d'avoir là une dernière explication nette et précise, et, ma foi! pour le cas où ce dernier persisterait à ne pas vouloir épouser Thérésa, de jouer sa vie contre la sienne.

Seulement, comme il était à craindre que Fritz ne se refusât à ce dernier genre de satisfaction, il fallait pouvoir l'y contraindre.

Après bien des conciliabules et des hésitations, les trois compagnons décidèrent ce qui suit :

On louerait une carriole; cette carriole stationnerait, le soir, sur les remparts, au détour d'une rue que Fritz traversait habituellement en revenant de chez sa future.

Les trois compagnons le happeraient au passage; il serait bâillonné, hissé dans la voiture, et mené ainsi jusqu'à Quiévrain, au delà de la frontière belge.

Une fois là, on s'inspirerait des circonstances.

Ce projet, quelque peu téméraire, fut mis à exécution et réussit de point en point.

Fritz n'eut le temps ni de se reconnaître ni de crier, tant il tremblait.

— Ma foi! dit l'un des compagnons, ce n'était guère la peine de se mettre à trois pour cela; la moitié d'un seul suffisait.

Une fois sorti de la ville, on démusela le jeune Koffmann, qui put alors psalmodier toutes les prières que la peur inspire.

Julien ne proférait pas une syllabe, en sorte que, la nuit aidant, Fritz se croyait à la merci d'assassins ou de voleurs tout au moins.

— Messieurs, disait-il, ayez pitié de moi! je n'ai que ma montre et quelques louis.

Les deux récens amis de Julien se jouaient du patient et lui figeaient la moelle dans les os par leurs discours barbares.

— Comment le tuerons-nous? demandait l'un à l'autre. Je voudrais pour monsieur une mort peu commune, quelque chose d'exotique et de bien porté.

Fritz suait de grosses gouttes glacées par l'effroi.

— A quoi vous servira ma mort, mes bons messieurs? disait-il en sanglotant; ne vaudrait-il pas mieux une bonne rançon? ma famille est riche, et si vous vouliez...

— Que faisiez-vous à Valenciennes? demanda l'un des compagnons.

— Je voyageais pour mon agrément, reprit Fritz.

— Ce n'est pas avoir de chance, fit observer l'autre compagnon; voyager pour son agrément et finir d'une façon aussi...

— Voulez-vous mille francs? proposa Fritz.

— Vous valez mieux que cela, cher monsieur.

— Deux mille, deux mille cinq cents?

— Allez toujours.

— Trois mille?

— Vous plaisantez, je crois? Un million, cher monsieur, rien de plus, rien de moins! cela vous va-t-il?

Fritz pensa qu'il ne risquait rien de promettre. La première chose était de gagner du temps.

— Cela va, reprit-il. Seulement je vous demande huit jours pour le réaliser.

— Ce n'est pas trop.

— Ainsi vous consentez?

— Nous consentons. Dès que nous serons arrivés à notre souterrain de la roche du pendu, vous écrirez à votre noble famille...

— Si j'y allais moi-même? insinua Fritz.

— Où cela?

— Chercher le million. Je vous donne ma parole d'honneur, mes bons messieurs, que...

— Que vous reviendriez, n'est-ce pas? Nous n'en avons jamais douté. Toutefois les chemins sont si mauvais que nous tenons à vous épargner cette fatigue : le mieux est donc que vous écriviez; puis, quand le million sera venu, quand nous l'aurons palpé... A propos, sera-ce de l'or, de l'argent ou des billets?

— A votre choix, mes bons messieurs, mes sauveurs, mes...

— Décidément nous préférons l'or; c'est plus portatif que l'argent et moins fallacieux que les billets. Nous disions donc que, quand le million sera venu, vous...

— Je serai rendu à la liberté, cela va sans dire.

— Oui, cher monsieur, vous serez alors rendu à la liberté... de choisir, parmi tous les genres de mort, celui qui vous sera le plus agréable.

Fritz recommença à sangloter et à se tordre de désespoir.

Julien ne prenait aucune part, même d'intention, à cette scène qu'il jugeait un peu trop burlesque pour la gravité des circonstances.

— Vous allez me le faire mourir de peur, dit-il à ses deux amis, et alors comment fera-t-il pour se battre?

— Julien! s'écria Fritz, qui reconnut la voix de son rival.

— Moi-même, reprit l'ouvrier; mais rassurez-vous, ces messieurs n'ont jamais exterminé personne; ils ne commenceront pas par vous.

— En ce cas, pourquoi cette surprise? demanda Koffmann; où me conduisez-vous?

— Vous le saurez plus tard, dit Julien.

Koffmann essaya de faire encore quelques questions, mais ni Julien ni ses compagnons ne daignèrent plus lui répondre.

Cet obstiné silence sur une grande route, la nuit, avait quelque chose de morne, de glacial et de solennel qui ne prédisait rien de bon.

La carriole s'arrêta, à la pointe du jour, à la porte d'une méchante auberge.

La frontière était à vingt pas.

— Maintenant, dit Julien, nous allons faire semblant de nous promener, et aller en Belgique, où nous serons mieux qu'en France pour causer de nos affaires.

Ils marchèrent pendant quelque temps dans la direction de Mons, et finirent par rencontrer deux soldats de la garnison, qui comprirent à demi-mot et ne firent aucune difficulté de prêter le concours de leurs lumières à l'explication qui se préparait.

Un étroit chemin courait à travers champs vers un bouquet de bois.

Julien s'y enfonça le premier.

Fritz suivait, bon gré mal gré, escorté des deux compagnons qui s'étaient constitués ses gardes du corps.

Les deux troupiers fermaient la marche.

Ils arrivèrent ainsi à une espèce de clairière qu'un épais rideau de feuillage fermait de toute part.

C'était le plus charmant petit endroit qui se pût voir pour se tuer proprement et à l'abri des curieux.

Fritz chancelait comme un homme qui sent le poids de ses iniquités prêt à l'écraser.

Julien était magnifique de maintien, de calme sévère et de résolution.

— Messieurs, dit-il aux témoins de cette scène, vous allez entendre l'énumération des griefs que j'ai contre cet homme. S'il trouve dans son arsenal de mensonges une réponse bonne ou mauvaise, il la fera. Vous jugerez ensuite.

— Voyons la chose, dirent les deux militaires, qui frisèrent leurs moustaches, firent, de la hanche et des épaules, ce mouvement saccadé que tout le monde connaît, et prirent une attitude appropriée à la dignité de leurs nouvelles fonctions.

— Son premier crime, reprit Julien, est d'avoir détourné une pure et crédule jeune fille de ses devoirs, de l'avoir, par surprise, arrachée du toit paternel, et de lui avoir impudemment promis le mariage pour faire taire ses scrupules; je sais que la société a le tort de ne pas appeler cela un crime; mais je n'en pense pas moins que nos sœurs et nos fiancées ne sont pas précisément faites pour servir de jouet et de victimes.

— C'est aussi mon avis, dit l'un des compagnons.

— Et le mien, ajouta l'autre.

Les deux troupiers firent signe, de la tête et du shako, qu'ils se ralliaient à l'opinion du préopinant.

— Comme je le gênais dans ses entreprises, poursuivit Julien, et que je le mettais en demeure d'épouser la pauvre fille séduite, le second crime de cet homme a été de m'accuser d'un délit imaginaire, de cacher chez moi de prétendues preuves de ce délit, et de me faire condamner à quinze mois de prison.

— S'il m'en avait fait le quart, interrompit le plus acharné des deux compagnons, je l'aurais déjà démoli vingt fois.

— Une bonne fois suffit, reprit l'autre, et je crois que le quart d'heure a sonné.

— C'est le cas où jamais de s'aligner et de se rafraîchir d'un coup de sabre, ajouta le plus éloquent des deux militaires.

— Son troisième forfait, reprit Julien, est d'avoir abandonné, la nuit, sur la voie publique, le pauvre enfant nouveau-né dont sa victime venait de le rendre père. Le quatrième...

— Encore! dirent les compagnons.

— Excusez! fit l'un des troupiers.

— Nom de nom! reprit l'autre.

— Son quatrième forfait, poursuivit Julien, alors que je l'avais contraint à reconnaître son enfant et à signer la promesse de mariage que voici, son quatrième forfait a été de faire commettre un faux commercial par le frère de la jeune fille dont je vous parle, afin de nous bâillonner par la peur du scandale et d'avoir ce crime, dont il était l'inspirateur, à opposer aux siens.

A cette dernière accusation dont la source lui échappait, Fritz se réveilla un instant de sa torpeur, et fixa sur Julien ses yeux égarés.

— Enfin, reprit l'ouvrier, toutes ces scélératesses accomplies, monsieur venait tranquillement contracter un vrai mariage, à Valenciennes, loin des désastres qui sont son ouvrage et des pleurs qu'il fait verser. C'est là que j'ai mis la main dessus, et c'est de là que je vous l'amène pour que vous nous aidiez à régler nos comptes.

— L'addition me paraît soignée, dit un des soldats.

— Condamné! dirent les compagnons.

— Qu'avez-vous à répondre? demanda Julien à Fritz.

— Rien, dit Fritz, si ce n'est que je suis prêt à donner mon nom à Thérésa et à réparer le mal que j'ai fait.

Ses genoux se dérobaient sous lui; sa voix chevrotait; ses regards fouillaient le gazon.

— Et qui me garantira, cette fois, la sincérité de vos intentions?

— Ma parole.

— Mauvaise monnaie, dit un compagnon; cela n'a plus cours. Une fois à Paris et sorti de nos griffes, mon pauvre vieux Julien, il se moquerait de toi, et ce serait à recommencer.

— Ensuite, ajouta l'autre compagnon, il me semble que ce serait un triste service à rendre à cette jeune fille que de lui faire cadeau d'un pareil chenapan. Parce qu'on est embourbé jusqu'à la cheville, ce n'est pas un motif pour s'en payer jusqu'au cou. D'ailleurs, avec le temps les vertus se raccommodent; j'en connais dont les avaries sont devenues imperceptibles. Si la jeune fille est ce que tu dis, si elle a été positivement trompée, elle trouvera plus d'un brave garçon prêt à lui tendre la main et à passer une éponge sur le passé.

Julien aimait encore Thérésa; peut-être même, les obstacles et la jalousie aidant, l'aimait-il plus que jamais. Ces réflexions sur la possibilité d'un retour à la vertu et à l'honneur, il se les était déjà faites mille fois.

Or, maintenant qu'elles émanaient d'un cœur impartial et désintéressé dans la question, elles se trouvaient naturellement acquérir une force toute nouvelle.

Il serait, lui, ce brave garçon, ce réhabilitateur, si le mot peut se dire, et pourquoi pas? dont on venait de prévoir le sacrifice généreux; et, loin de lui jeter la pierre, ses camarades venaient de lui témoigner qu'ils l'approuveraient.

Vengeance ou pardon, Julien n'avait pas eu jusqu'alors d'intentions bien arrêtées à l'égard de Fritz.

Mais dès ce moment son parti fut pris.

— Chargez ces pistolets, dit-il, et que l'on mesure les distances.

Quant à se dire que sa vie était en cause aussi bien que celle de Koffmann, il n'y songea pas, tant il était pénétré de cette surhumaine confiance que donne le bon droit.

Fritz avait, après tout, ce courage vulgaire qui consiste à se battre quand il le faut. Il était, de plus, d'une certaine force au pistolet. Ce qu'il avait tué de poupées au tir était incalculable; à plus forte raison tuerait-il un homme.

Ajoutons qu'il n'y avait que cette façon de sortir décemment de l'impasse où il était acculé, et de tuer son mariage en même temps que Julien.

— Soit, répondit-il, battons-nous!

— Tu lui fais là plus d'honneur qu'il ne mérite, dit l'un des compagnons à Julien; risquer ta peau contre la sienne, c'est jouer de l'or contre du billon.

On mesura trente-cinq pas. Les adversaires avaient le droit de s'avancer l'un sur l'autre jusqu'à une ligne tracée, et de tirer à volonté.

Les deux soldats passèrent du côté de Fritz.

Les compagnons assistaient Julien.

Koffmann fit feu le premier, et sa balle fracassa l'épaule gauche de Julien.

Quoique blessé, celui-ci leva lentement son arme et ajusta Fritz, qui vacilla un instant comme un arbre déraciné, et tomba raide mort la face contre terre.

Le cadavre fut laissé aux soins des deux soldats, qui le transportèrent à l'habitation la plus proche.

Julien, pansé tant bien que mal, repassa la frontière, accompagné de ses deux amis.

Ils reprirent leur carriole, et rentrèrent à Valenciennes douze heures après en être sorti.

XXIII

D'ÉCHELON EN ÉCHELON.

La blessure de Julien n'était rien par elle-même, mais, comme cela arrive souvent en pareil cas, elle détermina une réaction dans l'économie.

On ne souffre pas ce qu'il avait souffert, on ne mène pas l'existence inquiète et fiévreuse qui était la sienne depuis dix-huit mois, sans le payer tôt ou tard.

Atteint d'une fièvre cérébrale, il fut pendant quelques semaines entre la vie et la mort; puis la convalescence fut longue; puis enfin il fallut travailler pour solder bien des petites dettes occasionnées par la maladie et pouvoir regagner Paris.

Les deux compagnons du Devoir s'étaient comportés en frères véritables. Ni le dévouement, ni les soins, ni les sacrifices de toutes sortes n'avaient fait faute à Julien. Mais c'était une raison de plus pour se montrer discret et ne pas abuser des entraînemens de la confraternité.

Huit mois s'étaient écoulés depuis son départ lorsqu'il revint à Paris.

Qu'était devenue Thérésa pendant ce temps? La retrouverait-il rue d'Ulm? aurait-elle vaillamment supporté la misère et l'abandon? accepterait-elle l'existence laborieuse et modeste qu'il venait lui offrir?

C'étaient là autant de points d'interrogation qui l'avaient poursuivi comme des fantômes pendant ses longues nuits de souffrances et d'insomnies.

Il aurait alors donné dix ans de sa vie pour *savoir*. Maintenant que l'énigme redoutable allait se résoudre, il reculait et tremblait.

Thérésa n'était plus rue d'Ulm; elle avait quitté le quartier Saint-Jacques pour la rue de Bréda, la rue de Bréda pour celle des Martyrs, et enfin celle-ci pour un entresol de la rue Geoffroy-Marie.

Arrivé à cette dernière adresse, Julien apprit que *madame* était à la campagne pour quinze jours, on ne savait où.

Au bout de ces quinze jours, il sut que *madame* venait de partir, la veille, pour Bagnères-de-Luchon, au pied des Pyrénées.

Trois mois se passèrent encore ainsi, en fureurs jalouses et en recherches vaines.

Enfin *madame* revint. Mais tantôt elle reposait, tantôt elle était au bain, tantôt elle avait du monde, si bien que Julien s'en revenait chaque fois avec une douleur de plus dans le cœur.

Un jour, cependant, il trouva la porte ouverte et entra résolûment dans le sanctuaire.

Thérésa, nous devrions dire l'ombre de Thérésa, était nonchalamment étendue sur une causeuse.

Déjà elle était passée de la nature à l'art; déjà elle était devenue une grande artiste en toilette, en fleurs artificielles et en coquetterie; déjà elle en était réduite à chercher des armes et des embellissemens dans les chiffons, à se composer des grâces, à se rajeunir et à se peindre.

Fatiguée, pâlie, les yeux cernés, machinée comme une pièce féerie, Thérésa n'en était pas moins attrayante.

Expliquez cela, si vous pouvez.

Perdue dans beaucoup d'étoffes blanches, pour se donner l'air candide, je suppose, sa chevelure blonde s'éparpillait en flots de boucles où ruisselaient les demi-clartés d'un jour adroitement ménagé. Une légère écharpe, tortillée à son cou, ne laissait voir qu'imparfaitement les trésors d'un corsage habilement composé. Les bras amaigris paraissaient à peine sous les bouffans brodés de ses larges manches. Sa pose était un miracle d'agaceries.

Elle offrait, en un mot, ce mélange de gaze et de cheveux crêpés, de lueurs et de soieries, de calme et de mouvement, de vivacité et de langueur, qui trouble et grise plus sûrement que le champagne.

Le boudoir était un fouillis de fleurs, de tapis, d'orfévreries et de riens ravissans.

Des parfums doux et pénétrans montaient au cerveau.

Julien restait debout, muet, comme atterré devant la déesse de ce temple, qu'il n'osait plus appeler Thérèse, et qu'il ne pouvait pas se décider à appeler *madame*.

— Tiens, c'est Julien! — dit la jeune femme sans se déranger le moins du monde, et en disposant autour d'elle les cascades nuageuses de son peignoir blanc; — je suis heureuse de vous revoir.

Cela fut débité du même ton que si elle avait dit : « Que donne-t-on ce soir aux Folies? » ou « Pleuvra-t-il demain? »

— Je viens vous apporter des nouvelles de Fritz, reprit l'ouvrier.

— Ah! Et que devient-il? Il s'est marié, je crois, à Valenciennes. Grand bien lui fasse!

— Il est mort, dit Julien.

— Bah! ce pauvre garçon! Racontez-moi donc cela.

Thérésa croquignolait un bouquet de camellias qu'elle venait de prendre sur la cheminée.

— C'est bien simple, reprit Julien; il vous avait perdue, et je l'ai tué.

— En vérité! Mais savez-vous que c'est de la chevalerie toute pure, cela, mon ami?... Je vous sais gré de l'intention. Toutefois le châtiment est peut-être trop sévère. Ma parole! si vous deviez continuer sur ce pied, je n'oserais plus aimer personne.

— Vous êtes bien mademoiselle Thérèse, la fille de mon ancien patron? demanda Julien frappé de stupeur.

— Mais je le présume.

— C'est que...

— C'est que... quoi?

— Vous recevez cette nouvelle...

— Dame! voulez-vous que je m'arrache les cheveux?... que je me jette par la fenêtre?... que je monte sur un bûcher, comme les veuves du Malabar?... La mort est la conséquence de la vie. Ensuite il s'est conduit à mon égard comme un croquant, et je ne vois pas pourquoi je sèmerais des fleurs de rhétorique sur sa tombe... Ah! il est mort!... et c'est vous, mon petit Julien, qui l'avez tué... à cause de moi!... Il n'en faut pas davantage pour me mettre à la mode.

— Et votre enfant? demanda Julien.

Un nuage écarlate passa sur le front de la jeune femme.

— Quoi! vous savez... dit-elle.

— Oui, je sais.

— Pauvre cher cœur! il est mort en nourrice.

— Qui vous a dit cela?

— Fritz.

— Fritz vous a trompée.

— Il se pourrait!

— Votre petite Marthe...

— C'est un bien vilain nom.

— Votre petite Marthe, poursuivit Julien, a maintenant quatorze mois; je l'ai fait baptiser sous le nom de votre mère. Elle est gentille à croquer, et vous ressemble comme deux gouttes d'eau.

— Mais je tombe des nues!... Vous l'avez donc recueillie, élevée?

— Elle est chez une brave femme, une payse, passage Brady.

— J'irai bien certainement la voir. Et vous dites qu'elle y est bien?

— Parfaitement.

— En ce cas nous l'y laisserons.

— Il ne lui manque que sa mère, reprit Julien d'une voix brisée par la douleur et la déception.

— Assurément, mais vous avouerez avec moi que c'est un grand embarras qu'un enfant de cet âge... A trois ou quatre ans, je ne dis pas; ils sont alors gracieux et amusans... On les pare comme de petites châsses, et ils font le meilleur effet, soit aux Tuileries, en jouant au cerceau, soit au bois, sur le devant d'une calèche.

— J'ignorais, répondit Julien, que ce fût pour cela seulement qu'on eût des enfans.

— La couturière de madame! annonça une femme de chambre en entr'ouvrant une portière.

— Faites entrer... Vous permettez, n'est-ce pas? ajouta la jeune femme en s'adressant à Julien.

Julien fit signe que oui; sa voix s'étranglait au passage.

Thérésa ôta son peignoir, essaya une robe nouvelle, causa échancrures, brimborions et volans avec sa faiseuse, sans paraître plus se préoccuper de la présence d'un homme que de celle d'un griffon ou d'une perruche.

La couturière s'en alla.

— Comment trouvez-vous que me va cette robe? demanda la jeune femme.

— Mal, dit Julien.

— Mal? allons donc!

— J'aimais mieux votre modeste mise d'autrefois, reprit l'ouvrier.

— Ah! oui, parlons de cela!... d'affreuses jupes trop courtes et rapetassées; des bottines qui riaient au pavé par toutes les coutures; des châles qui s'épluchaient en charpie... Ne me parlez pas de ce temps!

Julien mâchait depuis longtemps une question qui lui brûlait les lèvres.

— Du reste, il paraît que la fortune vous a souri, hasarda-t-il enfin.

— Je ne sais trop ; peut-être est-ce moi qui ai souri à la fortune. On nous trompe d'abord, nous trompons ensuite : c'est dans l'ordre.

— Allons, pensa Julien, tout est fini ; voilà mon dernier rêve qui s'envole.

— Ensuite vous savez que je me destine au théâtre ?

— Ah !

— On me dit que j'ai des millions dans le gosier.

— Et rien dans le cœur, — se dit l'ouvrier. Thérésa lança des fusées de gammes chromatiques à faire fuir toutes les orfraies d'un vieux burg allemand. — Et votre frère ? demanda Julien.

— Je le vois, par-ci, par-là, quand il n'a pas le sou.

— Et votre père ?

— Il me semble que je l'ai entrevu un jour à la porte d'un marchand de vin. J'étais en voiture avec quelqu'un. Figurez-vous un peu le joli effet si, m'ayant reconnue, il avait traîné ses guenilles jusqu'à moi ! Je crois que j'en serais morte de honte.

— On ne meurt pas de honte, à ce qu'il paraît, mâchonna l'ouvrier ; on en vit plutôt.

Un jeune beau, parfaitement ganté, cravaté, frisé, pommadé et emmoustaché, fit son entrée en ce moment.

Il alla droit à Thérésa, et lui tendit l'index de la main droite.

— Bonjour, chère, lui dit-il ; comment va, ce matin ?

— Pas mal, merci ; et vous ? — reprit la jeune femme. Le nouveau-venu promena ses regards de Thérésa à Julien et de Julien à Thérésa, ce qui signifiait clairement : « Quel est ce monsieur ? » — Mon cordonnier, — se hâta de dire Thérésa. Puis à Julien : — Pour après-demain, n'est-ce pas ? pointus du bout et les talons très hauts.

Julien trouva la porte, je ne sais trop comment. Quand il fut dans la rue, il eut toutes les peines du monde à se rendre compte du quartier où il se trouvait. Il regardait sans voir ; les passans le prenaient pour un fou.

— Et moi, se dit-il, qui venais lui offrir d'être le père de son enfant !

Nous venions de déclarer la guerre à une tribu arabe ; Julien s'engagea et partit pour l'Algérie, d'où il espérait bien ne pas revenir.

XXIV

OU CHACUN RÉCOLTE SELON SES SEMAILLES.

Nous ne suivrons pas minutieusement Thérésa dans ses splendeurs et dans ses misères. Nous ne referons pas l'histoire, faite mille fois, de ces météores qui s'allument et s'éclipsent on ne sait où ni comment.

Prise, laissée, reprise, passant de main en main comme ces pièces de monnaie courante qui raconteraient tant de choses si elles pouvaient parler ; espalier dans un petit théâtre, écuyère à l'Hippodrome, sirène à gages dans un buffet américain, déesse aux poses plastiques, en voiture ou crottée, coûtant cher ou fort peu, adulée ou battue, telles furent d'abord les dégringolades et les métamorphoses successives de l'ange aux blonds cheveux sur lequel nous avons vu le démon des robes de moire antique qui se tiennent toutes seules poser sa griffe fatale.

Il y a des natures, de faibles femmes, bien entendu, qui semblent faites exprès pour courir cette vie à bride abattue ; elles sont trempées d'acier, j'imagine, et enterrent les hommes forts à toutes les joutes de l'orgie.

Mais, en revanche, que d'autres qui s'étiolent et se désemparent aux premières bourrasques !

Notre triste héroïne fut de ces dernières.

Une pleurésie, gagnée au sortir d'un bal, la mit aux portes du tombeau.

Puis cela dégénéra en maladie chronique, si bien qu'elle passa, pour ainsi dire sans transition, du printemps à l'automne, et que sa beauté lui fit de sombres adieux.

Or, deux ans après le départ de Julien pour l'Afrique, un dimanche, par une chaude et balsamique soirée d'été, un charmant petit couple, uni comme les deux doigts de la main et gai comme le printemps, était venu s'asseoir, après une longue promenade dans le bois de Boulogne, sur la terrasse du *Pré-aux-Clercs*, chez Giraud, non pas le Giraud d'Hérold, mais celui non moins connu du carrefour des Cinq-Routes, près le parc de Neuilly.

Un joli enfant voltigeait autour d'eux, rapportant tour à tour à sa mère des fleurs ou des baisers.

A quelques pas de là, une virtuose ambulante râclait de la guitare et chantait une romance. C'était une chose poignante à voir que sa tristesse fiévreuse, que le chagrin secret de ses yeux contrastant avec sa bouche souriante, que la délicatesse maladive de ses membres fléchissans, que les rubans flétris jetés dans sa chevelure, que la robe trop courte et effrangée par le bas qui la couvrait à peine.

— Eugène, dit tout à coup la jeune femme à son mari, cette voix... ne te rappelles-tu pas ?...

— Attends donc !... mais oui... Thérésa...

— C'est elle, mon ami, c'est elle !

Et Zoé, devenue madame Leconte, ne fit qu'un bond de sa chaise à son ancienne amie.

— Thérésa, dit-elle en lui prenant affectueusement les mains, c'est vous que je retrouve ainsi !...

— Je ne vous connais pas, reprit cette dernière ; je ne veux pas vous connaître.

Puis elle se perdit dans la foule qui faisait cercle autour d'elle.

Quelques mois se passèrent encore.

Figurez-vous une de ces rues sorties jadis des boues de Paris, humides, noires, mal hantées, malsaines, aux pavés gluans, telles qu'il en reste encore quelques-unes dans la Cité.

Minuit venait de sonner. Une femme, qui vainement avait tendu la main aux passans ce soir-là, s'affaissa sur elle-même le long de l'immonde trottoir, mourante d'inanition.

Cette femme était Thérésa.

Un chiffonnier passait, la hotte sur le dos. C'était un misérable vieillard courbé, déguenillé, cassé, dont la face apoplectique suintait le vin.

Il abaissa sa lanterne vers le cadavre, et reconnut sa fille.

Un jeune homme, coiffé d'une perruque rousse et d'un chapeau gris bosselé, habillé de rouge et galonné de vert, le Bobêche en un mot, hâve, usé, flétri, d'un bateleur de carrefour, passait en même temps.

Il voulut profiter de la lanterne du chiffonnier pour voir à son tour, et reconnut sa sœur.

Voilà des gens qui se rencontrent bien à point, pense le lecteur ; il n'y manque plus que Julien.

Patience, le voici.

Une patrouille survenait, commandée par un sergent. Le sergent portait la croix de la Légion d'honneur.

— Thérésa ! Brand ! Henri ! s'écria-t-il en allant de la morte aux vivans.

Et l'intrépide Julien, le zouave enragé qui avait demandé tant de fois aux balles arabes de ne pas l'épargner, tomba pour ainsi dire inanimé, comme une simple femme vaporeuse, dans les bras de ses soldats.

La patrouille ayant emporté la défunte pour la déposer à la Morgue, Brand et le rapin s'en allèrent, bras dessus, bras dessous, noyer leur chagrin à la halle, dans une foule de petits verres tous plus consolateurs les uns que les autres.

La petite Marthe aura bientôt quatre ans.

Le sergent Julien s'est chargé des frais de son éducation.

Il pousse le scrupule jusqu'à rembourser peu à peu les cinq cents francs si *obligeamment* prêtés à Henri par le père Koffmann.

Eugène et Zoé sont à la tête d'un magasin de nouveautés qui prospère à miracle.

Madame Vaugelas parle de vendre sa maison d'Auteuil et de venir se fixer auprès d'eux. Le jeune ménage, qui se rappelle sa manière de ne pas se mêler des affaires d'autrui, n'ose pas s'y opposer, mais il a grand'peur que ce projet se réalise.

Quant au vieux Samuel, vous l'avez assurément rencontré hier ou ce matin, arpentant le boulevard du Temple, les mains sur le dos, sa canne suspendue à l'un des boutons de son paletot, et sifflant faux, de ses grosses lèvres, un air impossible.

Il s'est un peu consolé de la mort de son fils, en qualité d'héritier par moitié de la fortune que le digne jeune homme avait héritée de sa mère.

FIN DE THÉRÉSA.

TABLE DES CHAPITRES CONTENUS DANS CET OUVRAGE.

FIN DE LA TABLE DE THÉRÉSA.

TABLE

DES OUVRAGES CONTENUS DANS CE VOLUME.

FIN DE LA TABLE DE LA VINGT-TROISIÈME SÉRIE.

Paris. — Imprimerie J. Voisvenel, rue du Croissant, 16.

www.ingramcontent.com/pod-product-compliance
Ingram Content Group UK Ltd.
Pitfield, Milton Keynes, MK11 3LW, UK
UKHW020416230726
13925UKWH00004B/1476